우리에겐 더 많은 돈이 필요하다

우리에겐 더 많은 돈이 필요하다

더 나은 삶을 꿈꾸는
당신을 위한
야망 독려 에세이

토스 기획

whale books

차례

PART 1   좋아했더니 돈이 따라왔다

PART 2   나는 쓴다, 고로 존재한다

지금, 돈 이야기를 시작하는 이유

어느 날 어른이 되었습니다

돈을 벌기 시작했지만 무엇을 준비해야 하는지 모르는 채 한참 시간이 흘렀어요. 바쁘게 살다 문득 정신 차려 보니 모두들 잘도 연봉 협상하고, 시드 머니 모아 투자도 하고, 번듯한 집도 사고, 착실하게 노후 대비 연금도 넣고 있더라고요. '나'만 빼고요.

어릴 때 용돈 열심히 모으고, 때 되어 직장 생활하고, 성실하게 저축에 힘쓴 걸로는 돈에 관한 경험이 너무 부족했어요. 돈 굴리기에 빠삭한 사람을 만나면 나보다 나아 보이고, 앞으로 몇 년이나 더 벌겠나 싶어 가난한 미래가 불안한 밤도 따라왔지요. 시작점도 현재 상황도 서로 다른데 누가 더 많이 벌고 잘 굴리는지

우열을 따지는 일만큼 바보 같은 짓이 없다는 건 알지만, 내 경험이 빈약하니까 더 비교하고 쪼그라드는 거 아니겠어요.

이제 돈 이야기를 꺼내야 할 때

그래서 토스는 돈 이야기를 시작하자고 손을 번쩍 들어 봤어요. 돈을 벌고, 쓰고, 불리고, 나누는 경험을 허심탄회하게 풀어 놓고 또 경청하다 보면, 돈과 나 사이에 건강한 관계가 쌓일 거라고, 서툰 소비나 무모한 투자로 잠시 휘청여도 단단하게 중심을 잡을 힘이 생길 거라고 생각했습니다.

그렇게 '세상 모든 돈 이야기는 쓰일 가치가 있다'는 슬로건 아래, 토스 머니스토리 공모전 DRAFT를 열었습니다. 자격 요건은 아무것도 없었어요. 누구나 돈 이야기의 주인공이 될 수 있으니까요.

여러분의 등호 뒤에는 무엇이 있나요?

삶의 모든 순간 돈이 등장하지 않는 때는 거의 없어서, 듣고 싶은 얘기가 참 많았어요. 공모전으로는 드물게 구체적인 키워드를 제시했죠. 돈벌이의 기쁨과 슬픔을 담은 '나의 소득 파이프라인 발굴기(+)', 쓰는 즐거움과 덜 쓰려는 안간힘 사이에서 인생을 대하는 자세를 엿볼 수 있는 '소비 일기(−)', 애초에 수익률은 중요하지 않았던 '전국 재테크 자랑(×)', 나눔의 경험으로 돈은 차갑다는 편견을 녹인 '소중히 여기는 마음(÷)'.

구체적으로 물었더니 삶의 풍경이 섬세하게 살아 있는 사연을 잔뜩 듣게 됐어요. 약 2개월 동안 에세이와 웹툰을 합쳐 1500편 넘는 돈 이야기가 모였습니다. 100 대 1의 경쟁률 속에서 저마다의 빛을 내는 작품들을 읽으면서 내내 드는 생각이 있었어요. '계산기를 두드리며 산다는 게 고단하지만, 등호 뒤에 무엇을 어떻게 남기며 살아갈지 고민하는 일은 가치 있다'는 것이었죠. 이 자리를 빌려 소중한 이야기를 내어 주신 분들께 진심으로 감사하다는 말씀을 전합니다.

좋은 것을 고르고 고르는 마음으로

그렇게 만난 열여섯 가지 돈 이야기를 지난 몇 개월 동안 마음에 품고, '에세이 깎는 노인'의 기분으로 수시로 살폈습니다. 그리고 그 이야기를 이제 여러분께 보내요.

회사를 다니면서 두 번의 창업과 폐업을 해낸 돌리킴, 낮에는 금융회사 길 과장, 밤에는 비즈니스 사주 전문가로 활동하는 김 도사, 사심을 듬뿍 채우면서 돈도 버는 직장인 펫시터 우림, 한국을 떠나 태국이라는 낯선 곳에서 해외 취업과 N잡으로 커리어를 키워 가는 현경.

비혼식이라는 유쾌한 잔치를 벌여 그동안 낸 축의금을 회수하기로 결심한 비혼주의자 구이일, 갑작스러운 퇴사로 인해 강제 자린고비 생활을 실천해 본 다현, 경험만 많고 가진 것은 하나 없는 개털이라고 자조하면서도 남들은 쉽게 하지 못했을 감동적인 소비 경험을 풀어 놓은 현, 좋아하는 아이돌에 돈과 사랑을 헌신한 열렬한 팬 유진.

내 집 마련의 꿈 뒤에 찾아온 부동산 사기를 담담하게 들려주는 새벽, 훗날 대한민국을 발칵 뒤집으며 대폭락해 버린 루나 코인 열차의 마지막 칸에 탑승해 버린 도영, 주식 빼고는 다 잘해서 마이너스 수익률을 만회하기 위해 기상천외한 부업에 뛰어든 햇님, 20대에 덜컥 아파트 청약에 당첨되어 입주를 향한 퀘스트를 깨 나가는 가영.

인생의 목표인 장학 재단 만들기를 미루지 않고 당장 시작한 스물다섯 살 소희, 갑작스럽게 찾아온 죽음을 코앞에 두고 했던 7일간의 유산 상속기를 들려주는 크크콤, 학과 수석으로 받게 된 장학금을 차석에게 양보하겠냐는 학교의 제안에 돈과 나눔을 고민하게 된 병후, 버는 돈의 10퍼센트를 나누는 삶을 결심하며 지난 세월을 돌아보는 미라. 이들의 사연이 많은 사람들에게 닿으면 또 어떤 사칙연산이 일어날까요.

우리에겐 더 많은 돈 이야기가 필요하다

남다른 흡인력을 지닌 열여섯 편의 작품을 한 권으로 만들면서 인생의 '단짠'을 실감했습니다. 그리고 이 책이 지금 여기보다 더 먼 돈의 세계로, 독자 여러분을 데려가기를 바랍니다. 지난한 돈벌이를 견디는 분투의 기록, 어제보다 오늘 한 푼 더 행복해지기 위한 수고의 기록이 분명 여러분이 갖고 있는 돈에 관한 생각을 평소보다 멀리 보내 줄 거예요. 그곳에서 더 많은 돈 이야기를 나눌 자리를 매만지며 기다리겠습니다.

2023년 9월
토스팀 드림

PART
1

좋아했더니
돈이 따라왔다

Top Prize
돌리 킴

직장인 3대 거짓말이 있다. '퇴사' '유튜브 데뷔' '창업.' 그런 허언들 사이로 단 한 번도 퇴사하지 않은 채 창업에 두 번이나 뛰어들어 성공했다. 사장이 되기 전과 후, 자신의 세계가 달라졌다고 말하는 용감한 직장인의 씩씩한 도전기를 읽다 보면 나도 좋아하는 일을 시작하고 싶어진다.

퇴사 대신
카페를 차렸습니다

나는 10년 넘게 재무팀에서 회계를 담당하고 있는 직장인이다. 회계라는 직무는 어느 회사에나 있기 때문에 이직하기 손쉬울 것 같았고, 실제로 몇 차례 이직을 거쳐 현재는 제약 회사에 재직하고 있다. 3년마다 회사를 옮기며 안식년을 갖겠다는 생각으로 발을 들였지만 요즘은, 아니 예전부터 자주 다른 직무를 선택할 걸 그랬다고 생각해 왔다. 회계는 정말 재미가 없기 때문이다. MBTI 테스트를 해 보면 나는 망상을 즐기는 ENFP로 나오는데, 내 상상력이 회계 업무에는 전혀 도움이 되지 않았다.

첫바퀴 돌 듯 반복적인 일을 하는 일상에서 내게 유일한 기쁨은 새로운 장소와 맛있는 음식을 찾아다니는 것이었다. 유독 마음에 든 공간은 왜 좋았는지 생각해 보고, 인상 깊었던 음식은 집에서 비슷하게 따라서 만들어 보았다. 그러고 있자면 문득 퇴사 욕구가 올라오기도 했다. 내가 직접 좋은 공간을 오픈하면 얼마나 재밌을까.

하지만 안정적인 회사를 그만두기에는 아쉽기도 하고 용기도 나지 않아서 '주말 프로젝트'를 시작했다. 주 5일 일하되 주말에는 좋아하는 공간을 부업 삼아 운영해 보는 것이다. 회사에서 열심히 돈을 벌고, 그 돈으로 내가 진짜 하고 싶은 일을 하다 보니 내게도 어느새 '부캐'*가 생겼다. 물론 내 월급이 그렇게 많은 것도 아니라서, 창업은 매번 1000만 원 이내로 했다. 이 이야기는 비록 자본금은 적지만 나만의 실행력과 의지로 N개의 부캐를 만들었던, 그러다 보니 나도 몰랐던 뜻밖의 소질을 발견하며 사장으로 성장 중인 나의 현재진행형 이야기다.

+ 임대료쯤 날려도 되니까

퇴근길, 9호선 염창역에 내려 집으로 가는 길에 눈

---

* '부캐릭터'의 준말, 게임에서와 달리 현실에서 본업 외에 하고 있는 일(사이드 프로젝트)를 뜻하는 말로 쓰인다. 반대말은 '본캐릭터'의 준말인 '본캐'로 본업을 가리킨다.

에 보이는 카페의 개수를 세어 보았다. 모두 다섯 곳. 테이크아웃을 전문으로 하는 저가형 프랜차이즈 카페를 제외하고는 대부분의 카페에 손님이 없었다. 그 중 한 카페는 지금껏 손님이 있는 모습을 본 적이 없었는데, 사장님은 늘 간절한 눈빛으로 밖을 보고 있었다. 오늘도 마치 "들어오세요" 하고 말을 걸 것만 같아 퍼뜩 눈을 피하고 걸음을 재촉했다. '그런데 잠깐, 여기에 카페를 또 차린다고?'

일주일 전, 나는 내가 원하던 카페를 만들어 보겠다고 자신만만하게 빈 건물에 계약을 했다. 왜 그전에는 보이지 않았는지 의문이지만, 계약을 하고 났더니 모든 걸음걸음 카페만 보였다. 그런데 볼 때마다 손님이 없었다! 일부러 찾아다니던 인스타그램 맛집에는 늘 손님이 바글바글했는데, 이제야 비로소 내가 외면하고 있던 현실을 마주한 것 같았다. 갑자기 망했다는 생각이 들기 시작했다. 그래도 어쩌나, 이미 2년짜리 임대차 계약서에 사인을 한 상태인데.

그래도 임대료가 싸니까 '최악의 경우 임대료만 날리는 거지, 뭐'라고 생각했다. 이제 와 돌이켜 보면 시설 투자금 회수는커녕 정말 아무것도 모른 채 호기롭게 저지른 일이었다. 그 당시에는 임대료쯤 날려도 되

017

니까 행인들을 향해 뜨거운 눈빛을 보내는 카페는 되지 말자고 다짐했다. '어차피 3층이라서 바깥을 지나다니는 사람들과 눈도 못 마주치니까 차라리 잘된 건가?' 나는 비상업 지역의 골목 초입에 위치한 오래된 건물 3층에 카페를 내기로 했다. 1층에 작은 입간판만 세워 놓을 것이었다. 일부러 찾는 사람만 올 수 있는 재미있는 카페를 만들고 싶었다.

+ 평일에는 직장인, 주말에는 사장님

회사는 우리 삶에서 대부분의 시간을 일에 쓰게 한다. 회사에서는 착취에 가까운 사건들도 빈번하게 일어나지만, 출근만 한다면 딴짓을 하는 순간에도 월급을 주며, 연차를 써도 월급을 똑같이 지급한다. 하지만 자영업자가 된다면? 내가 일하지 않으면 나에게 돌아오는 수익은 없고, 보통 휴일에 손님이 더 많으니까 남들이 쉴 때 쉴 수도 없다. '회사 때려치우고 카페나 해야지'라는 생각을 실제로 행하는 사람은 정말 대단하게 느껴진다.

나는 회사를 때려치울 용기가 없었다. 회사에서 주는 월급이 달콤했고, 내가 문 연 카페가 혹시나 망한다면 빚을 지게 되는 것이 두려웠다. 그러면서도 카페는 꼭 해 보고 싶었고, 만약에 대박이 나면 그때 회사를 그만두면 되니까 일단은 두 가지 일을 병행하기로 했다. 평일에는 직장인으로, 주말에는 카페 사장으로 살아 보는 것이었다. 회사에 겸직 불가 규정은 없지만 혹시나 업무 수행 능력이 떨어지면 나의 부업이 눈총을 받기 쉬울 것 같아서, 카페 오픈 소식은 정말 친한 사람들에게만 알렸다.

주말에만 카페 문을 열 수 있으니까 월 8회 장사만으로도 고정비를 충당할 수 있도록 임대료가 저렴한 곳에 들어가야 할 터였다. 처음에는 당연히 1층으로 자리를 알아보다가 작은 공간조차도 터무니없이 비싸서 포기했다. 1층을 포기하니 선택지가 넓어졌다. 내가 결정한 곳은 열다섯 평 정도였는데, 나의 작업 공간과 손님들을 위한 테이블 여섯 개를 놔도 될 정도로 널찍했다. 화장실도 내부에 있었다. 무엇보다도 보증금 1000만 원에 임대료가 30만 원으로 정말 저렴했다. 3층이라는 점을 제외하고는 내가 원하는 조건들에 모두 들어맞았다.

오랫동안 비어 있던 공간에 카페를 차리겠다고 하니까, 계약하러 온 나이 지긋한 건물주 아주머니는 누가 여기까지 커피를 마시러 오겠냐며, 딸 같아서 하는 말이니 돈 날리기 전에 계약하지 말라고 하셨다. 그 말에 또 오기가 생겨서 단숨에 계약했다. 이곳까지 꼭 손님이 찾아오게 하고 싶었다. 왠지 그럴 수 있을 것 같았다.

+ 1000만 원으로 시작하다

잃어도 되는 돈 같은 건 없지만, 인생에서 1000만 원을 날린다고 죽고 싶을 것 같지는 않았다. 없어도 견딜 수 있을 돈의 마지노선이 나에게는 1000만 원이었다. "그래, 1000만 원 한도로 카페를 차려 보자!" 인테리어를 제외하고 카페 창업에서 가장 큰 비용이 들어가는 것은 커피 머신 구입이다. 에스프레소 샷 여러 개를 동시에 뽑을 수 있는 보일러를 장착한 3구짜리 커피 머신은 1000만 원을 훌쩍 뛰어넘는다. 카페는 3층이니까 포장 손님이 거의 없을 것이고, 커피뿐 아니라 에이드 종류도 팔 테니 에스프레소 샷 하나만 뽑을 수 있는 1구짜리 머신으로도 충분할 것 같았다. 1구짜리는 크기도 크지 않아서 혹시나 카페가 망하면 집에 놓고 커피를 내려 마실 수 있다.

커피 박람회에 가서 내가 원하는 조건들의 제품들로 내린 커피를 모두 마셔 보았고, 가장 마음에 들었던 엘로치오의 '자르Zarre'라는 머신을 구입했다. 카페에서 일해 본 경험이 없으니 동네 카페에서 커피 추출을 배워 볼까도 싶었는데, 수업료로 200만 원을 부르기에 그냥 200만 원짜리 자르를 사서 유튜브를 보며 혼자 연습하기로 했다. 매일매일 연습한 끝에 커피 맛집을 그토록 찾아다닌 내 입맛에는 물론 다른 카페와 비교해도 손색없는 황금빛 에스프레소를 추출하는 데 성공했다. 정말 얼마나 기뻤던지!

+ 인테리어는 손품, 발품으로

이제 800만 원이 남았다. 손님들을 3층까지 오게 하려면 최소한 사진은 찍고 싶도록 카페의 인테리어가 예뻐야 할 것 같았다. 집 리모델링을 두 번이나 해 본 경험을 떠올려 보면, 사실 인테리어는 벽, 바닥, 조명만 갖춰도 제법 훌륭해 보인다. 돈을 아끼기 위해 벽과 바닥에 직접 페인트칠을 하고 커다란 카펫을 깔았다. 화장실까지 손대면 일이 커질 것 같아서 화장실은 어두운 전구를 낮게 달아 낡은 것들이 눈에 잘 띄지 않도록 했다. 카페를 계약한 즈음에는 이래저래 쉬는 날이 많이 생겨서 공휴일과 개인 휴가, 주말을 이용해 공간을 조금씩 꾸며 나갔다. 다시 하라고 하면 못할 것 같지만, 그 당시에는 공간을 하나하나 꾸미고 가구도 저렴하게 구입해서 직접 조립하는 것이 진심으로 재미있었다.

대부분의 가구는 이케아에서 구입했는데, 항상 카페가 망했을 경우를 생각하면서 나중에 집에서라도 쓸 수 있는 소파, 책장, 식탁 등으로 공간을 채웠다. 그래서 다 꾸미고 보니 가정집의 아늑한 응접실 같은 분위기의 공간이 완성되어 있었다. 카페 로고는 디자인을 전공한 친구네 언니에게 부탁해서 만들고, 소품은 동묘와 중고나라에서 구매하기도 했다. 주방 기기가 많다 보니 콘센트가 부족해서 이 부분만 전기 시공업자를 불러 처리했고, 나머지는 발품을 팔아 하나씩 마련해 나갔다.

개인 카페 창업에 최소 3000만 원 정도는 든다고 많이 말하는데 직접 해 보니 1000만 원으로도 괜찮은 카페를 만들 수 있었다. 만약 드립 커피 전문 카페라면 커피 머신을 들이지 않아도 되니까 예산을 더 절약할 수 있었을 것이다. 이렇게 나의 노동력을 갈아 넣어서, 임대차 계약을 한 지 한 달 만에 카페를 오픈할 수 있었다.

+ 아무도 찾지 않는 카페

오픈 전날까지도 준비는 끝나지 않았다. 급하게 메뉴판을 만들고, 오픈 당일 새벽같이 일어나서 청소를 마무리했다. 손님들에게 방문 기념으로 드릴 쿠키까지 굽고는 카페 문을 열었는데, 문제는 시간이 한참 지나도 아무도 카페에 들어오지 않는 것이었다. 1층에 위치했다면 누군가 지나가다가 우연히 들어올 수도 있겠지만, 3층에 위치한 카페는 길에서 잘 보이지도 않기 때문에 일부러 찾는 사람만이 올 수 있었다. 좋은 공간을 차리면 사람들이 알아서 찾아올 것이라고 막연히 생각했는데 내가 만든 이 공간이 아무도 찾지 않는 숨은 공간으로만 남아 버리면 어떡하나 싶어서 갑자기 두려워졌다.

문을 연 지 두 시간 만에 손님이 나타났다. 오픈 전부터 운영하고 있던 인스타그램 계정을 보고 오신 것 같았다. 너무 놀라고 긴장해서 하마터면 "누구세요? 여길 어떻게 오셨어요?"라고 물을 뻔했다. 덜덜 떨리는 손으로 카드를 받아서 계산하고, 주문받은 음료와 디저트를 만드는데 뒤에서 찰칵찰칵 소리가 났다. 공간을 찬찬히 둘러보며 예쁜 사진을 찍고 SNS에 올려서 카페를 홍보해 주신 고마운 첫 손님. 그 뒤로도 새로운 메뉴가 나올 때마다 들러 주시고, 크리스마스에는 선물도 건네 준 감사한 분이었다.

결과적으로 카페를 처음 연 날에는 그 첫 손님이 마지막 손님이 되었다. 누가 안 오나 기약 없이 기다리던 시간을 보내고 난 퇴근길, 종일 긴장하기도 했고 준비하는 동안 쌓인 피로가 몰려와 터덜터덜 집으로 돌아가던 길에 눈물이 터져 버렸다. '앞으로도 이렇게 마냥 손님을 기다리게 될까. 30만 원이라고 우습게 봤던 월세를 커피 팔아서 충당할 수나 있을까.' 곧 날아올 청구서들을 생각하다 피곤에 젖은 채 잠이 들었다. 1000만 원쯤 날려도 괜찮다고 생각했지만, 사실은 한 푼도 날리고 싶지 않았다. 잘나가는 카페 사장이 되어 지겨운 회사를 그만두고 싶었다. 그렇지만 실제로 가게를 열고 알게 된 것은 딱 한 가지였다. 내가 정말 무모했다는 것.

✛ 대박을 꿈꾸며 퇴사하는 상상

친구들을 집으로 초대해서 정성껏 만든 음식을 예쁘게 플레이팅해 대접하는 것은 내가 가장 즐겨 하는 취미 생활이었다. 좋아하는 사람들이 내가 준비한 식사 자리를 즐기며 기뻐하는 모습을 보면 뿌듯하고 행복했다. 산더미만큼 쌓인 설거지도 기꺼이 감수할 정도로 말이다. '그렇다면 이 즐거운 대접을 돈 받고 한다면 어떨까? 음식점까지는 힘들고 카페라면 충분히 할 수 있지 않을까?' 취미가 소득으로 연결되는 아름다운 그림! 이렇게 단순한 사고를 통해 카페를 차렸다는 것을 이제 와 고백한다. 정신을 차려 보니 카페는 오픈되어 있었고 어찌 되었든 나는 이 공간을 운영해야만 했다.

둘째 날에는 하루 종일 손님을 기다리다가 문 닫기 직전에야 두 명의 손님을 맞았다. 암담한 상황이었지만 그래도 첫날보다 찾아온 사람이 두 배로 늘었다고 내심 좋아하기도 했다.

다시 월요일부터 5일간은 열심히 회사 일을 하고 주말을 맞았다. 카페를 오픈한 지 3일 차가 되던 날, 계단을 올라가는데 웅성웅성 소리가 났다. '설마 손님인가?' 두근두근하면서 3층에 올라갔더니 무려 여섯 명이 줄을 서 있었다. 두 명씩 총 세 팀이었는데 말로만 듣던 '가오픈 카페를 찾아다니는 힙스터들' 같았다. 카페 문을 열자마자 모두들 휴대폰으로 사진을 찍기 바빴고, 음료와 디저트를 1인당 몇 개씩 시켜서 나는 더 바빴다. 오픈을 축하하러 왔던 친구는 놀라서 서

빙을 도왔고, 재료가 부족해 시장에 가서 급히 장을 봐 오기도 했다. '이대로면 내일은 손님이 열두 명쯤 올 것 같았고 다음 주에는 서른 명쯤⋯⋯?' 소리 없이 기쁨 의 비명을 지르는 동안 상상 속 나는 회사에 안녕을 고 하고 있었다.

그날 카페를 마감한 후 다녀간 손님들이 혹시나 후 기를 포스팅했을까 싶어서 틈날 때마다 블로그와 인 스타그램에 카페 이름을 검색했다. 피곤했지만 전혀 힘들지 않았다. 막상 게시물을 발견했을 때는 혹시 나 쁜 평이 있을까 봐 마음을 졸였는데 다행히 칭찬이 가 득했고 예쁘게 찍은 사진들도 함께였다. 다음 날 카페 로 출근하면서는 또 얼마나 많은 손님이 올지 상상하 며 달리듯이 걷고 있는 나를 발견했다. '출근길이 이렇 게 즐거울 수도 있구나.' 설레던 그 마음이 아주 오래가 진 않았지만, 희망에 부풀어 행복하던 그 순간은 아직 도 기억난다.

+ 취미가 일이 될 때

처음의 기대와 달리 손님은 기하급수적으로 늘어나 지 않았다. 늘다가도 줄고, 너무 없다가 갑자기 몰리기 도 하고, 초보 사장에게 장사는 정말 알 수 없는 것이었다. 손님이 예상보다 적은 날에는 요리를 하고 남은 과일로 잼을 만들었다. 냄비에 눌러붙지 않도록 잼을 열심히 젓고 있으면 내가 하루하루 충실하게 살고 있다는 기분이 들었다.

그런 한편 카페를 차려 너무나 좋았냐고 묻는다면 수입이 좀 애매했다. 워낙 저렴하게 들어와 일주일에 이틀만 운영하고도 임대료와 재료비 등을 충당할 수 있었지만 또 수익이 그렇게 많이 남지는 않았다. 굳이 카페를 차리지 않고 다른 카페에서 아르바이트만 해도 벌 수 있었을 최저 시급을 스스로에게 줄 수 있는 정도였다.

요즘 나는 그토록 좋아하던, 지인들을 불러서 대접하는 일을 더 이상 하지 않는다. 요리에서도 손을 뗀 지 오래되었다. 신나서 하던 취미가 의무적인 일이 된 순간 흥미를 잃은 것 같다. 막상 해 보니까 생각보다 돈을 적게 벌어서 이제 그 일이 신나지 않는 걸 수도 있다. 그래도 반짝이던 순간순간만큼은 기억에 남는다. 좋아하는 커피 향을 하루 종일 맡으면서 취향에 맞는 음악을 고르고 손님이 오지 않으면 책을 읽던 그 시간들은 정말 낭만적이었다.

+ 돈보다 중요한 것

3층에 위치했다는 핸디캡에도 불구하고, 카페는 예쁘고 맛있는 디저트 메뉴로 제법 입소문을 타기 시작했다. 웨이팅 손님이 생기는 날도 더러 있었고, 지역 신문사에서 취재를 요청받기도 했다. 정신없이 손님이 몰아치는 날에는 한바탕 전쟁을 치렀고, 집에 와서 누우면 다리가 덜덜 떨렸다. 너무 피곤하면 잠을 자는 것도 쉽지 않다는 것을 알게 되었다. 회사의 업무 강도가 세지는 않았지만 평일에는 회사에서 일하고 주말에는 카페에서 일을 하다 보니 휴일 없이 '월화수목금금금' 근무가 이어졌다. 쉬지 못하니까 점점 체력적으로 버거움을 느꼈다. 그렇게 8개월을 운영하고 났더니 더 이상 하다가는 정말 죽을 것 같았다.

고민 끝에 카페를 부동산에 내놨다. 좋아하는 일로 돈을 버는 것과 안정적인 직장에 다니는 것 모두 중요하지만, 제일 중요한 것은 나의 건강이었다. 건강해야 다른 재미있는 것에 또 도전할 기회를 가질 수 있으니까. 카페를 내놓고 한 달 만에 카페의 양도가 이루어졌다. 그동안 나름대로 인기를 얻은 상태였기 때문에 카페의 모든 시설을 통째로 양도하고 수월하게 폐업할 수 있었다. 잘 키워 놓은 브랜드의 가치를 조금은 실감하는 순간이었다.

　마지막 영업일을 미리 공지하면 사람들이 너무 몰릴까 봐, 당일이 되어서야 SNS에 영업 종료 안내를 했다. 갑작스러운 공지에도 불구하고 많은 사람들이 찾아와 주었다. 과분한 사랑을 받은 카페였지만 나는 손님이 몰리는 것이 무서울 정도로 많이 지쳐 있었다. 부리나케 카페를 양도하던 당시에는 후련함이 컸지만, 지금 와서 생각해 보면 단골들에게도, 카페를 운영하던 나 스스로에게도 제대로 작별을 고하지 못한 것 같아서 아쉽기만 하다. 카페 일은 나의 오랜 로망 중 하나였으나 아무리 좋아하는 일이라도 일과 쉼이 균형 잡힌 환경에서 해야만 즐거운 마음을 오래 간직할 수 있다.

+ 1300만 원짜리 돈 공부

　겁 없이 뛰어든 카페 창업이었지만, 운이 따라 주기도 했고 트렌드를 잘 접목한 덕분에 카페를 매각할 때 권리금이라는 것을 받게 되었다. 내가 쌓은 공간에 대한 인지도와, 카페 인테리어, 기물 등에 대한 종합적인 가치였다. 권리금으로 1300만 원을 받았으니 처음 차릴 때 투자한 1000만 원 대비 무려 30퍼센트의 수익을 낸 셈이었다. 거기에 임대 보증금 1000만 원까지 돌려받으니 갑자기 부자가 된 느낌이었다. 들어갈 때는 오래 공실이었던 곳이라 권리금을 내지 않았다. 카페에 투자한 1000만 원은 영업 매출로 돌려받았다고 생각했는데 300만 원을 더 얹어서 받으니 공돈이 생긴 기분이었다.

수중에 갑작스럽게 생긴 돈을 잘 지키는 성격이 못되어, 나는 이것을 영원히 남기기로 마음먹었다. 카페 문을 닫자마자 내게는 시계를, 도움을 많이 준 남편에게는 바이크를 선물했다. 직장인이라는 신분에 머무르지 않고 미지의 영역을 개척해 본 스스로에게 주는 상이었다.

+ 사장이 되자 보이기 시작한 것들

카페 일을 병행하는 동안 회사 일을 소홀히 한 것도 아니었다. 팀을 옮기고 출장도 가고 승진도 했다. 승진하게 된 데에는 카페 운영의 덕도 있다고 자부한다. 사장이 되어 본 경험은 단순히 월급을 받을 때와 다른 시선으로 일을 보게 했고, 어떻게 하면 더 효율적으로 일할 수 있을지 늘 궁리하게 했다. 가장 큰 변화는 내 마음가짐이었는데, 회사라는 존재가 너무나 고마웠다.

한 시간의 점심시간이 보장되는 것이 감사하고, 원하는 날에 쉴 수 있는 유급 휴가도 기뻤다.

이런 즐거운 기분은 6개월가량 지속되었다. 코로나19 바이러스가 터지자 회사는 재택근무에 돌입했다. 집에서 늦게까지 과중한 업무를 하고 나면 내가 착취를 당한다는 생각이 스멀스멀 올라왔다. 회사의 안락함을 누리는 시기가 가고, 언제든 미련 없이 회사를 떠날 수 있도록 새로운 사업을 시작해 볼 시점이 오고 있었다.

+ 팬데믹이 준 기회

2023년에도 나는 10년째 근속 중이고, 그 사이 아이도 낳았다. 그리고 에어비엔비에서 가장 좋은 리뷰를 많이 받는 슈퍼호스트가 되었다. 이렇게 적어 놓으니 '갓생' 사는 사람처럼 보이는데 단지 해 보고 싶다는 생각이 들면 빠르게 실행해 보는 편이고 주변에서 오는 좋은 자극도 잘 받아들인다는 게 나의 장점일 뿐이다.

이번 아이디어는 언니에게서 시작됐다. 언니는 고시원이나 셰어 하우스 같은 공유 공간에 관심이 많았는데, 코로나19 바이러스가 터지고 나서 파티룸을 차

031

PART 1.
좋아했더니 돈이 따라왔다

렸다. 파티룸은 지인들끼리 각종 축하 파티 등 프라이 빗한 모임을 갖기 위한 공간이다. 사회적 거리두기 탓에 불특정 다수가 모이는 곳에 가기가 꺼려지면 자연히 안전하게 모일 수 있는 공간에 대한 수요가 올라가리라는 판단에서 출발한 것이었다.

그리고 언니의 계산은 맞았다. 그 대박을 곁에서 지켜보면서 나도 할 수 있겠다는 생각이 들었다. 공간 예약 플랫폼으로 손님을 관리하고 하루 한두 시간 청소로 공간을 운영하는 일은 카페 운영보다 훨씬 쉬울 것 같았다. 그 무렵 코로나19 사태로 직장을 잃고 우울해하던 엄마가 청소를 맡고 싶다는 이야기에 또 한 번 창업에 뛰어들었다.

카페를 정리하고 난 후 3년이 지났지만 나의 사업 자금 한도는 여전히 1000만 원이었다. 이 돈으로 파티룸 을 시작했다. 카페 자리로 구했던 곳처럼 네모반듯한 건물은 아니라서 인테리어 난이도가 높은 데다 내 체력도 예전 같지 않기에 필요한 일에는 인테리어 업체를 썼다. 그런 와중에도 공간의 바탕이 되어 줄 컬러와 소재를 선택하고, 파티룸뿐 아니라 촬영용 스튜디오로도 사용할 수 있도록 가구를 배치하고, 포인트를 주기 위한 소품을 구비하는 등 예쁘면서도 실용적인 공간을 완성하는 데 열중했다. 두 번째 창업이고 업체의 도움을 받아서 그런지 준비를 시작한 지 2주 만에 파티룸의 문을 열 수 있었다.

+ 자는 동안에도 돈이 들어온다

에어비앤비에서 슈퍼호스트가 되려면 예약 건수와 평점이 기준치를 넘어야 한다. 예약 건수는 경쟁 공간들보다 가격을 낮추면 많아질 수 있겠지만, 적당한 가격에 5점 만점 기준 평점 4.8 이상을 3개월 이상 유지하는 것은 쉽지 않다. 시작한 지 1년 만에 슈퍼호스트가 된 데는 엄마의 정성스러운 청소가 8할은 차지할 것이다.

갑작스럽게 해고를 당하고 쓸모 없는 존재가 된 것 같을 때, 하루에 한두 시간씩 하는 파티룸 청소는 엄마에게도 큰 위안이었다고 한다. 자신의 집처럼 쓸고 닦은 파티룸은 바닥에서부터 빛이 났다. 청소 업체를 썼다면 마음고생이 있었겠지만 믿고 맡길 수 있는 엄마가 그 영역을 맡아 줘서 너무나 순조로웠고, 엄마의 협조 때문에 파티룸처럼 비교적 쉬운 돈벌이도 있다는 사실을 알게 되었다.

카페는 파트타이머를 쓰지 않는 한 내가 하루 종일

그 자리에서 일을 해야 돈을 벌 수 있지만, 공간 대여업은 공간만 잘 만들어 놓으면 내가 그곳에 있지 않아도 돈이 들어온다. 미국 배당주에 투자했을 때도 비슷한 기분을 느꼈다. 투자한 돈이 내가 자고 있는 순간에도 열심히 굴러서 분기마다 배당을 주는 것처럼, 내가 만든 공간이 나와 엄마를 위해 열심히 돈을 벌어다 주는 느낌이었다.

파티룸을 시작할 때 엄마와 나는 각각 1000만 원씩 임대 보증금과 시설 비용에 투자했고 수익을 절반씩 나누기로 했는데, 모임이 많아지는 연말이 가까워 오자 엄마와 절반씩 나눠도 내게는 아주 짭짤한 부수입이 발생했다. 게다가 에어비엔비를 통해 수익이 차곡차곡 정산되는데도, 파티룸에 직접 가는 일은 드물다 보니 불로소득이 이와 비슷한 느낌이 아닐까 싶을 정도였다. 물론 배당주도 창업도 내가 투자를 잘해야 소득이 따라오는 것이지만 말이다. 월급날이 다가오면 늘 통장 잔고가 텅 비어 있었는데 이제는 돈이 조금씩은 남아 있었다. 그게 참 신기하고 기분이 좋아서 온라인 뱅킹으로 매일 계좌 잔액을 들여다보는 날들이었다.

파티룸 운영 중에 아이가 태어났다. 다시 일과 삶의 균형을 맞추는 데 버거움을 느끼기 시작했다. 결국 회사와 아이 양육에만 집중하기로 하고 파티룸을 양도하겠다는 글을 네이버 부동산 카페에 올렸다. 밤새 우는 아기를 달래다 해가 뜨면 녹초인 몸을 이끌고 파티룸 매물을 보여 주러 가기를 몇 차례 반복한 뒤에야 적당한 매수인이 나타났다. 수많은 경험상 매물을 보러 오는 사람 중에 마음에 든다며 여기저기 공간의 사진을 찍는 사람보다는 건조한 표정으로 조용히 보고 가는 사람이 계약할 확률이 높았다. 아마 마음에 드는 티를 내면 가격 협상에 불리해질까 봐 표정을 숨기는 것 같았다.

매수인이 깎아 달라고 할 것을 대비해 권리금으로 1500만 원을 불렀고, 최종적으로 1300만 원에 모든 시설을 양도했다. 투자금의 30퍼센트에 달하는 돈을 벌었다는 사실은 기뻤지만, 한편으로 '왜 나는 늘 300만 원밖에 못 남기나' 하는 생각이 들기도 했다. 《부자의 그릇》이라는 책을 보면 사람마다 다룰 수 있는 돈의 크기가 다르다고 하는데, 리스크 지는 것을 끔찍이도 싫어하는 나는 다룰 수 있는 돈의 크기가 아쉽지만

035

그 정도인 것 같다.

다음 사업 아이템을 찾으면 좀 더 큰 금액을 과감히 투자할 수 있을까? 왠지 투자금을 높이면 마음이 조급해져서 잘 안 될 것 같다는 생각도 든다. 두 번의 창업 경험이지만 이쯤은 잃어도 괜찮다고 생각하는 자세가 스스로를 여유 있게 만들고, 그 여유가 손님들을 끌어 당긴 게 아닐까. 다음 창업 때는 본업에서 돈을 더 잘 벌어서 '3000만 원 정도는 잃어도 괜찮아'라고 생각할 수 있다면 좋겠다. 아 참, 이번 권리금은 새 차를 사는 데 보태어 썼다.

+ 사장이 아니었다면 몰랐을 것들

SNS에서 핫한 카페의 사장이 되어 보거나, 파티룸을 운영하는 슈퍼호스트가 되는 것은 줄곧 직장인으로 살던 내게 전부 새로운 도전이었다. 익숙하지 않은 상황 속에서 분투하다 내가 덤으로 얻게 된 건 나 자신을 좀 더 잘 알게 되었다는 것, 그리고 낯설어서 피하고 싶은 일도 해 보면 별것 아니라는 깨달음이었다. 두 번의 창업은 전혀 다른 업종이었지만, 인테리어를 내가 원하는 방식으로 했다는 공통점이 있었다. 사실 나는 실내 인테리어 작업을 좋아하고 꽤 잘하는 사람이었던 것이다.

카페와 파티룸이 지향하는 느낌을 표현해 낸 이미지를 핀터레스트에서 찾고, 머릿속으로 내가 원하는 공간을 상상하는 일은 너무나 재미있어서 밤새워 할 수도 있을 것 같았다. 내가 상상하는 느낌을 뒷받침해 줄 소품과 가구를 고르다 보면 어느새 새벽이었는데 힘들다는 생각조차도 들지 않았다. 하지만 실제로 카페를 운영해 본 결과 좋아하는 일도 힘들게 하면 재미가 반감된다는 걸 알게 되었으니까, 인테리어 업체를 직접 차리기보다는 창업 컨설턴트가 되어 인테리어 방향까지 조언한다면 꽤 괜찮은 돈벌이가 될 수도 있을 것 같다.

파티룸을 운영하면서 홈페이지도 처음으로 만들었는데, 네이버에서 운영하는 '모두Modoo'라는 플랫폼을 통해서 10분 만에 뚝딱 완성할 수 있었다. 부동산 거래 경험도 쌓여 임대차 계약뿐 아니라 권리금에 대한 시설 양수양도 계약서도 직접 작성하여 직거래를 할 수 있게 되었다. 그리고 월급과 합산한 사업소득에 대한 종합소득세 신고와 분기별 부가세 신고까지도 이제는 제법 익숙하게 할 수 있다.

037

생각해 보면 한 회사의 임원이 되는 것은 어렵지만 내 사업의 사장이 되는 것은 그리 어렵지 않다. 자리가 사람을 만든다는 말처럼, 사장이 되기 전의 나와, 이후의 나는 다른 생각을 하고 산다. 요즘 심각한 문제인 전세 사기 뉴스를 보다가도 '그러면 월세 선호 현상이 나타날 수 있으니 셰어 하우스를 운영해 볼까' 하며 사업 생각을 한다. 친구를 만나러 번화가를 지나다가도 임대 딱지가 붙은 빈 상가를 보면 어떤 업종이 어울릴지 궁리해 본다. 자주 가는 카페의 객단가를 계산해 보고, 시간당 매출은 어느 정도 나올지 추측해 본다. 일상에서 무심코 지나쳐 보내던 풍경 속에서 나의 주의를 끄는 것들이 많아졌다. 이런 호기심이 기회를 포착하고 돈을 벌 수 있는 또 다른 가능성을 열어 줄 수도 있지 않을까? 같은 노력을 한다고 모두 같은 돈을 버는 것은 아니니까, 적게 노력하고 가급적 많이 벌 수 있는 새로운 사업 아이템을 발굴하고 싶다.

아직 30대인 주변 친구들과 대화하다 보면 가끔 기대 수명인 100살까지 사는 게 끔찍하다는 이야기가 나온다. 아마 돈을 벌 수 있는 유일한 수단인 회사에서 은퇴하고 나면 그 이후의 긴 시간을 어떻게 살아야 할지

막막하다는 뜻도 섞여 있을 것이라고 추측한다. 그 막막함에 공감하다가도 내 머릿속은 '그때도 뭐라도 하면 되지'라고 생각이 흘러가는데, 이 배경에는 소소한 창업 경험이 있다. '아무도 나를 안 써 주면 내가 일을 만들어서 하면 되지 뭐?'라는 생각에 마음이 가벼워진다. 그리고 막상 저질러 보니 창업은 새로운 나를 발견하는 재미있는 경험이기도 했다. 그러니 우리의 길어진 인생을 다양한 부캐로 채워 가는 것도 신나는 일 아닐까.

사이드 프로젝트를
시작하는 5가지 열쇠

∨

1. 작게 시작하기

○ **목표 소거법:** 목표가 너무 거창하거나 결과에 대한 부담이 크면 지속 가능하기 어렵다. 사이드 프로젝트로 얻고 싶은 것들을 브레인 스토밍식으로 나열한 뒤 가장 쉽고 빠르게 시작할 수 있는 것만 남기는 것이 좋다.

○ **돈 줄이기:** 자본금은 자신이 감당할 수 있을 정도로 최대한 작게 들이는 것이 좋다. 필요한 물품은 중고로 구매하고 배워야 한다면 원데이 클래스로 시작하는 등 비용을 절약해 부담을 줄이는 것이 방법이다.

2. 빨리 시작하기

꼼꼼하고 완벽한 준비가 늘 성공을 보장하지는 않는다. 오히려 빠르게 작게 시작한 뒤 시행착오를 겪으며 문제점을 보완해 나가는 것이 안전하게 성공할 수 있는 방법이다.

3. 틈새 시간 활용하기

본업을 하는 시간을 방해하지 않는 선에서 한다. 하루에 한 시간, 일주일에 3일처럼 짧은 시간동안 하되, 미루거나 포기하지 않고 꾸준히 하는 습관을 들인다.

4. 꼼꼼하게 기록하기

SNS 등에 사이드 프로젝트 과정을 올린다. 이런 기록을 통해 자신이 어떻게 일을 진행하고 있는지 알림으로써 나의 사이드 프로젝트에 관심이 있는 사람들과 연결될 수도 있다.

5. 결과물을 내기

부족하더라도 결과물을 낸다. 꼭 거창한 전시회나 가게를 열어야 한다는 것이 아니다. 글을 썼다면 출판사가 아니더라도 독립출판물로 스스로 책을 만들 수 있고, 피아노를 배웠다면 유튜브에 영상을 찍어 올릴 수도 있다. 이 경험을 통해 사이드 프로젝트가 완성된다.

Excellence
Prize

이현경

출퇴근길 지옥철에 시달려 본 적 있다면 한 번쯤 외국에서 일해 보고
싶다는 생각을 했을 것이다. 외국에서 일하면 정말 자유롭고 행복할
까? 한국 밖에서 살아남기 위한 흥미롭고 치열한 돈벌이의 기록이 펼
쳐진다.

사랑과 돈벌이에는
국경이 없다

일본에서 태국 남자를 만나 연인이 될 확률은 얼마나 될까? 한국에서 회사를 다니던 시절, 도쿄에 출장을 갔다가 그를 만났다. 그리고 그 인연이 이어져 그가 남자친구가 되고, 또 남편이 되어 나는 자연스레 태국에서의 삶을 감행하게 됐다. 2023년 여름, 이민자가 된 지 어느덧 5년 차에 접어들었다.

한국에서 대학교를 졸업한 뒤 가장 애쓴 것은 디자이너로 성장하는 것이었다. 디자인 에이전시에서 그래픽 디자이너로, 대기업으로 옮겨 브랜드 디자인 기획자로 쉬지 않고 경력을 쌓아 온 덕분에 태국으로 떠나기 전까지 나름대로 경쟁력을 갖춘 디자이너로 한창 일하는 중이었다. 커리어가 내게 무척 중요했던 만큼 이민을 떠나올 때도 안정적인 직장에서 인정받는 삶을 포기해야 한다는 점이 무척 아쉬웠다. 물론 가장 큰 걱정은 사랑하는 가족과 친구들을 언제든 만날 수 없게 된다는 것이었지만, 동시에 한국에서의 일을 내려놓고 간다는 게 불안하기만 했다. 태국에서 앞으로 어떤 일이 펼쳐질지 전혀 가늠이 되지 않았다. 그런데 그때 나의 결론은 '해야지. 뭐 어떡해. 나 잘할 수 있겠지?'였다. 직접 선택한 인생, 어떻게든 잘해 보자. 걱정한다고 해결될 일이 아니었다.

그렇게 지금은 태국의 수도, 방콕에 산다. 전 세계에서 외국인이 많이 사는 도시로 꼽히는 곳답게 다양한 인종의 사람들과 그들로부터 파생되는 다채로운 문화를 매일 마주하며 살아가고 있다. 내가 태국에 살면서 어떻게 수많은 문을 두드려 디자이너로 성장하고 있는지, 그리고 어떻게 흥미로운 연결고리들을 만들어 새로운 커리어까지 쌓아 가고 있는지, 오늘은 그 이야기를 해 보려고 한다.

+ 바트를 벌려면 태국어를 해야지

'앞으로 여기서 어떻게 돈을 벌면서 살아야 하나? 너무 준비 없이 떠나온 게 아닐까? 내가 너무 겁이 없었나? 여기서 디자이너 경력을 계속 이어 나갈 수 있을까?' 방콕에 온 며칠은 머릿속이 온통 새하얬다. 무기력하게 시간을 보내려고 여기까지 온 건 아닌데……. 그때쯤 지인을 통해 태국에서 패션 디자이너로 일하는 태국인 A 언니를 소개받았다. 그간 해외 곳곳에서 일을 해 봐서 여러 나라의 사정을 누구보다 잘 아는 사람이었다. 언니와의 심층 상담을 통해 태국에서 돈벌이를 하며 살아가는 데 필요한 것들을 현실적으로 알게 됐다.

우선 태국 회사에서 일하면 한국에서 동일한 경력으로 같은 일을 할 때보다 연봉이 낮을 수밖에 없었다. 예상은 했는데, 예상보다 더 적은 금액이었다. 기대도 하지 않았건만 실망감이 슬며시 몰려왔다. 외국계 회사에 입사하면 한국만큼, 아니 그보다 더 많은 금액을 받을 수 있겠지만 들어가기부터 힘들다는 건 익히 알고 있었다. 그런데 태국에 이미 젊은 디자이너의 공급이 넘쳐 난다는 건 몰랐다. 그야말로 총체적 난국인 상황이었다.

"태국어도 한마디 못하는 외국인을 태국 회사든 태국에 있는 외국계 회사든 과연 받아 줄까?" A 언니 말로는 여기서 디자이너로 일자리를 구하려면 반드시 태국어를 할 줄 알아야 한다고 했다. 내가 아는 태국어라고는 '싸왓디카(안녕하세요)' '컵쿤카(고맙습니다)'뿐이었다. 3박 4일 놀러 온 관광객과 다를 게 없었다. A 언니 이야기를 듣다가 조금 충격을 받았지만 어떤 티도 낼 수 없어서 그저 웃었다. 자존감이 실시간으로 뚝뚝 떨어지는 것이 느껴졌다. 여기서 어떻게 살아남아야 할지 고민하는 시간이 이어졌고, 태국에 뿌리내리고 살아가기 위해서는 영어에 기댈 것이 아니라 태국어를 배워야겠다는 데 생각이 미쳤다. 좋은 기회를 맞닥뜨렸을 때 태국어에 발목 잡히고 싶지는 않았다.

　다음 날 눈을 뜨자마자 방콕의 플런칫^{Phloen Chit}역에 있는 태국어 학원을 찾아갔다. 태국어 기초반에는 세계 각국에서 온 외국인들이 모여 있었다. 저마다의 사연을 품고 이곳에 와서, 생존하겠다는 일념으로 낯선 언어를 공부하려는 사람들이었다. 그런 동질감 때문인지 우리는 빠르게 친구가 됐고, 진지하게 수업에 임했다. 나뿐만 아니라 모두가 그랬다. 수업에서 만난 사람들의 좋은 영향 덕분인지 1년 동안 꾸준히 태국어 공부를 이어갈 수 있었다. 곧 남편을 비롯한 태국 가족들과 태국어로 소통할 수 있게 되었고, 쇼핑이나 외식을 할 때도 자연스럽게 태국어를 쓸 수 있게 되었다. 무엇보다 내 기분과 마음을 조금씩 전달할 수 있게 되어 기뻤다. 흑백이었던 태국에서의 삶이 조금씩 알록달록 해지는 것 같았다.

여전히 태국어 습득에 열을 올리고 있던 2020년 1월, 코로나19 바이러스가 창궐했다. 태국 정부도 학교와 학원 시설을 전면 폐쇄 조치했다. 친구들과 함께 모여서 수업을 듣지 못한다는 사실에 한동안 무척 시무룩했는데, 그 와중에 기쁜 소식은 내가 1년 6개월 만에 초급반에서 고급반까지 모든 과정을 마쳤다는 점이었다. 이후에도 태국인 선생님과 일대일 과외를 받으며 태국어 실력을 갈고닦았다. 오로지 목표는 태국에서 디자이너로서 좋은 기회를 얻는 것이었다.

+ 쪼그라든 자신감에 한 줄기 빛이

모든 수업을 마치고 태국어에 자신감이 조금 붙기는 했지만, 구직 활동까지 태국어로 하기에는 아직 한참 모자랐다. 1년 6개월이 지났지만 아직 제대로 된 일자리를 구하지 못한 나는 마음이 더 쪼그라들 것도 없는 상태였다. 게다가 방콕의 물가는 왜 이렇게 비싼지! 태국 물가가 저렴하다는 건 옛말이고 방콕의 경우 한국 물가와 비슷한 수준까지 올라와 있었다. (물론 방콕을 제외하면 여전히 한국보다 저렴하다.) 10년 전에 여행 왔을 때는 돈을 펑펑 쓴 기억이 가득한데 말이다. 그간 태국도 많은 경제 성장을 이뤘고, 그에 따라 생활 물가도 자연스레 올라간 것이었다.

생활비를 아끼기 위해 요리를 시작했다. 영 관심 없는 분야였지만 집에서 직접 해 먹다 보니 생각보다 나를 먹이려고 내가 노동하는 게 꽤 재밌었다. 의복 비용은 정말 확 줄었다. 태국은 1년 내내 여름이라 때가 되면 쇼핑 가야 할 일이 없었던 것이다. 좋은 일이라곤 할 수 없지만 팬데믹 상황 덕분에 외출도 여행도 못하게 되어 문화생활비도 쓸 일이 없었다.

물론 남편이 주는 생활비로 편하게 살 수도 있었겠지만, 사회생활을 시작한 이후 한 번도 부모님께 손 벌린 적이 없었기 때문에 오롯이 내가 번 돈으로 삶을 영위하는 게 얼마나 보람 있고 소중한 일인지 잘 알고 있었다. 경제적으로 누군가에게 기대는 게 생활비를 아껴 쓰는 것보다 더 힘들고 거부감이 드는 일이었다. 그래서 태국 체류에 있어 필수적인 비용은 남편이 버는 돈으로 충당하되, 내가 개인적으로 사용하는 비용은 직접 해결하는 게 맞다고 생각했다.

그 무렵, 정규직은 아니지만 다행스럽게도 태국에

서 만난 지인들을 통해 디자인 프로젝트 의뢰가 들어오기 시작했다. 새로 오픈하는 방콕의 디저트 카페의 로고 디자인, 향수 브랜드의 패키지 디자인, 태국 정부 기관의 브랜드 리뉴얼 등 다양한 영역의 프로젝트를 맡게 된 것이다. 그간 꾸준히 공부한 태국어가 빛을 발하기 시작했다는 것이 뿌듯했다. 방콕에서 4년제 대학을 나오거나 외국으로 유학을 다녀온 경험이 있는 태국인은 영어를 잘했기 때문에 내 디자인을 영어로 설명하는 것도 가능했지만, 클라이언트가 원하는 것을 세심하게 오차 없이 파악해야 할 때는 태국어로 소통하는 게 훨씬 유용했다.

게다가 실제로 일하는 상황에서 태국어를 쓰다 보니 학원에서는 배울 수 없었던 실전 태국어를 익힐 수 있었다. 소통에 정성 들인 것이 통했는지 하나의 프로젝트가 끝나면 클라이언트가 또 지인들에게 나를 소개해 줘서 끊임없이 디자인 작업을 이어갈 수 있었다. 일이 많아질수록 힘은 들어도 태국에서 브랜드 디자인 일을 하게 되어 얼마나 기뻤는지 모른다.

디자인 비용은 프로젝트 규모에 따라 달랐지만 건당 한화로 최소 50만 원부터 최대 250만 원 사이였다. 한국에서 받던 월급에 비하면 한없이 적은 액수였다.

그럼에도 나는 이 일을 하면서 자신감을 조금씩 회복했다고 기억한다. 내가 잘할 수 있는 일을 하고, 그에 합당한 금액을 받는 과정이 마냥 감사했다. 무엇보다 만년 겉도는 외국인일 줄 알았는데 태국인들과 자연스럽게 소통하며 함께 일할 수 있다는 게 뿌듯했다. 이제 단 하나의 과제, 불안정한 프리랜서보다 안정적인 일자리를 얻고 싶은 내 속의 갈등을 해소하는 것만이 남아 있었다.

+ 해외 취업은 용기가 절반

2년 정도가 흐르자 일상생활에서 태국어가 자연스럽게 나왔다. 동시에 구직 활동도 본격적으로 시작했다. 코로나19 여파로 일자리가 많이 줄어들었지만, 종종 구직 플랫폼에 올라오는 브랜드 디자이너 혹은 그래픽 디자이너 구인 공고를 발견할 때마다 이력서와 포트폴리오를 보냈다. 대부분 아무 소식이 없었다. 가끔 면접 보자는 연락이 오면 깜짝 놀라곤 했다. 온라인 면접에 충실히 임했지만 함께 일하자고 말해 주는 곳은 그때까지 나타나지 않았다. 구직만을 목표로 한 지 또 4개월이 흘렀다. 태국에서 취업할 수 있는 다양한 방법에 대해 치열하게 연구하고 노력한 기간이라고 자부한다.

그러다 몇 번 주변의 태국 친구들을 만나 취업에 대한 조언을 구했는데, 태국은 혈연, 지연, 학연이 한국보다도 더 중요하고 끈끈하다는 사실을 알았다. 실제로 회사에 입사해 보면 누구의 친구, 또 그 친구의 선후배 등 서로 아는 사이가 많다는 것이었다. 중고등학교 때부터 쭉 이어지는 특유의 문화라 태국 사회에서는 당연하게 여겨진다고도 했다. 이런 이야기를 들을 때마다 '과연 이런 문화에 잘 스며들 수 있을까?' 하는 의문이 들었다.

처음에는 태국에서 많이 사용하는 구직 플랫폼을 수시로 들락거렸다. 잡타이^{Job Thai}, 잡스디비^{JobsDB}, 한국 교민 사이트인 한아시아^{Hanasia}, 일본계 헤드헌터 업체인 아데코 타일랜드^{Adecco Thailand} 같은 곳이 대표적이다. 그런데 별 소득이 없었다. 친구들의 추천으로 링크드인^{LinkedIn} 공략을 시작했다. 관심 있거나 가고 싶은 회사의 인사 담당자를 찾아 직접 연락을 취해 보는 것이다. 메시지에 회신이 오면 담당자 이메일로 필요한 서류를 보내는 이 방법이 좋은 전략이었는지 인터뷰까지 이어지는 경우가 늘어났다.

그렇게 태국의 유명 패션회사, 브랜드 에이전시, 광

051

고 기획사 등과 인연이 닿았고 마침내 마음에 두고 있던 회사로부터 최종 합격 연락을 받을 수 있었다. '태국에서는 외국인도 일자리 구하기가 수월하다'는 말은 대체 누가 했을까 싶을 만큼 힘든 여정이었다. 출근하는 날까지 설레서 잠이 오지 않을 정도였다.

드디어 입사한 회사는 바로 카카오 엔터테인먼트의 태국 지사였다. 그중에서도 웹툰 부서로 배정받아 소셜미디어용 그래픽을 만들거나 한국 본사에서 한국어 버전으로 넘어온 이미지를 태국어 버전으로 바꾸는 등의 일을 했다. 업무는 손에 익어서 어렵지 않았지만 태국어로 일해야 하는 건 여전히 쉽지 않았다. 업계에서만 쓰는 태국어 폰트 디자인을 모두 다시 습득해야 했고, 태국어로 회의라도 하면 온 신경을 곤두세우느라 끝나고 나면 그날의 에너지를 다 쓸 정도였다. 그래도 따뜻하고 친절하게 알려주는 동료들 덕분에 태국 회사 생활에 무사히 적응할 수 있었다.

+ 다양한 문화의 사람들과 일하다

우연한 기회로 이직 제안을 받았다. 독일의 음식 배달 플랫폼 '딜리버리 히어로Delivery Hero'의 자회사인 '푸드판다Foodpanda'에서 오퍼가 들어온 것이다. 우리에게 익숙한 배달의민족도 딜리버리 히어로의 자회사이다. 평소에 관심을 두고 있는 회사였기에 어떤 일을 하게 될지 알아보니 이전 직장의 업무와 비슷했다. 하지만 푸드판다에서는 더 다양한 문화권의 동료들과 일할 수 있다는 장점이 있었다. 일하는 동안 최대한 다양한 경험을 하고 싶어 하는 나로서는 매력적인 기회였다.

그렇게 태국에서의 두 번째 직장 생활이 시작되었다. 이전과 가장 달랐던 것은 외국계 기업답게 관대하게 주어지는 자유와 복지, 그리고 그에 따른 책임감과 성과주의였다. 내가 맡은 일에서 성과를 내지 못하면 곧장 해고될지도 모른다는 공포를 느끼며 수습 기간 4개월 내내 얼마나 긴장했는지 모른다. 이번에도 나를 살린 건 동료들이었다. 홍콩, 대만, 캄보디아, 말레이시아, 인도네시아, 브루나이 등 세계 각국에서 모인 팀원들 덕분에 강도 센 업무를 차근차근 해치우며 무사히 수습 기간을 넘길 수 있었다.

회사에는 아시아뿐 아니라 유럽과 영미권에서 온 팀원도 많았는데 각자 문화와 사고방식이 다르기 때문에 오히려 더 서로를 존중하려는 분위기가 있었다. 업무 강도는 다녀 본 어떤 회사보다 높았고, 원했던 직급보다 낮은 직급으로 들어와 연봉도 높지 않았지만 말로만 듣던 수평적 문화는 내게 무척 잘 맞았다. 회사 생활에 고민이 많을 때면 임원들과도 허심탄회하게 대화했고, 팀원들이 열린 마음으로 나서서 도와준 덕분에 디자이너로서도, 외국인 노동자로서도 즐겁고 감사한 날들을 보냈다.

+ 돈벌이의 기회는 문방구에서

그러던 어느 날, 한국의 한 출판사로부터 출간 제안을 받게 되었다. 전쟁 같았던 태국 취업 후기…같은 것은 아니고 바로 나의 최애 취미에 관한 것이었다. 내가 2년 동안 인스타그램에 올리고 있던 '태국 문방구'에 관한 기록이다. 목표가 있어서 시작한 일은 아니었다. 내가 새롭게 정착하고 살아가는 태국이란 나라를 문구 덕후의 시선으로 바라보면 흥미로운 요소가 정말 많았다.

특히 태국에는 오래된 문방구, 태국인들이 좋아하는 문구 브랜드, 태국의 문구 역사 등 재밌는 이야깃거리가 넘쳤는데 잘 알려진 정보들은 아니었다. 혼자만 알고 있기에는 아까워서 태국이나 문구를 좋아하는 사람들에게 공유하자는 게 처음 생각이었다. 나만의 태국 일기장 역할도 겸해 태국 문방구 이야기를 꾸준히 인스타그램에 기록해 나갔다.

태국 문방구에 대한 기록이 쌓이자 예상보다 많은 사람들이 관심을 가졌다. 그 기록 덕분에 세계 각국에 문구 덕후 친구가 생겼다. 그리고 무엇보다 태국에서의 일상이 어쩐지 더 특별해졌다. 처음 이곳에 살겠다고 태국에 왔을 때는 사랑하는 사람의 나라에 온 것인데도 지구 어딘가에 불시착한 기분이 들 때가 많았다. 허전한 마음이 들 때마다 정처 없이 방콕 거리를 걸었고, 우연히 발견한 오래된 문방구 앞을 지나다가 이내 발걸음을 멈추게 되었다. 이곳에서 문방구를 찾아다닌다면, 내가 즐거우면서도 외로움을 달랠 수 있는 취미가 되어 주지 않을까 하는 생각이 스쳤다.

그 뒤로 시간이 날 때마다 태국 곳곳에 있는 문방구를 알아보고 문구용품 탐방길에 나섰다. 그때만 해도 취업을 하지 못했던 때라, 내가 있어야 할 곳에서 할 일을 하는 느낌을 받으며 태국 생활이 자연스러워졌던 것도 같다. 그래서 나는 지금도 태국의 문방구에 들를 때마다 고마운 마음이 든다.

그렇게 태국 문방구 이야기를 인스타그램에 올렸다. 그 사이사이에 태국 생활에 대한 이야기도 적었다. 그 기록을 재밌게 봐 준 한국의 출판사에서 태국 문방구에 관한 책을 내 보자는 제안을 해 준 것이다. 그것도 두 군데나 연락을 주어 몹시 신기했다. 그간 열심히 모아 온 태국 문방구 기록이 한 권의 책이 된다니 꿈 같은 일이었다. 고심 끝에 출판사를 정하고, 계약을 하고, 본격적인 원고 집필을 시작했다. 아무리 열심히 모아 온 자료가 가득했어도 하루 종일 근무하고 퇴근 후 책을 위한 원고를 쓴다는 건 보통 일이 아니었다. 처음이라 서툴렀지만 담당 편집자님과 온라인 미팅을 해 가며 글을 쓰고 다듬었다. 책을 쓰는 동안도 태국 문방구 계정의 팔로워 수는 계속 올라가고 있었다.

+ 태국 문방구로 한국 돈을 벌다

2022년 여름, 드디어 한국에서 《태국 문방구》가 출간되었다. 어릴 때부터 간직하던 꿈을 이룬 기분이기도 했고, 또 태국 전국에 있는 문방구를 찾아다니며 기록한 여정을 담은 이야기를 세상에 선보일 수 있게 돼서 가슴이 벅찼다. 책 출간을 기념하고 홍보하기 위해 서울 홍대에서 책 출간 기념 북토크와 을지로에서 태국의 문방구를 그대로 재현한 팝업 스토어를 진행했는데, 이날이 바로 이민을 떠난 뒤 첫 한국 방문이기도 했다. 코로나19로 인해 가고 싶어도 갈 수 없었던 그리운 한국에 좋은 소식을 안고 날아올 수 있어 얼마나 기뻤는지 모른다. 너무나 보고 싶었던 가족, 친구들과도 재회의 기쁨을 누렸다. 진작 올 걸 그랬다는 말을 몇 번이나 했다.

소중한 나의 책 《태국 문방구》는 금의환향 말고도 많은 기회를 가져다줬다. 첫 번째는 태국 문구 용품 구매 대행이다. 제주에 혼자 여행 갔을 때 들렀다가 친해진 서점 주인부터 나처럼 문구 덕후인 친구들까지 "책에 나온 그 태국 연필을 사서 한국으로 보내 줄 수 있어?"라는 요청을 해 온 것이다. 종류가 많을 때는 수고비까지 함께 부쳐 줘 작은 용돈벌이가 되기도 했다.

사실 태국 연필을 대신 사다 주는 것은 나에게 너무나 즐거운 일이라 수고비를 안 받고도 하고 싶은 일이었다. 평소 자주 가서 내 것만 몇 가지 골라 보던 난미 Nanmee 문방구에서 종류별로 연필을 잔뜩 고를 때는 어찌나 행복하던지. 다 내가 갖는 것도 아닌데 바구니 가득 문구 용품을 채워 계산대로 가는 길이 무척 신났다. 난미는 아직도 모든 장부를 수기로 적고 있어서 계산하는 데 시간이 엄청나게 오래 걸렸지만 말이다. 이 일을 두어 번 반복하자 난미의 VIP 손님으로 업그레이드되는 영광도 얻게 되었다.

두 번째는 '방콕 문방구 투어'를 기획하게 된 일이다. 한국의 여행 플랫폼에서 해 준 제안인데, 책을 쓰면서도 늘 꿈꾸던 것이기 때문에 마다할 이유가 없었다. 코로나19 상황이 어느 정도 잠잠해지고, 한국인의 태국 여행이 늘고 있는 반가운 타이밍에 관광객들과 방콕 문방구 여행을 함께하게 되었다.

이 외에도 기회는 무궁무진했다. 해외에서 일하는 디자이너로서 멘토링과 강연 문의가 자주 들어왔고, 디자인 외주 프로젝트, 방콕 리포터 활동과 시장 조사 등 다양한 일을 요청받았다. 특히 해외에서 디자이너로 활동하는 것을 주제로 한 강연을 준비하는 건 시간이 많이 걸렸지만 아직 해외에서 업무 경험이 없어 막막한 사람들에게 내 이야기가 도움이 된다니 마냥 기쁜 일이었다. 그리고 물론 이 모든 일들은 새로운 소득 파이프라인으로 연결되었고, 한국에서 벌던 월급과 비슷한 수익을 추가적으로 얻을 수 있었다.

그중에서도 가장 감동적인 수익은 아무래도 인세다. 책을 출간한 지 6개월이 지난 뒤에 두 번째 정산을 받고는 새삼스럽게 책을 쓰면서 고생했던 시간이 마구 떠올랐다. 회사에서 하루 종일 에너지를 다 썼는데 집으로 돌아와 다시 책상 앞에 앉는 일이 쉽지는 않았다. 야근이라도 한 날엔 멍하게 의자에 앉아 모니터만 뚫어지게 바라본 적도 있었다. 마감일을 어기기 싫어서 어떻게든 글을 마무리하고 새벽에 메일을 보내고서야 잠에 드는 일이 많았다. 그러면서도 '과연 이 글이 책으로 나올 수 있을까?' 하는 궁금증이 늘 머릿속을 둥둥 떠다녔다.

한국 통장에 찍힌 인세는 내가 번 돈 중 가장 큰 금액은 아니었지만 가장 의미 있게 쓰고 싶은 돈이었다. 이후로도 들어온 인세는 한 번도 출금하지 않고 모두 그대로 넣어 두었다. 감사하게도 두 번째 책을 계약하며 받은 선인세도 함께다. 이 돈만큼은 훗날 내가 정말 하고 싶은 일에 쓰고 싶다. 어쩌면 나의 또 다른 꿈인 문방구를 차리는 데 쓸 수도 있지 않을까?

+ 미래에는 어떤 돈을 벌게 될까

《태국 문방구》는 예상 외로 태국에서도 관심을 많이 받았다. 태국의 20대, 30대 친구들 사이에서 입소문이 나면서 크고 작은 미디어로부터 인터뷰 요청이 들어왔다. 그러다 보니 태국 출판사에서 일하는 사람들, 문구 덕후들, 디자이너로 일하는 사람들 등 네트워크가 생겼고, 이를 통해 디자인 외주, 통역과 번역 의

059

뢰가 들어오기 시작했다.

특히 전문적으로 배운 적이 없는 동시통역은 정말 긴 시간 준비해도 쉽지 않은 일이었다. 하지만 내가 태국에 온 뒤로 지금까지 태국어를 포기하지 않고 공부했기에 할 수 있었던 값진 경험이었다. 더 잘하고 싶어서 통번역가 선배들을 찾아가 조언을 구했고, 태국어를 이전보다도 더 열심히 공부하게 되었다. 회사 업무 시작 전에는 태국어 강의를 듣고, 시간 날 때마다 단어를 외우는 일상을 보냈다.

2023년 2월, 태국에서 가장 큰 디자인 행사인 '방콕 디자인 위크BKKDW 2023'이 방콕 전역에서 이뤄졌다. 디자인 리포터로서 취재처를 조사하고 있었는데 한국의 한 콘텐츠 회사로부터 현지 코디네이터 겸 통번역 일을 맡아 달라는 의뢰를 받았다. 태국에서 디자이너로 일하고 싶어 전전긍긍하던 때가 엊그제 같은데, 이제는 태국어로 디자인 위크에서 통역을 하고 있다니. 물론 유명한 디자이너를 인터뷰할 때는 떨려서 아는 단어마저도 바로 생각이 안 날 지경이었지만, 태국어는 어느덧 나의 생존 무기가 되어 있었다. 그것만은 확실했다.

이 글을 마지막으로 다듬는 요즘도 바쁜 하루하루

를 보내고 있다. 태국에서는 디자이너로서 연차가 쌓일수록 더 업무에 몰입하며 바트฿를 벌고, 회사 밖에서는 《태국 문방구》 출간이 가져다 준 수많은 연결고리로 원화₩를 번다. 회사 생활을 하면서 여러 프로젝트를 병행하는 게 힘들었는데, 정신없이 해내다 보니 어느새 내가 이곳에 온전히 뿌리내렸다는 안정감이 찾아왔다.

어떤 나라에 이민을 가면 그 사람은 영유아기 시절부터 모든 것을 다시 시작해야 한다는 말이 있다. 처음에는 와 닿지 않았는데 지난 태국 생활을 돌이켜보니 이제는 천 번 만 번 이해가 간다. 태국에 처음 와서 할 줄 아는 게 아무것도 없었던 0년 차부터 N잡러로 거듭난 지금의 내가 되기까지 4년 조금 넘는 시간은 내가 다시 어른이 되기 위해 치열하게 노력한 시기였다.

앞으로 태국에서 몇 년을 더 살게 될까? 태국에 오게 된 것도 예상 못한 일이었던 것처럼 앞으로 또 다른 나라에서 살 수도 있지 않을까? 어느 날 문득 정신을 차리면 미국이나 유럽에서 달러$나 유로€를 벌고 있을지도 모른다. 앞으로의 인생은 어렴풋이 짐작할 뿐 선명한 그림을 그려 볼 수 없다. 오늘도 내가 할 수 있는 일들에 최선을 다하며 살아갈 뿐이다.

자신이 좋아하는 일로 새로운 소득 파이프라인을 만드는 부캐가 유행
이다. 여기 출근하면 '김 과장' 퇴근하면 비즈니스 사주 전문가 '김 도
사'로 활약하는 직장인이 있다. 아무도 모르게 월급보다 두둑한 부수
입을 벌어들이고 있는 그만의 특별한 노하우를 공개한다.

옆자리 김 과장님이
재벌집 카운슬러?

　나는 을지로에 서식하는 흔한 금융인이다. 이렇게 소개하면 투자도 좀 하냐는 질문이 이어지곤 하지만 얼마 전 대폭락해 버린 루나 코인 같은 것만 골라 들어가는 재주로 주식에서도 암호화폐에서도 상장폐지의 고배를 마셨다. 동료들은 내게 제발 지금 들어가는 종목을 알려 달라고 아우성이었다. 실제로 몇 번 말했더니 그 종목은 피하거나 내가 들어가기 전에 수익만 먹고 나왔다며 커피값 벌게 해 줘 감사하다는 인사를 건네기도 했다. 커피를 홀짝이며 고맙다고 말하는 동료가 유독 얄밉던 날, 그가 산 주식을 한 주 사 버렸는데 다음 날 진짜로 폭락해 잠깐 통쾌하기도 했다. 이게 웬 부질없는 짓인지.

이런 미생의 삶을 넘어 완생으로 가기 위해 소박하지만 유니크한 소득 파이프라인을 구축 중이다. 그건 바로 일명 '비즈니스 사주' 전문 '김 도사'다. A 금융지주 '김 과장'이라는 본업, 일명 본캐 외에 열혈 활동 중인 부캐다. 금융인이 사주를 봐 준다고 하면 사람들 얼굴에 물음표가 스친다. 나는 어쩌다 여기까지 온 걸까.

+ 쓰라린 악재 속에 꽃피운 부캐

때는 2018년 무술년, 운명의 쇠망치를 맞기 전까지 나름대로 내로라하는 공공기관에서 창업보육센터를 운영하며 수많은 스타트업 대표들을 만났다. 성공을 향한 열망으로 독을 품은 창업가들의 수많은 민원을 처리해 주고 흔들리는 마음을 다잡아 주는 일명 '멘털 마사지'가 나의 주 업무였다. 열심히 일하면 복이 온다는 말이 있듯 힘들긴 해도 성공이 절실한 사람들에게 직접적인 도움을 주는 일이라 보람을 느끼며 성실히 임했건만, 그 무렵 내 삶은 가정 파괴, 건강 악화, 금전 고갈이라는 3대 악재를 만나 휘청이고 있었다.

세상을 너무 막 살았나. 아무리 돌이켜 봐도 갑근세도 꼬박꼬박 잘 내고, 사소한 교통 법규 가끔 어기는 것 외에는 법도 잘 지키며 사는 자칭 모범 시민이라고 판단했는데……. 지금 생각해 보면 내가 알지 못하는 우주의 기운이 상식이나 논리와는 무관하게 나처럼 어리숙한 인간을 새로운 운명의 고속도로로 인도한 게 아닐까 싶다.

이렇게 불행이 몰아닥칠 때 나타나는 현상들은 주변인들이 대거 물갈이되고, 평소 절대 들어오지 않던 운이 들어오는 것인데 명리학을 공부하는 사람들은 이런 시기를 운이 교차된다고 하여 교운기交運期라고 부른다. 나는 이런 교운의 시점에 정말 우연히 유튜브에서 사주에 관한 영상을 봤다. 눈과 귀에 착착 감기던 그 콘텐츠가 너무 재밌어서 좌뇌, 우뇌, 전두엽, 후두엽 가릴 것 없이 사주에 꽂혀 버렸고, 곧장 사주팔자를 학문 삼아 파기 시작했다.

사주는 세상 모든 사람이 가지고 있는 '생년월일(시)'이라는 기초적인 네 가지 코드만을 기반으로 그 사람의 성향, 지향점, 장단점, 다른 사람과의 궁합 등을 통계에 기반해 추론한다. 사주를 봐 주고 있노라면 어떤 때는 가족이나 십년지기 친구 이상으로, 나와 내담자 간의 속마음 공유 게이트가 열려 내담자가 내게 급속도로 별 이야기를 다하기 시작하는데, 이것은 비즈니스에서 중요한 공감대, 즉 라포Rapport 형성과 많이 닮았다. 게다가 사회적인 자아는 연年, 월月, 개인적이고 잠재적인 자아는 일日, 시時에서 나타나 파악하므로 복잡다단한 인간의 다양한 페르소나 해석도 가능하다. 이것이야말로 시간·노력 투자 대비 효익을 뜻하는 ROIReturn On Investment 측면에서 너무나 효과적인 인간 분석 툴이 아닌가.

금융인의 습성을 발휘해 이런 생각을 하며, 사주를 공부하는 자의 숙명을 따라 '내 사주 내가 보기'를 시작했다. 6년근 홍삼마냥 6년 이상 수천 가지 영상과 서적을 통해 사주를 배우고, 고수들을 찾아가 대담을 나누는 동안 알음알음 소문이 퍼져 어느새 내게 자신의 사주를 봐 달라는 고객들이 생겼다. 소개팅으로 만난 내게 쌀국수 한 그릇을 복채로 대접하며 다른 남자와의 연애 상담을 부탁한 여자의 궁합을 봐 준 것을 시작으로, 변호사나 의사 같은 전문직, 심지어 무속인까지 수많은 내담자를 만나며 적지 않은 임상의 시간을 보내게 된 것이다.

+ 금융업과 사주가 만났을 때

거기에 금융업에서 일하며 습득한 경영학적 지식과 스타트업, 중소기업, 대기업, 공공기관을 모두 다녀

본 회사원으로서의 경력을 더하자 점차 나만의 비즈니스 사주 김 도사라는 부캐가 만들어졌다. 한국에서 활동 중인 역술가는 최소 60만 명 정도라고 하는데, 나보다 명리 경력이 오래된 분들은 엄청 많겠지만 실제 비즈니스 분야에서 구르며 체득한 시의적이고 실질적인 컨설팅에 가까운 통변은 비즈니스 사주에 특화된 나만의 장점이다. 특히 공공기관에서 창업 3년 미만의 스타트업들을 지원하는 창업보육센터를 운영했던 경험이 비즈니스 사주를 하며 만나는 창업가들과의 상담 때 톡톡한 노하우로 직결된 것은 그야말로 운명 그 자체였다.

실제로 내 사주에는 '친엄마'를 뜻하는 정인격正印格이 있는데, 창업'보육'센터에서 측은지심으로 스타트업 대표들을 돌보던 것도 격에 맞게 그 소임을 다한 것이라 놀라지 않을 수가 없다. 나는 마치 내 운명처럼 엄마라도 되는 듯 창업의 어려움을 겪는 대표들의 사주를 봐 주면서 응원 섞인 조언도 건네고 있다. 기술이나 제품은 탁월한데, 인사 관리는 영 꽝인 이들에게는 본캐인 김 과장을 내세워 R&R^Role&Responsibility에 따라 역할과 책임을 제시하고 조직 관리를 조금 더 잘할 수 있도록 도움도 줬다.

나의 복채 프라이싱^Pricing 정책은 꽤나 유연한 편이다. 회사 규모에 따라 달라지기 때문이다. 중소기업 직장인은 30분에 5만 원, 중견 기업 직장인은 7만 원, 변호사나 의사 같은 전문직은 10만 원 정도다. 그러나 대표라면 가격은 천차만별이다. 내가 정하는 경우도 있지만, 탁월한 수완으로 엑시트^Exit*에 성공해 큰 수익을 낸 어느 대표님이 두둑한 복채에 고가의 그림까지 팁으로 준 적도 있기 때문이다.

+ 부캐가 나만의 경쟁력이 되려면

그렇게 자연스레 유명세가 생기자 월급 못지 않은 부수입은 물론이요, 어느 순간 내담자들이 파도타기처럼 입소문을 내 준 덕에 활동 범위가 확장되고 있다. 이제는 엄연히 나의 또 다른 소득 파이프라인으로 자리한 사주 서비스의 매력 포인트가 있다. 온라인 마켓의 골칫거리이기도 한, 물건을 쌓아 두는 재고 걱정이 필요 없다는 것과 고객 리텐션^Retention 비율이 높다는 점이다. 재밌는 건 '단골'의 어원이 이 '리텐션 높은 고객'과 상통한다는 것이다. 원래 무속인이 모시는 단군

* 투자 후 출구 전략을 뜻하는 말로 투자자가 자금을 회수하는 방법이다. 벤처기업의 경우 매각, 주식시장 상장, 인수합병 등이 있다.

신을 '당골'이라고 했고, 그 무속인 집을 자주 들락거리는 손님도 당골이라 불렀는데, 현재는 그 말이 살짝 변형되어 충성 고객을 단골이라고 칭한다.

A 금융지주 김 과장이라는 본캐와 비즈니스 사주 전문 김 도사라는 부캐는 상호보완적이다. 금융인이라는 본캐를 통해 얻은 지식과 경험이 새로운 소득 파이프 라인을 만드는 데 혁혁한 공을 세운 셈이니까 말이다. 본캐가 아니었다면 나만의 장점을 발휘해 비즈니스 사주 전문 김 도사가 될 수 있었을까. 한국에서 활동하고 있는 60여 만 명의 역술가들 중 MBA를 취득하고 스타트업, 공공기관, 중소기업 등 다양한 필드에서 일해 본 이가 몇이나 될까? 나는 짧은 사주 경력과 비교적 적은 상담 경험을 금융업에서 회사원으로 일하며 체득한 나만의 인사이트로 보완했다. 이것이 본캐를 적극 활용한 나의 경쟁력이다.

+ 부수입으로 파이어족을 꿈꾸다

최근에는 한 운세 앱 스타트업에서 입점 제안을 받기도 했다. 금융권 종사자의 숙제인 겸업 금지 조항 탓에 정식으로 입점하기는 힘들지만 시대가 크게 바뀐 만큼 SNS 플랫폼 등 영업 채널을 다양화하는 것은 나처럼 본업 외에 사이드 프로젝트를 하는 사람이라면 충분히 고려해야 할 사항인 듯하다. 이왕 이렇게 된 것, 금융계 최초로 운세 AI 챗봇을 도입하려고 구상 중이다. 가상 현실, 아바타가 뜨고 있는 요즘, 나는 또 다른 소득 파이프라인을 구축하고 있다.

나의 최종 목표는 일명 파이어족Financial Independence Retire Early, FIRE의 꿈이라고 하는 현업에서의 조기 은퇴, 경제적 자유다. 사주 봐 주는 AI 챗봇 도사를 개발하는 등 구체적인 계획도 세워 보고 있다. 그리하여 직접 뛰지 않고도 많은 사람이 위로와 응원을 받을 수 있는 서비스를 제공하고, 나는 조기 은퇴를 위한 튼실한 파이프라인을 구축할 수 있기를 바란다. 모두들 자신만의 특기를 잘 살려 운수 대통하길!

나만의 부캐를 찾는
3가지 도구

1. 스트렝스 파인더 Strength Finder

글로벌 여론 조사 기관 갤럽에서 만든 자기 발견 프로그램이다. 강점을 34가지로 분류하고 자신에게 가장 자연스럽게 발현되는 강점이 무엇인지 특정해 알려준다. 자신이 잘하는 것, 좋아하는 것이 무엇인지 과학적으로 파악하고 싶은 이들이 많이 사용한다.

2. 밑미 Nice To Meet Me

자신이 좋아하는 일과 취미를 찾고, 커리어 발전을 도와주는 서비스 커뮤니티다. '글쓰기' '독서' 같은 취미부터 '커리어' '심리'까지 다양한 자아 발견 프로그램을 제공한다. 자신의 정체성을 정의하고 싶을 때 추천한다.

3. 사이드 Side

좋아하는 게 너무 많아서 고민인 이들이라면 주목하라. 여러 가지에 관심이 많거나 능력이 다양한 일명 '다능인多能人'들의 인터뷰부터 다채로운 사이드 프로젝트들을 만날 수 있다.

1인 가구 10명 중 4명이 투잡을 뛰는 시대. 하나 정도는 놀면서 돈 벌수는 없을까? 취미를 돈과 연결해 특별한 아르바이트를 하는 20대가있다. 좋아하는 일로 돈도 벌고 싶다는 그의 당돌한 꿈은 이뤄질 수 있을까?

좋아하는 마음을
사고팔 수 있을까?

대학교 3학년 때 네덜란드로 교환학생을 갔다. 유럽살이의 최대 장점은 중세의 흔적이 남은 근사한 도시들을 비행기 몇 시간만 타면 여행할 수 있다는 점인데, 가고 싶은 곳은 많았으나 용돈이 빠듯했다. 처음 눈에 들어온 건 '딜리버루Deliveroo'라는 배달 아르바이트였다. 딜리버루는 한국의 배달의민족 같은 음식 배달 플랫폼인데, 앱에 배달 기사로 등록한 후 가게에서 음식을 받아 목적지에 배달해 주면 되는 것이었다.

같은 기숙사 친구들 서넛이 만족스럽게 하고 있다는 이야기를 듣고는 관심이 생겼다. 하지만 치명적인 단점이 있었으니 바로 내가 자전거를 잘 타지 못한다는 것이었다. 내 한 몸 가누기도 힘든데 피자까지 싣고 자전거라니. 사고 날 게 뻔해 보여 마음을 접었다.

+ 돈도 벌고 사심도 채우고

다른 아르바이트를 고민하던 중 브라질에서 온 친구가 자신이 배달 말고도 가끔 하는 일이 있다며 '펫시터Pet Sitter' 아르바이트를 추천해 줬다. 펫시터는 베이비시터처럼 가족이 집을 비우는 사이 강아지나 고양이를 대신 돌봐 주는 일을 한다. 네덜란드에서는 '포셰이크Pawshake'라는 앱을 통해서 구인이 이루어지고 있었다. 일을 시작하고 싶다면 자기 소개와 함께 서비스 항목별로 금액을 올려 놓으면 된다. 기본 서비스는 하루에 한 번 반려동물이 거주하는 공간에 방문해 사료와 물을 급여하고, 화장실을 청소하고, 놀아 주는 것이었다.

시세는 7유로에서 12유로로 기억하는데 한화로는 약 1만 원에서 1만 7000원 정도다. 거기에 산책을 시키거나, 돌봐야 할 동물이 많거나 하루에 여러 차례 방문을 원하면 가격이 추가되는 방식이었다. 호텔링Hotelling처럼 펫시터의 집에 일정 기간 머물며 반려동물을 돌봐 주는 옵션도 있었다. 보호자는 펫시터의 자기 소개와 시급, 펫시터의 서비스를 이용한 사람들의 리뷰 등을 확인하고 자신이 원하는 일정과 옵션을 펫시터에게 제안한다. 펫시터가 이를 수락하면 거래가 성사되는 구조였다.

사실 펫시터 아르바이트에 대해 듣자마자 눈이 번쩍 뜨였다. 어릴 때부터 강아지와 고양이를 반려하는 것이 소원이었기 때문이다. 하지만 나 빼고 모든 가족이 동물에 알레르기가 있어, 항상 강아지 인형을 안고 아쉬움을 달래고는 했다. 성인이 되고 나서 더 이상 인형을 가지고 놀지는 않았지만 길을 가다가 멀리서부터 산책 중인 강아지가 보이면 마음이 설레고, 마주치는 수많은 '털친구들'에게 속으로 사랑을 고백하는 어른이 되었다. 어쩌다 강아지가 눈이라도 마주쳐 주고 손을 핥아 주면 최고로 행복했다. 나는 언제나 털친구들과의 만남을 갈망하고 있었다.

또한 펫시터가 되는 데 특별한 자격 요건이 없다는 점도 선택에 한몫했다. 반려동물과 함께 산 경험이 있으면 의뢰를 받을 때 유리할 수는 있지만 그런 경험이나 전문 지식, 혹은 자격증이 없어도 앱에 펫시터로 등록할 수 있었다. 게다가 내가 머물고 있던 스키담 Schiedam이라는 동네는 산책하면서 얼핏 봐도 반려동물을 키우는 인구가 많아서 수요가 클 것 같았다. 그래서 그날 당장 포셰이크에 펫시터 프로필을 만들고 자기

075

소개를 올렸다.

+ 좋아하는 일은 쉬울 줄 알았건만

일주일 뒤 처음으로 의뢰가 들어왔다. 루마니아에서 이주해 온 부부였는데, 2박 3일 여행을 떠나는 동안 하루에 한 번씩 방문해 강아지 두 마리를 돌봐 달라는 의뢰였다. 일이 처음이라 최저가로 올렸음에도 페이는 회당 10유로로, 한화로 30분에 약 1만 4000원 정도니까 아주 훌륭했다. 거리도 집에서 걸어서 10분 거리였다.

설레는 마음을 안고 보호자와 사전 만남을 하러 갔다. 내가 돌보게 된 아이들은 복실복실한 미색의 털을 가진 강아지 두 마리로, 이름은 '쿠키'와 '머핀'이었다. 달콤하고 포근한 이름처럼 초면인 나도 좋아해 줘서 수월한 사흘을 보낼 수 있을 것 같았다. 문제는 집에 들어가기도 전에 일어났지만.

집에 방문하기 하루 전 건네받은 임시 열쇠로 문을 열려고 하는데 너무 뻑뻑해서 어떻게 해도 열쇠가 돌아가지 않았다. 문 앞에서 10분 내내 씨름하고 있으니, 낯선 소리를 들은 쿠키와 머핀이 마구 짖기 시작했다. '나 지금 굉장히 도둑처럼 보이지 않나?' 온몸에 식은땀이 흘렀다. 거의 울먹거릴 때쯤 길을 지나던 더치 아저씨가 도움이 필요하냐고 물었다. 간절하게 끄덕이자 열쇠를 건네받은 아저씨는 프로페셔널한 솜씨로 3초 만에 문을 열어 주고 빙긋 웃어 보였다. 연신 고맙다는 네덜란드어인 "당큐웰Dankjewel"을 외치며 겨우 집 안으로 들어갔다.

이후에는 아이들에게 밥을 주고, 화장실을 청소하고, 공놀이도 하며 평화로운 시간을 보냈다. 한국인의 '인증샷' 실력을 뽐내며 아이들 사진을 예쁘게 찍고서 잘 지내고 있다는 메시지와 함께 여행 중인 보호자에게 보내기도 했다. 그러나 위기는 다시 찾아왔다. 바로 머핀에게 약을 먹일 때였다. 캡슐 약을 먹여야 하는데 밥에 섞어 줘도, 입을 손으로 벌리고 넣어도 연거푸 퉤퉤 뱉어 버리는 것이었다. 어떻게든 먹이겠다는 일념으로 끈질기게 넣어 주려 했더니 더 큰 위기가 찾아왔다. 머핀이 화가 나 버린 것이었다. 내가 가까이 가면 으르렁거리거나 왈왈 짖었고, 머핀이 짖으니 쿠키도 따라서 짖기 시작했다. 가구도 많지 않고 복층 구조라 그런지 온 집 안이 쩌렁쩌렁 울렸다.

급기야 펄쩍펄쩍 뛰면서 흥분을 감추지 못하는 머핀을 보면서 이러다 혹시 나에게 달려드는 건 아닌가 두려워졌다. '강아지에게 물리면 누가 책임져 주지?' '유학생 보험이 이런 것도 커버되던가?' 여러 생각이 순식간에 머릿속을 스쳐 지나갔다. 그러다 문득 발치에 놓인 '삑삑이' 장난감이 눈에 들어왔다. 재빨리 강아지들 뒤쪽으로 멀리 장난감을 던졌다. 다행히 머핀과 쿠키는 장난감을 쫓아가 입에 물고 삑삑거리며 돌아왔다. 몇 번을 반복하며 신나게 뛰어놀다 보니 경계심이 풀린 것이 느껴졌다. 머핀이 혀를 길게 빼고 헥헥거릴 때 재빠르게 약을 입에 넣었고, 머핀이 약을 꿀꺽 삼키는 것을 확인할 수 있었다. 그제야 겨우 한숨 돌릴 수 있었다.

다음 날도 머핀과 쿠키와 함께 행복한 시간을 보냈다. 이렇게 첫 펫시팅을 무사히 마쳤다. 다행히 부부는 내가 "매우 훌륭한 펫시터이고, 너무나 예쁜 베이비들 사진까지 보내 줬다"며 좋은 리뷰를 남겼다. 게다가 자신들의 커뮤니티에 나를 추천했는지 이후로도 루마니아 사람들의 펫시팅을 여러 번 했다. 리뷰가 쌓이면서 의뢰가 점점 많이 들어왔으나 본업인 공부도 해야 했고, 틈틈이 여행을 떠나느라 계속하지는 못했다. 그중 가장 인상 깊고 특별했던 여행은 펫시팅 아르바이트가 보내 준, 그토록 가고 싶던 바르셀로나 여행이었다.

한국에 귀국해 대학교를 졸업한 뒤 한 회사에서 인턴 생활을 시작했다. 그날도 평소처럼 유튜브로 고양이 영상을 보며 출근하고 있었다. 삭막하고 답답한 지하철을 버티는 유일한 방법이었다. 고양이가 보호자, 일명 '집사'의 눈을 마주치고 울며 애교를 부리는 모습을 보던 중, 문득 현실의 고양이가 보고 싶다는 강렬한 충동이 솟구쳤다. 그러고 보니 나는 점점 더 많은 '멍냥이'들의 '랜선 집사'가 되어 갔지만 실제로 그들을 만날 기회는 없었다. 마침 인턴 일이 익숙해지며 퇴근 후 저녁이나 주말에 시간이 나던 때였다. 그리고 사회생활을 시작했더니 버는 돈보다 쓸 돈이 많은 기분이라 부수입에도 다시 관심이 생기던 참이었다.

그런 두 가지 사심을 모두 채울 수 있었던 네덜란드에서의 기억이 떠올랐다. 당장 인터넷을 뒤졌더니 한국에도 포셰이크처럼 강아지와 고양이 방문 케어 서비스를 중개하는 업체들이 있었다. 그런데 이번에는 걸림돌이 있었다. 네덜란드에서보다 훨씬 많은 자격 요건이 있는 것이었다. 일단 대부분의 업체가 아르바이트가 가능한 최소 연령이 정해져 있어 대학교를 갓 졸업한 나는 신청 자체가 불가했다. 게다가 일주일에 최소 몇십 시간 이상 활동이 가능해야 했고, 평일 낮에 사전 교육 이수도 필요했다. 전업으로 펫시팅을 하는, 아르바이트보다는 취업에 가까운 일이었다. 그중에는 액션 카메라인 고프로를 대여해 펫시팅하는 전 과정을 중계해야 하는 곳도 있었다. 머핀에게 처음 약을 먹일 때 우왕좌왕했던 기억을 떠올려보면 보호자도 펫시터도 더 안심할 수 있는 장치들이 많이 마련된 것 같았다. 다만 일을 구하는 입장에서는 진입 장벽이 너무 높아 난감했다.

검색 끝에 최소 연령 조건이 없는 업체를 어렵게 찾았다. 대신 몇십 개 영상으로 구성된 필수 교육을 수료해야만 지원할 수 있었다. 지하철 안에서 틈틈이 영상을 보면서 동물들의 건강 상태 확인법, 위급 상황 발생 시 대처법 등을 공부했다. 다음 관문은 자기소개서였다. 네덜란드에서의 경험과 반려동물을 사랑하는 마음을 가득 적어 제출했다.

매일 가슴을 졸이며 합격을 기다리는 시간이 이어졌다. 일주일이 지나고 열흘이 지나고, 보름이 넘도록 연락이 오지 않았다. 떨어졌나 싶어 고객센터에 전화를 걸었다. 반려동물과 함께 살아 본 경험이 없는 사람은 신청을 받지 않는다는 답변이 돌아왔다. 허무했다.

자격 요건에는 분명 적혀 있지 않은 말이었다. 이후에도 다른 경로를 찾아 보았지만 한국에서는 아직까지 펫시터가 집에 방문해 반려동물을 돌보는 것보다는 전용 호텔에 맡기거나 지인에게 부탁하는 것이 더 일반적인 것 같았다. 그렇게 펫시팅은 좋은 추억으로 남기기로 하고 마음을 접었다.

+ 출근해서는 월급을, 퇴근해서는 부수입을

하지만 털친구들을 돌보는 일은 언젠가 꼭 하고 싶었기에 임시보호처가 필요한 동물이 있는지 확인하러 온라인 커뮤니티에 자주 들어갔다. 그러다 우연히 방문 탁묘 게시판을 발견했다. 여행이나 명절 때문에 자리를 비우는 집사님 대신 그 집에 방문해 고양이를 돌봐 줄 사람을 찾는 곳이었다. 운이 좋으면 집 근처에서 일도 찾을 수 있을 것 같았다.

하루에도 몇 번씩 카페에 들어가서 새로운 글이 올라왔는지 확인했다. 그리고 구인 공고가 뜨면 바로 보낼 수 있도록 집사님들에게 나를 어필할 문구를 준비했다. '네덜란드에서 방문 펫시터로 활동하며 고양이를 돌본 경험이 있습니다. 지인들의 고양이를 다수 탁묘해 보았습니다. 제 아이라고 생각하고 돌보겠습니

081

다.' 마침내 원하던 조건의 글이 올라왔고, 재빠르게 문자를 보냈다.

보호자의 선택을 받으면 보통 탁묘하기 전날 사전 만남을 한다. 직접 고양이를 만나 보고 서비스해야 할 사항을 현장에서 확인하기 위해서다. 또한 일종의 계약을 체결하는 자리이기도 하다. 일반적으로는 서로 주민등록번호 뒷자리를 가린 신분증 사진을 교환하고 마무리된다. 간혹 보호자에 따라 계약서를 작성하는데 어떤 계약서에는 업무의 범위와 임금, 임금 지급 시기, 문제 발생 시 책임 소재까지 구체적으로 명시되어 있기도 했다. 한국의 경우 홈 CCTV가 있는 집이 많았는데 해당 사항에 대한 촬영 동의 여부가 포함되어 있기도 했다. 계약서 작성은 펫시터 경험을 통틀어 가장 엄중한 순간이었지만 흔한 일은 아니었다. 사전 만남 자리는 대부분 화기애애했고, 그러고 나면 고양이와 함께할 며칠에 대한 기대감이 부풀어 올랐다.

그렇게 몇 번 탁묘를 하자 보호자들의 후기가 또 쌓이기 시작했다. '원래 낯을 많이 가리는 아이인데 무릎에 올라가 있는 사진을 보내 주셔서 깜짝 놀랐어요.' '너무 잘 챙겨 주셔서 안심하고 다녀올 수 있었어요. 다음에 또 부탁드리고 싶어요.' 이런 후기들을 캡처해 놓고 새로운 펫시터 모집글이 올라오면 바로 문자로 전송할 수 있도록 저장해 두었다. 그 사이 더 많은 동물을 만나고 직접적인 도움을 주고 싶어 시작한 동물보호소 봉사 활동도 자기 소개에 추가했다. 이런 점이 신뢰를 얻었는지 이후에는 지역만 멀지 않으면 댓글을 늦게 달더라도 우선순위로 뽑혔다. 그렇게 퇴근하고 난 저녁 시간과 주말에 서울 방방곡곡으로 탁묘를 하러 다니는 생활이 이어졌다.

+ 좋아하는 일의 가격은 최저시급?

보호자의 집까지 오가는 이동 시간을 제외하고 펫시팅은 30분에서 1시간 정도였다. 하는 일은 네덜란드에서처럼 밥을 주고, 화장실을 청소하고, 잠깐 놀아주는 것이었다. 그러고 나서 버는 돈은 약 1만 원 정도였다. 최저 시급을 간신히 넘는 정도였지만 (교통비를 빼면 최저 시급도 안 될지도 모른다) 돈이 적어서 아쉽다고 생각한 적은 없었다. 왜냐하면 충분히 사심을 채우고 있었기 때문이다.

탁묘를 맡는 대부분의 고양이가 사람을 좋아했다. 잠깐 가서 밥만 주고 놀아 줄 뿐인데 마치 가족처럼 반겨 주는 고양이들을 보면 잠시나마 반려인의 기분을 느끼며 대리만족할 수 있었다. 그래서 종종 부탁받은 시간보다 조금 더 오래 머물다가 돌아오고는 했다. 아늑한 소파에 누워 있는 폭신하고 따끈한 고양이를 바라보고 있노라면 랜선 집사의 마음은 한없이 녹아 내릴 따름이었다. 아르바이트라기보다 사실상 취미 활동에 가까웠다.

+ 아르바이트도 위험수당이 있을까

물론 탁묘 아르바이트도 늘 평화롭기만 한 것은 아니었다. 한번은 설 연휴 기간에 '생강'이라는 고양이를 4일간 돌보게 되었다. 집에서 걸어갈 수 있는 거리는 처음이었고 아이가 너무 순해서 아주 즐거운 마음으로 다녔다. 홈 CCTV가 있는 집임에도 불구하고 "웅냥!" "생강이가 세상 제일 귀여운 냥이지요! 궁팡냥이!" 해 가면서 생강이와 끊임없이 대화했다. 생강이는 사람의 말에 소리 내 반응하는 일명 '대답냥이'라서 "앙냥!" 하며 나에게 대답도 잘해 주었다. 셋째 날도 설거지를 하면서 생강이와 얘기를 하고 있었다. "언니 설거지만 하고 놀자요. 아이 예쁘지요" 하는데 누군가 벨을 눌렀다.

하던 일을 멈추고 현관문 앞 CCTV 화면을 보자 모

자를 푹 눌러 쓰고 패딩을 겹겹이 껴 입은 아저씨가 서 있었다. 아까 1층 현관에 들어올 때 경비실 근처를 서성이던 아저씨 같았다. 화면을 찍어서 보호자에게 지인 분이냐고 메시지를 보냈다. 그리고 소리를 죽여 아무도 없는 척을 했다. 모르는 사람이라는 답이 왔다. '아차, 환기시킨다고 복도 쪽 창문 열어 놨는데!' 순간 소름이 끼치며 심장이 미친 듯이 뛰었다. 벌벌 떨며 창문으로 걸어가 커튼을 살짝 젖혔다. 다행히 아무도 없었다.

잠시 후에 아파트 스피커로 방송이 나왔다. 베란다에서 물을 쓰지 말라는 민원이 들어왔다고 한다. 아마도 민원인이 아까 경비실에 방문했다가, 경비원 아저씨가 안 계시니까 해당 세대들을 직접 찾으러 다닌 것 같았다. 겨우 안심하기는 했지만, 아직도 그 순간을 잊을 수 없다.

이 경험으로 보호자의 집에 방문해서 반려동물을 케어하는 아르바이트의 특성상 예상치 못한 상황을 감수해야 한다는 것을 실감했다. 이런 탁묘 방식은 주로 개인 간의 거래다 보니 사건, 사고가 발생했을 때 어떻게 하자는 논의가 없는 채로 펫시팅에 임하는 경우가 대부분이었다. 문득 무슨 일이 생기면 어떡하나 걱정이 됐다.

지금까지는 보호자가 계약서를 준비해 주면 살펴보고 날인했지만, 이제 내가 먼저 나를 보호할 수 있는 조항을 챙겨 계약서를 작성하자고 해야 하는 것일까 싶었다. 하지만 아직 펫시팅 업계에서 표준화된 계약서가 없는 데다 계약서를 쓰는 과정이 필수는 아니다 보니 보호자에게 말을 꺼내기가 쉽지 않았고, 계속해서 위험을 감수한 채 탁묘 일을 해 나가게 되었다.

+ 황당한 고용주와의 계약

2022년 여름, 탁묘보다 조금 더 정기적으로 할 수 있는 아르바이트를 생각하다가 강아지 산책 아르바이트를 떠올렸다. 강아지들은 주기적으로 산책을 해 줘야 하니까 고정적으로 방문하는 곳과 수입이 생길 터였다. 당근마켓에서 구인 글을 봤던 게 생각나 찾아보니 집 근처에 강아지 산책 아르바이트가 딱 하나 있었다. 같이 산책을 할 강아지는 '록키'라는 이름의 셰퍼드로 25킬로그램 정도 되는 아이였다. 줄을 당기는 게 조금 힘들 것 같기는 했지만, 동물 보호소에서 20킬로그램쯤 나가는 아이들도 종종 산책을 시키다 보니 크게 무리가 있어 보이지는 않았다. 시급은 탁묘 아르바이트처럼 시간당 1만 원이었다. 간략한 자기 소개를 문자로 보냈고, 일요일에 테스트 삼아 산책을 같이 해 보자는 록키 보호자의 답장이 돌아왔다.

일요일 저녁, 약속한 장소에 도착해 보니 일반 가정집이 아닌 상가 건물이었다. 살짝 당황했지만 록키 보호자에게 전화를 걸었다. 보호자는 일단 건물 위로 올라오라고 말했다. 조심스레 가파른 계단을 올라가니, 옥탑방이 나왔고 록키 보호자로 보이는 아저씨가 녹슨 초록색 철문을 열었다. 문 안쪽으로 들어가자마자 그는 "안녕하세요, 이거 끼시죠" 하면서 나에게 장갑 한 쌍을 건네 주었다. 얼떨떨하게 받아 들고 안쪽으로 들어가니 정자가 있었고, 그 밑에 강아지가 묶여 있었다.

철제 목줄을 차고 있는 강아지는 흥분해서 내 쪽으로 달려들다가 목이 줄에 걸리자 같은 자리를 빙빙 돌기 시작했다. 동물원에 있는 동물이 스트레스를 받을 때 하는 것과 같은 정형 행동인 듯했다. 보호자는 "록키! 앉아! 록키! 싯!" 하면서 록키를 컨트롤하려고 했다. 들은 체도 안 하던 록키는 보호자가 허리춤의 힙색에서 사료 몇 알을 꺼내자 재빠르게 앉았다. 보호자는 록키에게 철제 초크 체인 목줄을 채웠다. 초크 체인은 아이가 힘을 주어 당기면 목이 조여 드는 목줄로, 아마 록키 무게가 많이 나가고 힘이 세서 제어하려고 사용하는 것 같았다. '초크 체인, 저거 강형욱 선생님이 쓰지 말랬던 것 같은데.' 하지만 록키 보호자는 아랑곳하지 않고 목줄을 쥐었다.

"가시죠. 이 뒤에 산으로 갈 거예요." 건물을 나와 계속 걸었다. 예상대로 록키는 무지막지하게 줄을 당기며 앞으로 나아가기 시작했다. 보기 드문 큰 강아지라 많은 사람이 록키를 쳐다보았다. 기분 탓인지 몰라도 어르신들의 시선에서는 약간의 적대감도 느껴졌다. 이때까지도 록키와 인사할 기회를 얻지 못한 나는 뻘쭘하게 웃으며 그들 뒤를 쫓아갔다. 아파트 단지 뒤쪽의 쪽문으로 들어가자 슬슬 경사진 길이 나오기 시작했다. 인적도 점차 드물어졌다. 그러다 평평한 길이 나오자, 록키 보호자는 또 한 번 "록키, 싯!" 해서 록키를 앉혔다.

그리고는 록키의 목줄을 완전히 풀어 버렸다. 록키는 그대로 앞으로 달려 나갔다. 어안이 벙벙해졌다. "오프리쉬Off Leash 하시면 안 되지 않나요?" 사유지나 지정 구역이 아닌 곳에서 강아지에게 목줄을 착용시키지 않는 오프리쉬 행위는 명백한 불법 행위였다. 하지만 보호자는 대수롭지 않은 듯 대답했다. "내가 부르면 바로 오니까 괜찮아요. 다른 개도 없고."

한 1분이나 지났을까. 백구 한 마리와 보호자가 나타났다. 백구는 록키에게 시선을 고정한 채 꼬리를 번쩍 들고 몸이 뻣뻣이 굳은 채 움직이지 않았다. 백구의 보호자가 잠시 멈춰 있다가 한 발짝을 떼자마자 백구는 록키 쪽으로 달려들었으나 목줄에 걸려 제지당했다. 백구의 보호자는 록키 보호자, 록키, 그리고 나를 번갈아서 흘겨보았다. 그러더니 뒤로 돌아 분이 안 풀린 듯한 백구의 줄을 잡아끌며 떠났다. 백구가 시야에서 사라지자 록키 보호자가 말했다. "저번에 쟤가 록키를 물었어요. 사이 안 좋은 애예요." '네? 그런데도 목줄을 안 맨다고요?' 의문이 가득했지만 일단 록키 보호자가 앞장서는 대로 계속 산길을 걸었다.

드라이브 도로와 산책로를 지나자 배드민턴 코트가 나타났다. 록키 보호자는 다시 한 번 록키의 목줄을 풀더니 원반을 꺼냈다. "록키, 업!" 보호자가 원반을 공중에 띄우자 록키가 점프해서 원반을 잡았다. "록키, 레프트!" 옆으로 던진 원반도 록키는 멋지게 잡아 냈다. "굿 보이, 굿 보이, 록키 굿 보이. 록키가 에너지가 많아서 이렇게 하면서 힘을 좀 빼 주는 거예요. 자, 따라해 보세요." 얼떨결에 침 범벅인 원반을 받아 들었

089

다. '아, 이래서 장갑이 있었던 건가?'

하지만 처음 던져 본 원반은 잘 날아가지 않았고 그저 내 앞에 곤두박질칠 뿐이었다. "아니 이걸 세로로 해서 손목을 이렇게." 오, 원 포인트 레슨 덕분인지 다음 원반은 제법 멀리 날아갔다. 록키가 물고 온 원반을 잡아 다시 던지려고 했는데, 록키가 물고 놔 주지 않았다. "착하지, 록키, 언니 주세요!" 하면서 원반을 잡아 당겼는데, 앗, 흥분한 록키가 그만 내 손을 콱 물어 버렸다. "에이, 그렇게 하시면 안 돼요, 다쳐요!" 록키에게 물린 손을 붙잡고 있는 나에게 보호자가 말했다. 그렇게 원반 던지기 놀이는 끝이 났고, 장갑을 걷어 보니 그 부위가 빨갛게 부어오르고 있었다. 아마 멍이 들려는 것 같았다.

산에서 빠져나오는 길, 록키는 열심히 냄새를 맡더니 빙글빙글 돌기 시작했다. 배변을 볼 '똥스팟'을 정하는 것 같았다. 잠시 후 역시 예상대로 거대한 볼일을 보았다. "비닐봉지는 어디 있어요?" 물어보니 보호자는 "아, 이거는" 하더니 발길질을 하며 풀숲 틈으로 똥을 밀어 넣었다. "거름 주는 거죠." 그가 너무 당당해서 순간 '그런가?' 하는 생각이 들 정도였다. 하지만 개똥을 고의로 치우지 않는 행위도 과태료 부과 대상이다.

돌아가는 내리막길에는 내가 록키의 목줄을 잡았다. 록키가 무지막지하게 줄을 당기는 바람에 내 몸은 계속 팔랑팔랑 휘날렸고, 그러지 않기 위해 하체에 힘을 단단히 주어야 했다. 장갑을 꼈는데도 줄을 잡은 손이 쓸리며 실시간으로 부어오르는 게 느껴졌다. 애플워치에서 진동이 부르르 와서 보니 '지금 운동 중이신가요?'라는 알림이었다. 그렇게 의문 가득한 그날의 산책은 끝이 났다. 록키 보호자는 바로 나의 계좌로 1만 원을 입금해 주었다. 다음 일정은 서로 상의하여 다음 주 토요일이나 일요일 중에 하기로 했다. 땀범벅이 되어 기진맥진한 채로 집에 돌아왔다.

+ 1만 원의 기쁨과 슬픔

다음 날, 아침에 일어나니 온몸이 욱신거렸다. '아, 그냥 하지 말까.' 몸살 기운이 올라오는 듯했다. 온종일 누워 있는 나에게 엄마는 "어제 뭘 했길래 그래?"라고 물어보셨다. 강아지랑 산책하는 아르바이트를 했다고 말씀드리자 "고작 만 원 벌려고?"라는 대답이 돌아왔다. 나도 모르게 "그러게?" 하고 대답했다. 그렇다. 이 고생을 하고 번 돈은 단돈 1만 원이었다. 무난하게 아무 일도 없었다면 만족할 수 있는 돈이었다. 하지만 록키에게 물린 부위의 치료를 받아야 했다면 병원비도 안 나왔을 액수였다. 펫시팅에는 별도의 위험 근무수당 같은 것이 없기 때문이다. 또한 동물을 돌보다가 다치더라도 어느 쪽의 과실인지 말하기가 힘들다. 만약 더 큰 사고가 생긴다면 그 뒷감당은 온전히 나의 몫임을 뼈저리게 깨닫는 순간이었다.

'과외 아르바이트 같은 걸 했다면 이렇게 고생하고 다칠 일이 없었을 텐데. 돈도 더 많이 벌고.' 옅은 후회가 스쳐 지나갔다. 하지만 산책을 나갈 때 격하게 꼬리를 흔들며 행복하게 미소 짓는 듯했던 록키의 표정이 다시금 떠올랐다. 나로 인해 다른 존재가 순수하게 기뻐하는 모습을 볼 수 있는 것은 펫시팅 아르바이트만이 가진 매력임을 부정할 수 없었다.

하루가 더 지나자 원반 놀이를 할 때 물렸던 곳에 붉게 멍이 들었다. 그다음 날은 더욱 검붉게 멍이 들었다. 손이다 보니 무언가를 할 때마다 계속 그 멍이 눈에 들어왔다. '그래, 다음에는 어떻게 다칠지 몰라. 이번에는 내가 물렸지만, 다음에는 다른 사람이 물리면 어떡해. 내가 아이를 컨트롤할 자신이 없다면 안 하는 게 맞아.' 결국 나는 록키 보호자에게 아쉽지만 다시 하기 힘들 것 같다는 문자를 보냈다. 록키와의 만남

이후 한동안은 산책이나 탁묘 아르바이트에 도전하지 못했다.

+ 그럼에도 아르바이트를 하는 이유

그러던 어느 날 한 통의 연락을 받았다. "잘 지내시죠?" 이전에 탁묘를 했던 '먼지'라는 고양이의 보호자였다. "다름이 아니라 이번에 저희가 여행을 가는데 탁묘가 가능하신지 궁금해서요. 저번에 너무 잘해 주셔서 또 부탁드리고 싶어요." 통화를 마치고 휴대폰 사진첩의 '즐겨 찾는 사진' 갤러리를 열었다. 먼지 사진 옆으로 펫시팅했던 아이들의 사진이 여러 장 보였다. 귀엽고도 사랑스러운, 그리운 얼굴들이었다.

거기다 나를 믿고 너무나도 소중한 존재를 맡겨 주는 보호자님의 신뢰가 너무도 감사했다. 두 번 생각할 필요도 없었다. 나의 대답은 "당연하죠!"였다. 이번 주에도 나는 또 이 취미 같은 아르바이트를 하러 간다. 앞으로는 또 어떤 친구들과 새로운 인연을 만들어 갈까. 어떻게 주말의 사심을 채워 갈까. 두렵기보다는 설레고 기대된다.

PART
2

나는 쓴다,
고로 존재한다

Top Prize
구이일

30대의 경제 고민은 경조사에서 시작된다. 특히 비혼주의자에게 주변의 결혼 소식은 달갑지만은 않다. 축하하는 마음과 현실적인 액수 앞에서 갈등은 그만, 그동안 낸 축의금을 비혼식을 올려 회수하겠다고 선언한 어느 비혼주의자의 유쾌하고 감동적인 실화가 달라진 가치관으로 고민하는 우리의 든든한 답이 되어 줄 것이다.

비혼주의자인 나,
축의금 회수를 선언하다

30대에 들어서니 가계부에 가장 많이 찍히는 지출처는 다름 아닌 '축의금'이다. 현금영수증조차 안 떼어 주는 순수한 지출. 경조사비 예산을 따로 잡아 놓았지만 내 가계 사정에 따라 친구들이 결혼 날짜를 정해 주는 건 아니니 매번 예산을 초과하기 일쑤다. 자본주의 사회에서 돈만큼 내 마음을 잘 표현할 수 있는 게 또 있겠냐마는, 청첩장을 받으면 여간 부담되는 것이 아니다. 세상에 어쩜 이렇게 축하할 일이 많은지! 최근에는 축구단에 가입했는데, 30명의 축구단 친구에게 청첩장을 받을 생각하니 아찔해졌다. 축구보다는 인원이 적은 풋살을 할 걸 그랬나!

축의금에는 사회적으로 합의된 암묵적인 룰이 있

다. 한 취업 정보 사이트의 조사에 의하면, '동호회 일원'이나 '직장 동료'에게는 5만 원, 개인적으로 '자주 소통하는' 직장 동료라면 10만 원, 거의 매일 연락하는 '친한' 친구는 20만 원에서 30만 원 정도라고 한다. 사실상 정찰제 아닌 정찰제인데, 문제는 사람과 사람 사이의 관계를 명확하게 재기가 어렵다는 것이다. 그러니 축하받는 사람과 축하하는 사람 사이에 마음 상하는 일이 생기는 것도 당연하다.

"나름대로 친한 사이라고 생각했는데, 축의금 명단 받아 보고 혼자만의 착각이라는 걸 알았어." "맞아. 나도 그런 친구가 있었는데, 그 후로 먼저 연락하기 어렵더라고." 여러 해 전 결혼을 한 언니들의 증언이 아직도 생생하다. 5만 원을 할까, 10만 원을 할까 골머리를 앓을 때면 차라리 대놓고 "우리, 무슨 사이야?" 하고 물어보고 싶어진다.

- 이 달의 체면치레 고지서입니다

흔히 축의금 5만 원은 '최소한의 체면치레'라고들 한다. 식을 올리는 사람 입장에서는 말 그대로 밥값 빼면 남는 것 없는 금액이지만, 귀한 주말 낮을 바쳐 평소에는 입지도 않는 정장을 빼입느라 배가 조여 잘 들어가지도 않는 밥을 먹어야 하는 입장이 되면 전혀 다르게 느껴진다.

가족이 아닌 개인으로 초대받은 첫 번째 결혼식은 나와 같은 대학교를 졸업하고 얼마되지 않아 결혼한 동아리 선배의 결혼식이었다. 좋아하는 참치 김밥과 그보다 500원 저렴한 야채 김밥 사이에서 매일 갈등하는 대학생이었으니 그 최소한의 체면치레가 퍽 부담이었다. 선배는 "축의금은 됐으니 와서 뷔페나 많이 먹고 가" 하며 마음을 써 줬지만, 다들 "너는 축의금 얼마 할 거냐" 하고 속닥대는 것을 듣고 눈치껏 축의금 봉투를 준비했다.

격식을 차려야 하는 자리에 가는 게 처음이니 '하객룩'이라 불리는 차림새를 준비하는 데에도 돈이 들었다. 결혼식이 끝나고 몇 주 동안은 수업이 끝나자마자 주린 배를 부여잡고 집으로 향했다. 대단히 차릴 것도 없는 체면인데 값이 제법 비쌌다.

스스로 밥벌이를 하고부터는 끼니를 거르는 대신 커피값을 꼬박 아껴 축의금 봉투에 담는다. 벌이가 늘어서 전보다는 체면값을 감당할 수 있게 되었지만 챙길 사람이 늘었으니 부담은 그대로다. 갑자기 옆 팀 과장님이 밥을 사러 온다는 소식이라도 들으면 흔들리

는 동공을 감출 수 없다. '또 고지서가 날아드는구나!'

- 돌려받지 못할 축의금

나는 비혼주의자, 그러니까 결혼하지 않겠다고 동네방네 떠들고 다니는 사람이다. 비혼주의자마다 비혼을 지향하는 이유는 다양하고, 나 역시 결혼을 원치 않는 이유가 여럿이다. 그중에서 하나를 꼽아 보자면, '사랑하는 사람과 경제 공동체를 맺고 싶지 않다'는 이유가 있다. 내게 결혼은 마치 원치 않는 옵션을 끼워 파는 패키지 여행 상품 같다.

물론 운이 따라 준다면, 매력적인 데다 정서적으로 교감이 잘 되는 상대와 생활 습관도 꼭 맞고 소비 성향과 투자 성향까지 비슷할지도 모른다. 하지만 모든 면이 맞춘 듯 마음에 쏙 드는 상대가 있더라도, 경제적으로 중요한 결정과 그에 따르는 리스크는 온전히 나의 몫으로 남겨 두고 싶다. 소중한 사람의 조언은 귀담아 듣겠지만, 결정만큼은 양보도 타협도 없어야 한다. 그래야 그에 따르는 기쁨과 슬픔을 오롯이 받아들일 수 있을 것이다.

"아니, 나는 돌려받지도 못하는데 회사에서 경조사비랍시고 내 복지 포인트를 멋대로 떼어 가더라? 뉘신

줄은 알고 축하하고 싶다고요." 30대 비혼주의자 친구들은 쌓인 게 많다. 결혼만이 경사도 아니고, 조사는 누구에게나 공평하게 오겠지만, 30대에게 제일 가까운 경조사는 역시 결혼이다. 비혼주의자 친구들끼리 머리를 맞대고 '참석하지 않은 결혼식의 당사자가 보낸 답례품이 책상에 올려져 있으면 양심 고백하고 돌려줘야 할까?' 같은 시답잖은 고민을 나눈다. 다달이 결혼식 축의금 내는 게 아까워 죽겠다는 말을 공공연히 하면 '역시 저렇게 사회성이 떨어져서 결혼을 못하나 봐' 하는 열불 나는 소리를 들을 것이 뻔하기 때문에 우리끼리 모였을 때나 남몰래 외치는 것이다. 임금님 귀는 당나귀 귀!

이런 비혼주의자로서의 고민을 익히 들어 아는 결혼주의자 친구들도 내게 청첩장을 내밀 때 조심스럽기만 하다. "축의금, 안 해도 괜찮아." 사려 깊은 친구의 제안이 고맙긴 하지만, 친한 친구의 앞날을 응원하고 싶은 마음이 나라고 없을까. "걱정하지 마. 비혼식 올려서 회수할 거야." 이때까지만 해도 반은 농담이었고, 친구도 농담으로 받았으나 그렇다. 그 비혼식은 현실이 되었다.

- 어떻게 축의금을 회수할 것인가

사실 친구들이 비혼식 이야기를 농담으로 받았다는 건 나만의 착각일지도 모르겠다. 생각해 보니 언젠가 비혼식을 올리겠다는 말을 입버릇처럼 꽤나 자주 했다. 하객으로 참석한 결혼식에서 '사랑하는 친구가 앞으로도 행복하게 잘 살기를 응원한다'는 축사를 들으며 고인 눈물을 훔치던 나는 비혼식 역시 축사와 축가가 있는 잔치를 꿈꿨다.

비록 남들처럼 결혼과 같은 계기는 없지만 내가 좋아하는 사람들을 한자리에 모아 놓고 "앞으로도 잘 살아 보겠습니다. 응원해 주세요" 하고 부탁하는 자리를 언젠가 꼭 한 번쯤은 만들고 싶었다. 누군가를 아끼는 마음을 꼭 말로 표현해야 알 수 있는 것은 아니지만, 말로 들으면 더 감동적인 법이니까 말이다.

물론 실용적인 이유도 있다. 결혼주의자보다 비혼주의자 비율이 더 높은 친구 무리에서는 '그동안 낸 축의금을 언제 회수할 것이냐'라는 안건으로 열띤 토론을 벌였는데, '역시 식당이라도 빌려서 작은 잔치라도 열어야 축하할 맛이 나지 않겠느냐'라는 결론을 내렸기 때문이다.

- 냉장고가 고장나서 비혼식을 열었습니다

　서른 살이 되던 해, 주택담보대출의 도움을 받아 25평 아파트로 이사를 하면서 나는 처음으로 내 살림을 갖게 됐다. 월세 집에서는 기본 옵션이던 냉장고와 전자레인지도 새로 장만해야 했다. 첫 살림이니 신혼집 가전을 장만하는 사람처럼 들떴으나 이미 모아 둔 현금을 죄 집값에 보태기도 했고, 오래 쓸 가전은 다른 사람들로부터 의미를 담은 선물로 받고 싶다는 생각에 우선 중고로 샀다.

　본래 임시방편이긴 했지만, 어쩜 딱 이사한 지 한 해 만에 냉장고가 망가졌다. 주방 공간이 애매해서 냉장고를 북향의 작은 베란다에 내놓고 썼는데, 겨울 한파를 버티지 못하고 냉동고가 탈이 났다. 기껏 소분해 놓은 다진 마늘이 녹아 진액이 되어 버린 것을 보자, 잊고 있던 비혼식이 떠올랐다. 추울 때는 베란다가 자연 냉동고 역할을 해 줄 테지만 머지않아 봄이 올 것이었다. 날이 풀리기 전에 축하와 응원의 마음이 담긴 새 냉장고가 필요했다.

- 축의금은 뻔뻔하게 받겠습니다

　비혼식을 결심하고 가장 먼저 한 일은 '이립而立 잔

치에 초대합니다'라는 문구가 적힌 모바일 청첩장을 만드는 것이었다. 이립은 서른 살을 달리 이르는 말이다. 마흔 살을 가리키는 불혹不惑, 쉰 살을 가리키는 지천명知天命과 마찬가지로 《논어》에서 유래했다. 공자는 서른 살이 되자 마음이 확고하게 서서 흔들리지 않았다고 한다. 나 역시 이립을 맞아 결혼하지 않겠다는 뜻을 세웠으니, 사람들에게 앞으로도 내 삶의 동반자로서 함께 해 달라는 메시지를 담아 초대하는 글을 썼다.

초대하는 글 아래에는 '덕담 전하기' '수필집 후원' '이립 잔치 참석' '독립 선물 보내기' 이렇게 네 가지 참여 방법을 제시했다. 참여 방법을 선택하고 '참여하기' 버튼을 누르면 참가 비용을 확인 후 입금까지 할 수 있도록 했다.

"이거 청첩장을 가장한 위시리스트 아냐?" 청첩장을 받아 본 동생이 핀잔을 주었지만, '축의금을 얼마나 준비해야 할지' '언제 봉투를 건네야 할지' 등 초대받은 사람들이 소모적인 눈치 게임을 하게 만드느니 뻔뻔스러운 게 낫다고 생각했다. '덕담 전하기(0원)'부터 '식기세척기 선물하기(33만 원)'까지, 각자의 벌이와 씀씀이에 맞춰 고를 수 있도록 다양한 선택지를 담는데 주의를 기울였다.

청첩장을 보내니 "정말 비혼식을 하는구나" 하고 흥미로워하는 반응이 주를 이뤘다. 한 친구는 청첩장은 사진 보는 재미인데 사진이 빠졌다며 영 아쉬워했고, 또 한 친구는 덕담 게시판에 서른 편이 넘는 덕담을 써 주었다. 엄마는 결혼도 안 하는데 친구들이 축하해 주러 오냐며 마냥 신기해 했다. 청첩장을 통해 참여 인원을 파악하고 나니 남은 과정은 일사천리였다. 식순을 정하고 스태프를 섭외하는 내내 얼마나 재미있을지 기대에 부풀었다.

- 비혼식은 적자, 사람과 우정은 흑자

규모의 경제는 잔치에도 통하는 말이다. 한창 유행처럼 번지던 '작은 결혼식'은 규모가 작은 결혼식이지 결코 예산이 작은 결혼식은 아니랬다. 결론부터 말하면 나의 작은 비혼식도 적자였다. 사진을 찍을 스튜디오도, 화려한 드레스나 메이크업도 필요하지 않았지만, 잔치 준비에 들어간 비용을 축의금으로 메꾸고도 내 돈 250만 원가량을 더 써야 했다. 초대받은 사람들이 여유롭게 잔치를 즐길 수 있도록 일반적인 하객 인원의 두 배를 수용할 수 있는 식장으로 정하고 이용 시간을 넉넉하게 대여하고, 먹고 마실 것도 아끼지 않은 덕분에 적자를 면하지 못했다. 오후 2시에 시작된 비혼식은 9시가 다 되어서 주인공인 내가 먼저 지쳐 나가떨어져서야 끝났다.

사실 계획할 때부터 예상된 적자였다. 최근 결혼식을 치른 친구에게 결혼식은 원래 적자냐고 슬쩍 물어보니 의외로 많이 남는 장사란다. 비결은 집안 어른들과 그들의 하객들이라고. 하지만 내가 축하와 응원을 받고 싶은 사람들은 데면데면한 친척 어른들이 아니라 정말로 나의 삶을 함께할, 가까운 가족과 친구들뿐이었다.

비록 적자 엔딩이었으나, 의외의 소득도 있었다. 비혼식에 참석한 친구들이 새로운 친구들을 사귀게 된 것이다. 하객 상당수가 비혼주의자였기에 나의 친구라는 공통점 외에도 서로 통하는 데가 많았던 모양이다. 너무 거창하게 들리지만, 어쩌면 하나의 비혼인 공동체가 생긴 셈이다.

결혼하지 않겠다고 하면 '나이 들어 외로울 것'이라는 걱정을 많이 사는데, 이제 우리에게는 서로가 있다. 유독 지치는 날, 친구들이 선물해 준 냉장고를 보면 마음이 든든하다. 나를 아끼는 사람이 이렇게나 많다는 사실이 떠오르기 때문이다. 이날 받은 축하와 응원으로 앞으로 10년은 거뜬히 살아 낼 수 있을 것 같다. 기운이 다하면 또 잔치를 열어야지. 그땐 주머니 사정이 더욱 넉넉할 테니 청첩장에 '축의금은 정중히 사양합니다'라고 적을 것이다.

판타지 같은 '입덕'의 순간부터 텅 빈 잔고를 마주친 '현타'의 순간까지, 사랑을 돈으로 표현했던 덕질 연대기를 기록했다. 사랑에 원 없이 소비해 본 사람이라면, 무대가 끝난 후 훌쩍 성장해 버린 어느 팬의 이야기에 함께 열광할 수 있을 것이다.

케이팝 성공의
주역

케이팝 아이돌 팬덤의 시장 규모가 8조 원에 달한다고 한다. 이 정도 규모면 매체에서 누가 어떻게 쓰는지 자세히 조사할 법도 한데, 그저 '코어Core 팬덤이 앨범을 많이 산다'는 한 문장으로 압축해서 설명한다. 아무래도 소비자가 자세한 이야기를 하지 않아서겠지? 이 글은 시중에 유통되고 있는 '덕질이 우리를 구해 줄 거예요' 부류의 글과는 정반대의 글이다. 물론 덕질이 그 시절의 나를 살게 했지만, 너무 몰입한 나머지 '나'는 존재하지 않았다.

나는 중학생 때부터 케이팝을 사랑해 왔다. 20년이 넘는 시간 동안 다양한 팬덤과 함께했고, 이제는 '거의 다 해 봤구나' 하는 홀가분한 감정도 느낀다. 특정 아이돌을 탈덕한 게 아니라, 후회 없이 몰입해 보았기 때문에 미련 없이 떠날 수 있는 상태, 즉 케이팝 자체를 '완덕'한 기분이다. 이렇게 이야기하면 다들 눈을 빛낸다. "와, 어떻게 그렇게까지 할 수 있어? 덕후는 정말 대단한 것 같아. 나도 무언가 하나를 그렇게까지 파 보고 싶어" 등등 대개 긍정적인 반응이다.

BTS의 성공과 함께 아이돌 덕후가 양지로 올라오게 되었는데, 그 이야기가 어쩐지 납작하다고 느껴진다. 물론 건강한 취미로써 가볍게 덕질하는 팬들도 많다. 하지만 보이지 않는 어딘가에서 누군가는 희생적인 덕질을 하고 있다. 나 또한 그랬었기 때문에 속이 쓰리다. 그렇다고 그 시간 자체를 전부 후회하지는 않는다. 좋은 친구들을 만났고, 잊지 못할 재밌는 경험도 많이 했기 때문이다. 하지만 돈은 후회된다. 아 그렇게까지 쓰지는 말 걸…….

- 학생 때는 돈을 별로 안 썼지

첫 덕질 대상은 동방신기다. 중학생 때 처음으로 〈The way you are〉 싱글 앨범을 사고, 그 이후에도 발매되는 앨범을 한 장씩 샀다. 고등학생이 되고 나서는 인터넷 강의를 듣기 위해 산 PMP로 덕질할 수 있다는 것을 깨닫고, 동방신기의 일본 활동 영상들을 다운로드해서 수백 번씩 돌려 봤다. 그저 화면 속 대상을 좋아하고, 응원했다. 2009년에 동방신기가 소송에 휘말리고 2인조와 3인조로 나뉘는 바람에 탈덕했다. 덕분에 대학 생활을 즐기고, 연합 대외 활동도 하고, 연애도 했다. 그렇게 나는 더 이상 덕후가 아닌 줄 알았다.

- **사랑한다고 말할 수 없다면, 선물로 마음을 표현하겠어**

어느 날 친한 언니가 YG 엔터테인먼트에서 진행하는 아이돌 지망생 서바이벌 프로그램 〈윈WIN〉이 재밌다고 같이 보자고 했다. 경쟁해서 우승한 팀에게 데뷔의 기회가 주어졌다. 그걸 보면 안 됐었다. 나는 〈윈WIN〉에 속절없이 빠졌고, 그중 팀 B를 응원하게 됐다. 하지만 안타깝게도 팀 B는 서바이벌에서 졌다. 보통 사람들이라면 '내가 응원하는 팀이 졌구나, 마음이 아프다' 하고 끝내지만, 덕후는 그렇지 않다. 갈 곳 없는 마음을 해소하기 위해 나는 망령처럼 인터넷을 떠돌아다니기 시작했다.

팀 B를 검색했더니 한 팬사이트가 나왔다. 덕후는 사랑하는 대상이 있는데 사랑한다고 말하지 못하면 그 마음을 어떤 방식으로든 전달하고자 하는 특징이 있는 건지, 그 팬사이트에서는 팬들이 계좌를 하나 만들고 돈을 모으기 시작했다. 자신의 커피값 4000원을 매일 입금하는 사람부터 100만 원씩 통 크게 입금하는 사람까지 다양했다.

그 돈으로 다시 연습생으로 돌아간 팀 B를 위해 연말 선물로 레고 모형 무대와 잡지 여섯 권을 만들고, 다양한 선물을 보내는 연말 서포트를 진행했다. 그 당시 나는 대학생이었기 때문에 돈을 많이 쓸 수 없었다. 그래서 전공인 디자인을 살려서 달력과 잡지 디자인에 참여했다. 최근 증권가 보고서에서 모든 덕후를 뼈때린 '무보수 크리에이터'의 시작이었다.

많은 팬이 익명으로 아이돌을 위해 돈을 받지 않고 자신의 재능을 펼친다. 요즘엔 팬들이 진행하는 아이돌 이벤트가 대학 졸업 전시 수준이라는 말도 나온다. 때로는 '기획사에서 진행해야 하지 않나?' 싶은 규모의 스케일 큰 이벤트도 팬들의 노력과 사비로 진행되곤 한다.

서바이벌의 맛을 톡톡히 본 것인지 YG에서는 팀 B를 데리고 〈믹스 앤 매치Mix&Match〉라는 새로운 서바이벌 프로그램을 만들었다. 팀 B 여섯 명의 데뷔만을 바라며 서포트를 해 왔던 건데, 새로운 멤버가 투입된다고 하니 거부 반응이 생겼다. 또한 멤버의 꿈을 저당 잡아 또 새로운 서바이벌을 한다는 게 괴로웠다. 나는 그 길로 지쳐서 탈덕했다.

- 나의 자양강장제, 나의 모쏘몰, 나의 아이돌

팀 B를 탈덕하고, 다시 일상으로 돌아갔다. 이젠 정말 아이돌을 좋아하지 않을 것 같다는 생각이 들었다. 최선을 다해 불태워서 덕질했기 때문이다. 그렇게 대학을 졸업하고 취업을 했다. 사회생활은 쉽지 않았다. 원래 사회초년생은 다 힘든 건데, 그땐 그걸 모르고 괴로워했다. 그러던 어느 날, 친구에게 연락이 왔다. "얘 너 취향인데 한번 봐 볼래?" 처음에는 남자 소개해 주는 줄 알았다.

하지만 친구가 카톡으로 보낸 사진 속에는 내 취향인 남자 아이돌 A가 있었다. 나는 A에게 첫눈에 반했다. 입덕하고 나서 허겁지겁 A의 활동을 챙겨 보기 시작했다. 퇴근 후 새벽 3시까지 밀린 예능 떡밥을 보고, 일하다가 힘들 때면 3분짜리 무대 영상을 보고 기력을 충전했다. 이전에는 연습생을 좋아해서 몰랐던, 새로운 아이돌 덕질 문화에도 적응해야 했다. 그중 가장 새로웠던 문화는 바로 팬 사인회였다. 특히 A의 팬 사

113

인회 영상을 보자마자 온몸이 짜릿해졌다.

팬 사인회는 어떻게 가는 건지 알아보기 시작했다. 팬 사인회는 아이돌이 팬을 대상으로 사인해 주고 일 대일 소통을 하는 이벤트다. 앨범을 구매하면 생기는 응모권이 당첨되면 갈 수 있다. 앨범 한 개당 응모권 한 장이기 때문에, 앨범을 많이 살수록 응모권이 많이 생긴다. 추첨 시스템이지만 사실상 앨범을 산 수량에 따라 당첨 확률이 높아지기 때문에 앨범 줄 세우기에 더 가깝다. 어떤 아이돌은 몇백 장을 사야지만 갈 수 있다.

- 듣지도 못하는 아이돌 앨범을 수백 장 구매한 이야기

팬 사인회에 가고 싶어서 매일 트위터를 들락날락 했지만, 갑자기 100만 원 가까이 써야 한다고 생각하니 숨이 턱 막혔다. 그 시절의 나는 입사한 뒤로 큰돈을 써 본 적 없는 신입 사원이었기 때문이다. 게다가 앨범을 많이 사도, 추첨 특성상 당첨되지 않을 수도 있다는 사실이 무서웠다. 그렇게 고민하는 동안 시간이 흘렀고, 마지막 팬 사인회는 끝나 버렸다. '갈 걸······.' 같은 콘셉트의 팬 사인회는 돌아오지 않는다는 것을 깨달았고, 다음 활동 땐 어떻게든 가야겠다고 다짐했다.

대망의 팬 사인회가 다시 찾아왔다. '몇 장을 사야 하지?' 트위터에 검색했지만 아무도 알려주지 않았다. 팬 사인회 당첨은 경쟁 시스템이기 때문이다. 내 옆에 있는 사람이 나보다 한 장이라도 더 사면 내가 떨어질 확률이 높아진다. 나는 함께 덕질하는 메이트, '덕메' 의 도움으로 과거 A의 팬 사인회 앨범 커트 라인을 어느 정도 알 수 있었다. 하지만 불안하기는 마찬가지라서 음반점에 가서 세 시간이나 서성거리며 팬들이 앨범을 몇 장씩 사는지 지켜봤다. 그러고도 모자라 몇 장 더 얹어서 무리해서 80만 원어치, 총 60장을 구매했다.

큰돈을 쓰면서도 당첨이 된다는 확신이 없다는 사실이 불안했지만, 다행히 당첨되었다. 그런데 내가 산 앨범의 수량보다 한 장이라도 덜 산 사람들은 다 떨어졌다. '59장 산 사람들은 몇 명일까?' 그렇게 큰돈을 쓰고도 떨어질 수밖에 없는 팬 사인회 문화가 아찔하고 무서웠다. '나는 이걸 몇 번이나 더 반복해야 할까?' 두려움이 몰려오기 직전, 몇 박스의 앨범이 집에 도착했다.

팬 사인회는 정신없이 진행되었다. 일대일 소통할 수 있는 1분의 시간은 A를 얼마나 사랑하는지 전달하기에 턱없이 부족했다. A의 실물은 기대만큼 잘생겼다. 이런 미남을 가까이서 본 게 처음이라서 심장이 입

밖으로 나올까 봐 무서웠다. 손을 덜덜 떨면서도 말하고 싶은 문장을 차근차근 내뱉었다.

그런 도중 뒤에 있던 경호원이 "지나가실게요"라고 말해서 당황스러웠다. '아니, 80만 원을 쓰고 와서 1분밖에 이야기 못하는 것도 어이없는데, 중간에 말을 끊는다고?' 스타와 팬의 부조리한 관계가 마음에 안 들었지만, 방도가 없었다. 그렇게 못다 한 말을 해야 한다는 핑계로 팬 사인회를 꾸준히 가기 시작했다.

그러다 보니 A의 활동마다 수백 장의 앨범을 사게 됐다. 그렇게 생긴 앨범을 차마 버릴 수는 없어서 A의 방송 활동이 끝나면 월차를 내고 신촌 럭키 아파트가 보이는 모교에 앨범을 나눔하러 갔다. 그곳의 메인 계단에서 A에게 관심 있는 학생들에게 전단지처럼 앨범을 나눠 주며 홍보했다.

난 내가 한 살이라도 어릴 때 미친 사람처럼 덕질하면 나중엔 미련도 버리고 편한 마음으로 덕질할 줄 알았는데, 해마다 새롭고 더 큰 스케일로 미쳐 가는 나를 발견했을 때 뭔가 잘못되어 가고 있다는 것을 깨달았다.

_2017.5.15. 트위터에 남긴 글

- 사랑과 현실 도피 그 사이

어느 여름날, A가 팀에서 자신만의 유닛을 만들어 이전보다 좋은 앨범을 냈다. 그 모습에 자극을 받아, 나도 디자인 실력을 더 갈고닦기 위해 새로운 도전을 해야겠다는 생각이 들어 이직을 했다. 하지만 내 욕심과 눈높이만큼 실력이 따라오지 못했다. 나도 분명 잘하는 게 있어서 이곳에 입사했을 텐데, 그런 것들은 잊고 내가 잘 못하는 것에만 신경 쓰다 보니 오히려 더 긴장해 자주 실수하고, 작업도 슬럼프에 빠졌다. 회사에서는 부정적인 평가를 받았다. 스스로 디자인을 못한다는 생각에 빠져, 이 직업을 그만둬야 하나 생각했다.

A의 새벽 공개 방송을 다 보고 집에 돌아가는 길, 어쩐지 허무한 마음이 들었다. 하루 종일 회사 일로 괴로워하다가, A의 무대를 보는 20분 남짓의 시간만 행복하다는 점이 이상하게 느껴졌다. 하루의 10시간이 불행하고, 20분만 행복했다. 꼭 그들이 있어야지만 내가 행복할 수 있다는 게, 행복의 형태가 수동적이고 의존적이라고 느껴졌다.

또 현실이 힘들면 덕질을 잠깐 쉴 수도 있는 건데, 멈출 수 없었다. 자극적인 팬 활동에 익숙해져서 무리해서라도 A의 팬 활동에 참여했다. 가면 좋긴 했지만,

117

이전 같지 않았다. 문득, '내가 습관처럼 A의 활동에 따라가고 있구나' 깨달았다. 스스로 이 상황을 멈출 수 없었다. 덕질은 나에게 도피처였다. 괴로우면 왜 괴로운지 내 마음을 들여다보고, 스스로를 위로하고 해결 방안에 대해 생각했어야 했는데, 현실을 회피하고 덕질로 도망갔다. 그렇게 도망간 곳에서 시간과 돈을 써서 행복을 샀지만, 해결되는 것은 아무것도 없었다.

- "나 모아 놓은 돈이 하나도 없어"

A의 비활동 기간에 별생각 없이 들여다본 통장 잔고를 보고 깜짝 놀랐다. 직장인 4년 차가 되었는데 모아 놓은 돈이 하나도 없었기 때문이다. '덕질로 도대체 얼마를 쓴 거지?' 큰 지출로는 팬 사인회와 해외 투어가 있었다. 그 외에도 국내 콘서트 3일 하면 3일 다 가야지, 공식 굿즈 나오면 다 사야지, 갖고 싶은 굿즈가 있는데 만들어 주는 사람이 없으면 내가 직접 만들어야지, 홈마*도 아닌 주제에 A의 생일날 마음에 드는 생일 카페 콘셉트가 없다고 생일 카페 열어야지……. 써야 할 돈이 자가 번식하듯 끝도 없었다. 사태의 심각

---

* 홈페이지 마스터의 준말로, 카메라로 좋아하는 연예인의 사진 등을 찍고, 이를 자신이 운영하는 홈페이지에 올리는 팬을 가리킨다.

성을 느끼고, 친한 덕메를 만나서 고민을 털어놓았다. "어떡하지. 나 모아 놓은 돈이 하나도 없어. 이거 좀 심각한데?"

그 친구는 열렬하게 사랑해도, 지갑만큼은 잘 열지 않는 덕질을 했다. 친구는 통장을 쪼개 생활비 외에 한 달에 덕질할 만큼의 돈을 정해서 그 예산 안에서만 쓰는 방식으로 절약하고 있었다. "나도 그렇게 해 볼게" 하고 헤어졌지만, 덕질을 그만두지 않는 이상 절약할 자신이 없었다. 그때서야 시작부터 잘못됐다는 것을 깨달았다. 사회생활을 시작하자마자 적금이라도 들었어야 했는데, 나는 적금조차 가입해 본 적 없는 금융 문맹에 가까웠다. 그리고 평생 이 정도의 뜨거운 온도로 이들을 사랑할 것 같아 무서웠다. "나 계속 이렇게 미친 사람처럼 살면 어떡해? 매일 A만 생각하고, A의 행복만을 바라고⋯⋯. 나를 위해 살지 않고 A를 위해 살면 어떡하지? 근데 이게 행복해. 하지만 그러다가 내 인생 망하면 어떡해?"

이 덕질에도 끝은 있었다. 그룹에 좋지 않은 일이 생겼고, 그 일로 덕메들과 나는 다 같이 탈덕했다. 10명 정도의 덕메들과 밤새 술을 마셨다. 자주 울었고, 기력이 없었다. 방치했던 현실의 문제도 적나라하게 보이기 시작하자 더 이상 견디기 힘들었다. 이제는 내 상황을 회피할 수 없고, 직면하고 돌봐야 할 시간이라는 것을 직감적으로 알 수 있었다. 그래서 상담과 명상 등 다양한 방법을 통해 팬 활동 중독을 끊어 내려고 노력했다.

- '내'가 있는 건강한 덕질

나의 안녕을 바라다보니 통장 잔고부터 회복시켜야겠단 생각이 들었다. 우선 돈과 관련된 책을 찾아 읽기 시작했다. 금융에 대해 공부하고, 저축도 하고, 적금도 두세 개씩 들었다. 누군가는 상실감에 돈을 더 쓰기도 한다지만, 나는 허한 마음을 돈 모으는 걸로 달랬다. 또한 페미니스트 디자이너 커뮤니티 FDSC에 합류해서 직업적 고민을 나누고, 성장할 수 있는 방안에 대해 모색하고 실천했다.

물론 덕질에서 행복한 시간 또한 또렷이 존재한다. 얼굴로 입덕했지만 A가 만들어 내는 음악이 좋았다. 꾸준히 앨범에 자작곡을 넣었는데, 그게 단순히 '내가 좋아하는 가수가 곡도 써요'가 아니라 내 사랑과 응원에 대한 회신처럼 느껴졌다. 공개 방송과 팬 사인회를 다니며 부지런히 썼던 편지에 대한 답장을 자작곡으로 받는다는 느낌이 들었다. 이 느낌은 덕질하는 내내 사랑을 마음 깊은 곳부터 꽉 채워 줬다. 덕질이 대가를 바라고 하는 것은 아니지만, 기대하지 않았는데 돌아오는 응답을 누가 싫어할까.

지금은 새로운 아이돌 C를 좋아하고 있지만 이전처럼 덕질하고 있진 않다. 스스로 약속했기 때문이다. 한 달에 평균 10만 원 이상 쓰지 말 것. 이 금액이면 1년에 콘서트와 팬미팅 1회씩 다녀오는 걸로도 빠듯하다. 이렇게 생각하면 C에게 미안하기도 하다. 하지만 예전처럼 돈과 시간을 쓰면서 좋아하기에는 이젠 내가 중요해졌다.

그렇다고 C를 응원하지 않는 건 아니다. 진심으로 C가 잘됐으면 좋겠다. 최근에 C가 "당신이 행복하고 스트레스받지 않을 정도로만 나에게 사랑을 줬으면 좋겠어요"라고 말했다. 이 말이 어쩐지 큰 위로와 힘이 되었다.

덕질로 인한 소비 생활의 실패를 인정하고, 뼈저린 후회를 동력 삼아서 돈을 허투루 쓰지 않으려고 한다. 그렇게 가계부를 쓰기 시작했고, '어피티' 연금 강의도 듣고, 재테크 책을 보며 올웨더All Weather 투자 포트폴리오도 만들었다. 또한 사이드 프로젝트를 하며 부수입을 만들어 과거에 쓴 돈을 만회하려고 노력했다.

덕분에 불가능할 것만 같았던 독립을 최근에서야 하게 되었다. 물론 덕질을 하지 않았더라면 두 평 정도 더 넓은 곳에서 살 수 있지 않았을까 생각하기도 했다. 길었던 '과몰입 오타쿠'라는 챕터가 막을 내리고, 이제는 취미 생활로 아이돌을 사랑하는, 능동적이고 독립적인 행복의 방법을 배워 가고 있다.

나는 언제나 스스로를 가장 마지막에 사랑해야 할 대상으로 두었는데, 그 시간은 어쩌면 내가 세상에 전송한 사랑의 총합을 기다리는 과정이었을지도 모르겠다. 그리고 그런 기다림이라면 기꺼이 할 만한 게 아닐까. 이 사랑의 결과로 앞으로의 나는 자신을 더 잘 사랑하는 사람이 될 테니 말이다.

_〈아무튼 아이돌〉 중에서

'나는 쓴다. 그러므로 존재한다.' 무엇을 사느냐가 정체성을 가장 잘 보여 주는 시대, 과소비라고 할 정도로 자신을 위해 돈을 써 본 경험은 훗날 인생을 좀 더 성숙하게 사는 기준이 되기도 한다. 무수히 많은 실패한 소비는 우리를 어떤 사람으로 만들었을까?

남은 건 개털이지만
경험은 부자입니다

언젠가 월 1000만 원을 버는 사람과 이야기를 나눌
기회가 있었다. 그는 건물을 지어 여러 칸의 원룸을 만
든 뒤 세를 주어 월 1000만 원을 벌지만, 여행 같은 삶
의 경험이 부족하다고 한탄했다. 그래서 나도 한탄했
다. 나는 '경험만 많은 개털'이라고. 듣는 사람은 너털
웃음을 터뜨렸지만, 글쎄. 난 정말 월 1000만 원 월세
수입이 부러운 걸.

비록 월세 수입은 없지만, 남들이 흔하게 하지 않을
만한 소비 경험을 했으니 그 경험을 풀어 보려 한다.
결국 내가 산 물건들은 당시의 내가 어떻게 살고 싶어
했는지, 어떤 사람이 되고자 했는지 보여주는 바로미
터니까. 이 글은 소비 일기를 가장한 나의 20대, 30대

125

회고록이다.

- 퇴사할 용기를 구입하다

프랑스의 남부 도시 칸. 대한민국 국민인데 영화를 좋아한다면, 이 도시를 모를 수 없다. 칸 국제 영화제에서 봉준호 감독이 〈기생충〉으로 황금종려상을, 박찬욱 감독이 〈헤어질 결심〉으로 감독상을 탔으니까. 세계적인 문화 예술의 도시에서 나는 고심하고 고심해 시뻘건 비치 타월을 샀다.

때는 바야흐로 2013년. 당시 나는 한국 영화를 해외에 수출하는 해외영업팀의 일원으로 칸 국제 영화제가 열리는 기간 동안 세계 각국의 영화 바이어들과 세일즈 담당자들이 만나는 마르쉐 디 필름^{Marché du Film}에 참가 중이었다. 그리고 퇴사를 고민하는 번뇌의 직장인이기도 했다. 고민 없는 직장인이 어디 있겠냐마는, 진지하게 이 일을 계속하는 게 맞는지 자문하는 상태였다. 내 버팀목이던 사수가 팀을 떠났고, 이후 들어오는 후배들도 얼마 안 가 줄줄이 퇴사하던 시절이었다. "아니 퇴사하고 싶은 건 난데, 대체 다들 왜 나를 두고 먼저 이 팀을 떠나는 건데!"

밑 빠진 독을 막는 두꺼비처럼 일하던 내게 번아웃

이 찾아왔다. 번아웃의 영향력은 대단했다. 먼저 월경이 멈췄다. 고3 때도, 행정고시를 준비하던 고시생 시절에도 내 월경은 달이 차고 이지러지는 주기만큼이나 정확하게 돌아왔는데, 몇 개월째 감감무소식이었다. 불면증도 찾아왔다. 밤새 뒤척이다 보면 어느새 동이 터 있었다. 피곤을 짊어지고 회사로 향하는 날들이 수개월 이어졌다. 정말이지 더 이상은 안 되겠다 싶었다. 내게도 결심이 필요했다. '이번이 내 인생 마지막 칸이다'.

결기로 가득 찬 나는 곧장 영화제 기념품을 파는 가게로 돌진했다. 이것이 내 인생 마지막 칸 국제 영화제라면, 이곳을 기억할 수 있는 무언가를 반드시 사야 하니까! 영화제 기념 수첩, 스케줄러, 배지 같은 평범한 것 말고 인상적인, 강력한 기념품은 없을까? 매의 눈으로 굿즈 숍을 훑어보던 나의 레이더에 걸린 것은 바로 시뻘건 비치 타월이었다. 비치 타월에는 큼지막하게 'Festival de Cannes 2013'라고 적혀 있었으니, 자신이 곧 이 영화제나 다름없다고 증명하는 것만 같았다. 게다가 칸의 상징으로 빠질 수 없는 종려나무잎까지 새겨져 있다니, 완벽했다. 가격은 135유로로 한화로는 약 20만 원 정도이니 매우 비쌌지만 큰마음을 먹고 비치 타월을 데리고 돌아왔다. 비치 타월 덕분인지 칸에서의 결심은 현실이 되었다. 나는 다음 해 칸 출장을 가지 않고 퇴사했다.

10년이 지난 지금도 그 비치 타월은 내 곁을 지키고 있다. 샤워 후 몸을 닦는 넉넉한 크기의 수건으로 이만한 물건도 없다. 매우 비쌌던 가격 치고 매번 빨간 물을 내뿜는다는 것은 문제지만. 이 시뻘건 비치 타월은 언제고 나를 10년 전으로 데려가 준다. 번아웃과 번뇌로 가득 찼던 내 20대 후반, 어디서부터 어떻게 새롭게 시작해야 할지 몰랐지만 그만둬야 한다는 마음만큼은 강력했던 그 시간으로 말이다.

살면서 그때와 비슷한 순간을 마주한다면, 그 비치 타월은 내게 '그만둘 용기'를 일깨워 줄 것이다. '10년 전, 넌 비슷한 고민을 하고 회사를 그만둬도 되는지 고민했어. 회사를 나와서 네가 일궈 온 걸 봐. 새롭게 너만의 길을 내고 있잖아. 인생은 그렇게 계속되는 거야. 그러니까 사실 다 괜찮아'라고 말이다.

- 열심히 일한 내게 명품 가방

곁에 오래도록 남아 죽비 같은 가르침을 주는 소비도 있다. 무려 현금으로 결제한 225만 원짜리 명품 Y

사 가방이다. 강렬한 빨간 가죽에 영롱한 Y자 모양 금속 장식이 있는 가방이다.

회사 다니는 내내 이 가방을 갖고 싶었다. 하지만 '내 월급이 그렇게 많은 것도 아닌데 이런 가방이 가당키나 해?'라며 늘 스스로를 달랬다. 그랬던 내가 퇴사를 저지르고 말았다. 퇴사 직후의 인간은 상당히 무모해진다. 게다가 오랜 스트레스와 번아웃 끝에 결심한 퇴사라면? 당시 나는 위험한 짐승이었다. 위험한 짐승은 퇴사 후 이런 말을 입에 달고 살게 된다. "아니, 내가 이 정도도 못해?"

보상 심리로 무장한 나는 성큼성큼 백화점 명품 매장으로 갔다. "이걸로 할게요." 225만 원에 나는 내 욕망을 충족했다. '난 이런 거 들어도 되는 사람이야'라는 생각으로 꽉 차서 저지른 명품. 그런데 간과한 것이 있었다. 나의 체력은 언제나 오늘 같지 않다는 것. 나이가 든다는 건, 더 이상 높은 힐을 신고 밤새 클럽에서 뛰어놀 체력이 없다는 걸 말한다. 가죽이 많이 쓰여 무게가 묵직한 가방은 들 수도 멜 수도 없다는 말이기도 하다. 예쁘지만 무거운 가방을 들고 다니다가 피곤해지면 가방을 길바닥에 내던져 버리고 싶어졌으니까. 이것이 30대를 맞이한 나의 신체적 변화였다.

하루하루 떨어지는 체력에 내 몸은 점점 이 가방을 들고 외출하는 것을 망설였다. 결국 이 가방은 장롱 한 구석을 지키는 애물단지로 전락했고, 보다 못한 나는 중고로 팔기로 결심했다. 몇 번 들지도 못한 가방이었기에 컨디션은 매우 좋았다. '4년 전에 225만 원에 샀고 인기 좋았던 모델이었으니까 못해도 100만 원은 받을 수 있지 않을까?' 나는 가방을 되팔 생각에 제법 들떠 있었다. 중고 거래 앱에서 내 가방의 품명을 검색해 봤다.

"뭐? 30만 원?" 믿을 수가 없었다. '30만 원이라니! 왜 이렇게 헐값에 올린 거지?' 내 가방은 분명 더 좋은 가격을 받을 수 있을 거라 확신했다. 머리를 굴렸다. '청담동, 압구정동 같은 데서 중고 명품 가방을 매입하는 가게들을 봤어. 가서 직접 감정을 받아 보자.' 그 길로 중고 명품 매장을 찾았다. 세상에, 로비부터 고급스럽다. 이탈리아 귀족이 앉았을 법한 소파에서 대기하라는 안내를 받았다. 흘깃 매장 안을 보니 명품 브랜드의 가방 하나하나가 조각 작품처럼 할로겐 조명을 받고 있었다. '좋다. 이들은 전문가로군'. 내 가방의 진가를 알아봐 줄 거라 생각했다.

"손님, 이 가방은 30만 원 정도에 매입할 수 있습니다." 믿을 수가 없었다. 세상은 내게 이 가방을 225만 원에 팔았으면서 이제 30만 원에 되사겠다 한다. 명품 가방을 팔기 위해 무더운 여름날 새틴 스커트까지 챙겨 입은 내 자신이 중고 매입가만큼이나 초라하게 느껴졌다. 이게 바로 감가상각이란 것인가. 내 사랑 명품 가방은 무려 구입가의 13퍼센트가량으로 그 가치가 쪼그라들었다. 허탈함이 밀려왔다. 결국 아무런 소득 없이 그 무거운 가방을 하늘이 내린 형벌처럼 지고 집에 왔다. 그 가방은 여전히 장롱 속에서 세월을 정통으로 맞고 있다.

'명품 Y사 사태' 이후 나는 명품을 사지 않는다. 때때로 가까운 친구들에게 가방 이야기를 들려주며 앞으로 명품을 사지 않겠다는 다짐도 덧붙이는데 그럴 때면 "야, 그러니까 샤넬을 사라고" 하는 친구도 있다. 물론 그 친구가 샤넬을 사든, 에르메스를 사든, 내 알 바는 아니지만 나는 당분간 명품을 사지 않을 생각이다.

- 225만 원짜리 깨달음

20대 때는 명품 가방을 든 사람을 보면 이렇게 생각했다. '저런 가방을 살 정도로 저 사람은 부자인가 보다'. 혹은 '저 가방을 저 옷에 매치하다니 센스 있군!'

하지만 요즘 드는 생각은 조금 더 다면적이다. 만약 명품을 착용한 사람이 지하철을 탔다면, '월급의 몇 퍼센트를 저 제품 구입에 썼을까?' 하고 그 사람의 벌이와 씀씀이에 대해 추측하는 식이다. 물론 대중교통을 탄다고 해서 누군가의 월 소득이 적을 거라고 섣불리 예단할 순 없지만.

명품 가방으로 죽비 같은 깨달음을 얻은 후, 소위 명품을 살 때 내가 힘들여 번 돈이 누구의 주머니로 향하는지를 생각해 보게 되었다. 명품 제조사도 결국 회사이고, 명품은 그들이 파는 상품일 뿐이다. 왜 굳이 내가 피땀 흘려 번 돈을 명품 제조사 주머니에 꽂아 줘야 할까. 조금 더 솔직하게는, 전직 홍보 마케터로서 배알이 꼴리는 것도 있다. 소비자가 자발적으로 돈을 써 상품을 홍보해 주는 게 바로 명품 소비 아닌가. 소비자가 제품을 착용한 채 멋들어지게 차려입고 거리를 활보함으로써 상품 노출의 기회를 계속 늘려 주니 말이다.

더군다나 명품 브랜드들은 매년 어김없이 가격 인상을 시도한다. 이 부분 역시 내가 고약하게 여기는 부분이다. '내 월급은 그대로인데 어째서 그네들은 별 합리적인 이유도 없이 가격을 올린단 말인가?' 소비자로서 이런 제품을 곧이곧대로 사 주는 건 나만 손해 보는 장사라는 생각을 지울 수 없다. 더욱이 명품을 오래 소장한다고 해서 무조건 가격이 오르는 것도 아니라는 걸 내 가방이 증명하지 않았던가?

요즘은 명품보다는 노후 부담을 덜어 줄 '반려 자산'을 들이는 게 낫다는 생각으로 주식, 부동산 등 장기적인 시각으로 투자할 수 있는 것들에 관심을 두고 있다. 우리는 늙을 것이고, 나이가 들수록 돈 들어갈 곳은 많아질 테니 말이다.

- 칸트는 산책을, 나는 피카를

모든 소비가 내게 죽비 같은 가르침을 선사하는 건 아니다. 외려 나의 빛나는 한 시절을 떠올리게 하는 따뜻한 소비도 있다. 30대 초반, 무모할 정도로 용감하게 스웨덴행을 결심했다. 한국이 싫어서, 행복해지고 싶어서, 지금까지와는 다르게 살고 싶어서 해외로 석사 유학을 떠났다. 번아웃의 대가를 톡톡히 치른 사람으로서, '저녁이 있는 삶'을 사는 스웨덴에 가보지 않으면 평생 후회할 것 같았다. 스웨덴의 복지 정책을 공부하며 일과 삶의 균형에 대한 답을 찾고자 했던 그 시절, 나는 100년의 역사를 자랑하는 명품 모카포트 브

133

랜드 비알레띠^{Bialetti}와 함께했다.

오후 3시, 당도 떨어지고 집중력도 흐트러지는 이 시간에 독일의 철학자 칸트는 매일 산책을 했다고 알려져 있다. 칸트만의 리추얼이었던 셈인데, 그 오후 3시에 스웨덴 사람들은 '피카^{FIKA}'를 한다. 피카란 커피와 간식을 겸한 휴식 시간을 뜻한다. 스웨덴 사람에게 커피란 생명수처럼 자주 마시는 것이므로 피카는 상당히 신성한 것이다. 피카를 안 하는 것은 하루의 중요한 부분을 놓치는 셈이랄까.

석사 4학기째 논문을 쓰던 시절, 나는 이탈리아 출신 대학원생의 아파트에 그가 집을 비운 동안 잠시 임대하는 서브렛^{Sub-Let}으로 살게 되었다. 그는 이탈리아 사람답게 커피를 사랑했고, 비알레띠 모카포트를 소장하고 있었다. 집주인이 헝가리로 인턴십을 하러 간 동안 세간살이는 모두 내가 대여하게 되었고, 비알레띠 모카포트는 논문을 쓰며 바쁜 학기를 보내는 내게 따뜻한 위로가 되었다.

나의 아침 리추얼은 애정하는 카페에서 사 온 향이 기가 막힌 원두로 모카포트에서 커피를 내리는 것으로 시작한다. 이어 자전거 타는 소녀가 그려진 보온병에 커피를 쪼로록 따르고, 뜨거운 물을 조금 부은 뒤

보온병을 꼭 닫는다. 이 커피는 나의 성스러운 피카에 쓰일 것이니, 피카에 빠질 수 없는 달달한 간식도 챙겨 도서관으로 향한다.

나의 피카 간식은 단연 멈즈Mums라는 이름의 초콜릿 케이크. 이 케이크는 폭신한 브라우니를 닮았는데 겉에는 말린 코코넛 가루가 솔솔 뿌려져 있다. 맛이 궁금하다고? 멈즈는 스웨덴어로 '매우 맛있다!'는 뜻(느낌표는 필수다)이니, 이하 생략하겠다.

차곡차곡 쌓여 가는 논문 페이지만큼, 내가 마신 커피잔과 멈즈 케이크도 쌓여 갔다. 학기가 끝날 무렵, 나는 모카포트와 흠뻑 사랑에 빠져 있었다. 결국 그해 여름, 한 학기를 함께 보냈던 이탈리아 집주인의 모카포트와 꼭 같은 모카포트를 사서 한국으로 돌아왔다.

- 한 시절을 위로한 소비

나는 여전히 그 모카포트로 커피를 종종 내려 마시는데, 커피를 내릴 때면 마음이 몽글몽글해진다. 행복해지겠다며 무모한 용기와 뜨거운 가슴으로 한국을 떠났지만, 뜨거움은 금세 사라졌다. 그도 그럴 것이 내가 있던 스웨덴 예테보리는 우산을 써도 어김없이 빗물이 얼굴에 흩뿌려지는 곳이었으니까. 예테보리의

135

스산한 거리를 쏘다니며 나처럼 타국에서 온 친구들과 피카를 하는 것은 삶의 큰 위로였다.

친구도, 친척도 없는 타국에서 보온병에 모카포트로 갓 내린 커피를 담던 수많은 아침들, 수도승처럼 고요히 도서관에서 논문을 쓰다, 칸트처럼 어김없이 오후 3시면 김이 모락모락 나는 커피를 마시던 날들을 나도, 그리고 나의 모카포트도 오래도록 기억할 것이다.

- 맥시멀리스트 할머니는 말하셨지

중구난방 같은 내 소비를 되돌아볼 때면 결국 내 삶을 되돌아보게 된다. 20대의 나는 어떤 사람이었고, 무엇을 중시했는지. 30대의 나는 어떻게 살고 싶었던 사람이었고 실제로 어떤 삶을 살았는지. 그런데 2023년도 올해로 아흔셋이 된 우리 할머니는 내게 말씀하셨다. "내가 정말 진절머리 나게 물건 많이 사 봐서 아는데, 다 쓸데없다! 너는 물건 많이 사지 마라!"

맥시멀리스트 오브 맥시멀리스트였던 우리 할머니. 그로 말할 것 같으면, 안방 화장실을 옷 창고로 쓸 정도로 물건이 많았던 분이다. 파워 외향인이었던 할머니는 80대까지도 지하철을 타고 서울을 종횡무진하셨다. 트렌드 세터이기도 해서 할머니가 걸치는 아이템은 계모임에서 뜨거운 반응을 얻곤 했다. 친구들의 성화에 못 이겨 남대문에서 자신의 것과 같은 아이템을 떼어다 파는 일까지 있었다.

하지만 세월은 할머니를 미니멀리스트로 만들었다. 할아버지가 돌아가신 후 짐도 줄이고, 집도 줄일 수밖에 없었으니까. 게다가 밖에서 사람 만나는 게 낙이던 할머니는 이제 지하철을 탈 수 없다. 집 안에서도 지팡이 없이는 움직이기 힘들 정도다. 외출을 자주 하지 않으니, 할머니가 입는 옷은 실내복 몇 벌로 한정됐다.

그래도 할머니의 소싯적 소비 습관은 어디 가지 않아서 예쁜 물건, 새 물건을 선물받는 것을 기뻐하신다. 할머니의 활짝 웃는 모습을 보고 싶을 때면 종종 할머니에게 무언가 사다 드린다. 필요한 것 없냐고 묻는 내 전화에 망설임 없이 '황금색 통에 든 영양 크림'을 말하는 할머니의 목소리를 듣는 것으로 나는 할머니의 건재함을 확인한다.

- 쓸 때마다 나는 자랐다

돌아보면 내 인생의 시기에 따라 지갑을 기꺼이 여는 대상이 변해 왔다. 힘들게 대기업에 입사했지만 퇴사를 결심하던 순간 칸에서 샀던 비치 타월, 퇴사를 축하하는 선물이라며 호기롭게 샀던 명품 가방, 외롭고 불안하던 스웨덴 유학 시절의 모카포트까지. 기쁜 마음으로 돈을 썼음에도 어떤 소비는 장렬히 실패해 애물단지로 전락하고, 어떤 소비는 크게 성공해서 아주 오랜 기간 '애착템'이 되기도 했다.

그렇지만 소비의 이면에는 내가 잊지 말아야 할 것이 더 있다. 바로 내가 산 물건들에 내가 살아온 나날들이 있고, 내가 했던 결심들이 있고, 내가 되고 싶었던 모습이 있다는 것을. 애물단지가 되어 버린 물건도, 애착템이 된 물건도 결국은 어느 계절 내게 큰 기쁨과 의미를 주었다는 사실 말이다.

경험을 재산으로 만드는
3가지 콘텐츠

⌄

[책] **《돈지랄의 기쁨과 슬픔》** | 신예희 지음 | 드렁큰에디터 | 2020.5.25.
물욕의 화신이라 자부하는 저자의 소비 생활 희로애락이 담긴
에세이다. 저자는 착한 소비의 반대말로 쓰이던 돈지랄이 때
로는 '자신의 가난한 기분을 돌보는 일'이며 '조금 더 잘 살고
자 하는 마음'과 다름없다고 말한다. 책을 다 읽고 나면 소비를
통해 한층 더 나다워진 스스로를 발견할 수 있을 것이다.

[다큐멘터리] **《자본주의》 1~5부** | 김지은 PD | EBS | 2012.9.23.~2012.10.2.
약 250여 년에 걸쳐 우리 사회를 지배했으며 현재 위기를 겪고
있는 자본주의를 쉽고 의미 있게 풀어 낸 다큐멘터리다. 자본
주의를 가장 잘 알려주는 콘텐츠 중 하나다. 끌려다니는 소비
가 아닌 주체적인 소비를 하고 싶은 사람에게 추천한다.

[영화] **《소공녀》** | 전고운 감독 | 이솜, 안재홍 주연 | 2018.3.22.
주인공 미소는 자신이 자신의 취향인 위스키와 담배를 즐기기
위해 집을 포기한다. 아파트, 연봉, 자동차 등 세상이 강요하는
것들에 휩쓸리지 않고 자신이 좋아하는 것을 지키기 위해 고군
분투하는 삶이 진정한 소비란 무엇인지 생각하게 한다.

왜 부자의 소비는 플렉스이고, 나의 소비는 죄책감인가? 소비에도 자격이 필요할까? 이 이야기는 그 질문에 대한 누군가의 깨달음이다. 그 깨달음은 오늘도 가성비와 소확행 사이를 헤매는 평범하고 가난한 우리가 그토록 찾고 싶었던 답일지도 모른다.

우리의 소비는 틀리지 않았다

2023년

- 오전 9시 -

위이잉~

실업자가 되었다.

이미 몇 개월 전부터 월급이 밀리기 시작하면서
상황이 안 좋아진 회사는 2023년 1월 정리해고를 했고
그 대상자에 내가 있었다.

가족들에겐
재택근무한다고
거짓말해서
일하는 척해야 함.

141

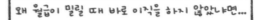

왜 월급이 밀릴 때 바로 이직을 하지 않았냐면...

다 다녀 본 회사구만...

두 번 다신 가고 싶지 않은 곳들

나는 내 직종 업계에 지쳐 있었다.
어딜 가도 똑같단 생각에 그냥 이 회사를 다니면서
차근차근 다른 업종을 알아볼 생각이었다.

하지만 인생은 생각처럼 돌아가지 않았다.

엄마 출근한다!

아메리카노 마시고 싶다.

네!

결국 아무것도 못해 보고 실직자가 되어
강제로 절약하는 생활을 시작하게 된 것이다.

내가 원해서 회사를 나온 것과
원하지 않는데 나온 것은 다르다.

몇 년 전, 다니던 회사를 자발적으로 퇴사했을 때는
퇴사 후 1박으로 혼자 호캉스를 갔었다.

지금은 그냥 걷거나 도서관에 간다.

음, 물비린내...

?

집에만 있으면 너무 우울하고, 그렇다고
카페처럼 어딜 가면 돈을 쓰기 때문이다.

143

돈은 콩쥐의 밑 빠진 독처럼 줄줄 새어 나간다.

사람은 참 간사하게도 먹고 자고 배설하기만 해서는
살아 있다고 할 수 없는 존재다.

대체재를 찾아야 한다.

커피의 대체제는 몇 년 전
홍차 티백을 사려다 더 싸 사 뒀던 홍차 잎차.
실업자가 된 뒤 커피 대신 마시고 있다.

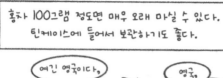

홍차 100그램 정도면 매우 오래 마실 수 있다.
틴케이스에 들어서 보관하기도 좋다.

여긴 영국이다.

영국이다...

영국.

영국.

잉글리쉬
블랙퍼스트...

해외 나온 기분도 내고
돈도 아끼고 1석 2조!

1티스푼 정도만 넣어도 진하게 우려져서 좋다.

나는 옛날부터 짠 내 나는 생활을 많이 해 왔다.
20대 초반, 돈을 아끼기 위해 도시락을 싸 와
회사 내 자리에서 도시락을 먹었다.

어휴,
일도 못하면서
밥은 목구멍으로
넘어가나 보네.

나는 밥 먹을
자격도 없어.

모두 나보다 상급자로 이루어진 회사에서 눈치 없이
혼자 도시락을 싸 와 자리에서 밥을 먹는 신입이라고
비난하는 소리가 들릴 정도였다.

그래도 절약을 포기할 수 없던 내가 선택한 방법은
밥 대신 물 마시기와 참다참다 너무 배고프면 커피 믹스 타 먹기,
편의점에서 가장 싼 삼각김밥을 먹는 것이었다.

달다!

달고 맛있고 돈도 아낄 수 있음.
하지만 회사 비품 많이 먹는다고 눈치 줌.

과거에는
삼각김밥 내용물이
많이 부실했음.

양념만 묻혀 놨네.
이럴 거면
더 싸게 팔면 안 되나?

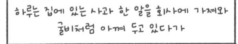

하루는 집에 있는 사과 한 알을 회사에 가져와
굴비처럼 아껴 두고 있다가

먹고 싶다...먹고 싶다...
먹고 싶다...먹고 싶다...
먹고 싶다...먹고 싶다...
먹고 싶다...먹고 싶다...
먹고 싶다...먹고 싶다...

배고파서
일에 집중 안 됨.

147

퇴근길 길거리에 서서 허겁지겁 먹은 적도 있다.

허겁
지겁
와삭
와삭

와, 꼭지 빼고
다 먹었네!

내가 이런 생활을 할 수밖에 없었던 이유는

소개할게,
내 마이크로 미니 월급!

아마 여기
어딘가에 있음.

학자금 대출과 교통비, 휴대폰 요금까지 내기엔
정말 터무니없이 월급이 적었기 때문이다.

월급은 적은데 나가야 할 돈은 많으니
벌어도 벌어도 돈이 없었다.

아, 꿈인가?

나 회사 안 다녔던 건가?

하, 하, 하. 잔액이 0원.

결국 퇴사 후 한 달도 안 돼 통장 잔액이 0원이 되었다.

오히려 돈이 아예 없으니 이 당시에 돈이 생기면
하고 싶었던 일들은 의외로 소박했다.

짜

잔!

돈 생기면 사 먹을 거야!

회사 선배가 딱 한 번 사 줬던 아이스크림.

미니스톱 소프트 아이스크림을 원할 때 언제든지 사 먹는 것!

149

그러나...
나는 이 꿈을 8년이 지나고서야 이룰 수 있었다.

짜   잔!

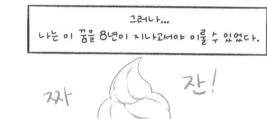

악착같이 저금을 하면서 더 가치 있는 것에 소비를 해야 한다는 생각에
소프트 아이스크림 같은 것에 번 돈을 함부로 쓸 수 없다고 생각했다.

8년 후, 통장에 차곡차곡 돈이 모이고, 경력이 쌓이면서
직급도 오르자 자연스럽게 자신감이 회복되었다.
점점 소비에 대한 자기 검열도 덜하게 되었을 때

날도 더운데
후식으로 아이스크림 먹을까요?

좋아요!

이 조형물이 있는 곳만
소프트 아이스크림을 팔았음.

미니스톱 소프트 아이스크림과 재회하게 되었다.

기분이 묘했다.

그러고 보니
식당에서
점심도 사 먹고,
이렇게 아무렇지 않게
후식으로 미니스톱
아이스크림도 사 먹네?

내가 이젠
이런 걸 누릴
자격이
생긴 건가?

한때 유행했던
소.확.행.
소소하지만 확실한 행복.

나의 미니스톱
소프트 아이스크림

누군가의
카페 모닝 커피
한 잔.

누군가의 퇴근길
꽃 한 송이.

이런 소소한 행복을 누리는 것에도 자격과
가치를 따져야 하는 걸까?

151

소확행의 유행 속에 어떤 사람들은 소확행이
쓸 데 없는 소비를 부추긴다고 비판하기도 했다.

딱히 쓸모 있지도 않은
기호품들을 소확행이라고
소비하는 행위는
별로 좋은 행동이
아닌 것 같은데?

그럴 바엔
그 돈으로 적금을 들거나
주식을 하는 게
더 좋은 것 아냐?

맞는 말이지만...
사람이 돈을 버는 목적이 모으는 데만 있는 것은 아니니깐 말이다.

이런 소확행들이 단지 잠깐의 행복만을 주는 것은 아니다.
내 존재를 느끼게 해 주고 이 세상을 살아가게 하는
버팀목이 되어 준다고 생각한다.

맛있다!
이거 먹으려고
내가 돈 벌고 산다!

그 후로 야근하고
집에 가는 길에
많이 사 먹었음.

우선순위의 가장 맨 위엔 언제나 내가 있다. 무엇도 내 위에 있지 않다. 누가 뭐래도 그건 지킨다. 음식을 만들어 제일 맛있는 부위를 나에게 준다. 내 그릇엔 갓 지은 새 밥을 담는다…내 몸뚱이와 내 멘탈의 쾌적함이 가장 중요하다. 그걸 지키기 위해 난 싸울 준비가 되어 있다.

_〈돈지랄의 기쁨과 슬픔〉 중에서

PART
3

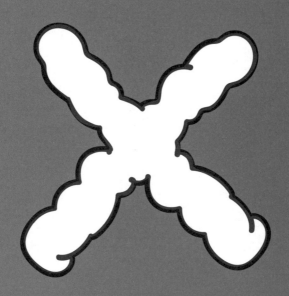

구르는 돈에는
이끼가 끼지 않는다

서울에 집을 사려면 20년이 걸린다는 통계가 있다. 아파트가 인생 최종 목표가 된 시대, 30대 초보 가장은 아내와 곧 태어날 아이에게 더 좋은 집을 선물하고 싶다는 마음에 덜컥 위험한 계약을 해 버린다. 멀리서 보면 개인의 비극이지만 가까이서 보면 한국 사회의 치열한 부동산 지형도가 전쟁처럼 그려져 있다.

부동산 사기 당하는
몇 가지 방법

회사 옆자리 과장님 집이 3개월 만에 1억 원이 올랐다고 한다. 얼마 전 집들이를 갔을 때 보았던 과장님 집은 30평대 신축 브랜드 아파트로 인테리어까지 깔끔했다. 아무리 그래도 3개월 만에 1억 원이 올랐다니, 이거 사기 아니야? 내 뒷자리 대리님은 깡통 전세 피해자였다. 살고 있던 집이 경매로 넘어가고 전세금을 돌려받지 못했다. 그런데 과장님은 앉아서 1억 원을 벌었다.

부동산으로 누구는 돈을 잃고 누구는 돈을 벌고 있었다. 단순하게 생각하기로 했다. 전세로 살면 돈을 돌려받지 못할 수 있고, 집을 사면 1억 원을 번다. 집을 사야겠다. 아내에게 말했다. "우리도 집 사자. 과장님

159

집 3개월 만에 1억 올랐대."

하지만 돈이 많지 않았다. 전세금 1억 6000만 원에 모아둔 돈 2000만 원이 전부였다. 2억 원 안팎에서 집을 구해야 했다. 하지만 '네이버 부동산'에 올라온 매물들을 살펴보니 절로 한숨이 나왔다. 서울에서 방 세 개짜리 아파트를 검색했더니, 대부분 4억 원 이상이었다. 최소한 2억 원이 더 필요했다. 우리 부부의 현재 소득과 저축액을 계산해 보니 앞으로 10년 정도 열심히 모으면 4억 원짜리 아파트를 살 수 있을 것 같았다. 10년. 이 작은 신혼집에서 10년 동안 아끼고 살아야 방 세 개짜리 집으로 이사 갈 수 있다니. 하지만 다른 답이 없었다. 집값이 왜 이렇게 비싸냐고 세상을 원망했다. 그렇게 포기했다.

✕ 집을 사기로 결심했다

한 달이 지났다. 집을 사고 싶다는 생각을 잊어버린 채 일상으로 돌아왔다. 친구 세 명과 캠핑장에서 고기를 구워 먹고 맥주를 마셨다. 늦은 저녁, 한 친구가 말을 꺼냈다. "나 집 사려고." "어떻게?"라는 물음이 바로 나왔다. 친한 친구라 경제적인 형편을 대충은 알고 있었다. "나도 집 사고 싶은데 너무 비싸던데. 어떻게 사는 거야? 너희 부모님이 도와주시는 거야?" 친구는 내 순진한 물음에 아무렇지 않게 대답했다. "나라에서 돈을 빌려주더라고? 디딤돌 대출이라고 들어봤어?" 큰 충격을 받았다. "대출? 돈 빌리는 거 아냐? 대출 무서워."

그 자리에서 디딤돌 대출이 뭔지 검색했다. 낮은 금리로 대출을 받기 위해선 몇 가지 조건이 있었다. 우선 부부의 합산 소득이 국가에서 정한 기준 이하여야 했다. 생애 최초로 집을 사는 것이라면 6억 원 이하의 집까지 가능했다.

집값이 떨어지면 어떻게 하냐고 친구에게 물었다. 친구는 "어차피 내가 30년 살 집인데 뭐 어때?"라고 반문하며, 자신이 평생 살 집에서 마음 편히 행복하게 지내는 게 더 중요하다고 했다. 그때 우리는 서른한 살이었다. '앞으로 아이가 태어나면 함께 예순한 살까지 살 집을 구하는 거구나.' 친구는 2억 원을 대출받는다고 했다. 내가 10년 동안 아등바등 모으려고 했던 2억 원이었다. 처음으로 '대출받아 볼까?' 하는 생각이 들었다.

친구는 경기도 고양시 삼송동에 집을 얻었다. '삼송동에 곧 대규모 쇼핑센터인 스타필드가 지어진다고 했는데, 너무 외곽 아닌가?' 서울에 집을 사지 않는 이유가 궁금했지만 더 묻지는 않았다. 진심으로 친구를 축하해 줬고 진심으로 부러워했다. 술을 꽤 마시고 텐트 안에 누웠다. 한 달 전에 갔던 과장님 집이 떠올랐다. 나도 언젠가 과장님 집처럼 좋은 집에서 살 수 있을까? 그날 나는 '디딤돌 대출'이라는 단어를 되뇌며 잠들었다.

✕ 화장실만 내 것, 나머지는 은행 것

대출. 아파트 매매를 포기하려던 내게 희망이 생겼다. 집을 가진 주변 사람들에게 물어보기 시작했다. "집 살 때 대출받으셨어요? 제 친구가 이번에 2억 원 대출받아서 집을 산대요. 저도 집 사고 싶은데 2억 정도 대출받아도 괜찮을까요?" 세 사람에게 물어봤는데 전부 대출로 집을 샀다고 했다. 미리 짠 것도 아닌데 셋 다 "화장실만 내 거야"라고 말했다. 대출 없이 집을 사는 사람은 없었다.

듣고 보니 매달 갚아야 하는 원금과 이자가 일상에 큰 영향을 미치지 않을 정도로는 돈을 빌려도 괜찮겠다 싶었다. 어느새 대출은 당연한 것이라는 인식이 생겼다. 2016년 당시 디딤돌 대출로 생애 최초로 집을 사는 사람이라면 집값 시세의 70퍼센트까지 대출을 받을 수 있었다. 그 한도를 꽉 채워 대출하면 과장님이

30평대 집을 샀다던 6억 원 선까지도 가능했다. 하지만 친구가 2억 원을 받았다고 하니 나도 그 정도만 빌리는 게 좋겠다고 생각했다. 그래서 4억 원짜리 아파트를 찾아 나섰다.

네이버 부동산에서 매매가를 기존 2억 원에서 대출받는다고 가정하고 4억 원으로 바꿔 조회했다. 보이지 않던 매물들이 나타났다. 어떤 것부터 봐야 할지 모를 정도였다. 퍼뜩 떠오르는 대로 신축 아파트였던 과장님 집처럼 지은 지 4년 이내 아파트를 찾아봤다. 서울 중심부에는 한 곳도 없었다. 친구가 들어간 삼송동이나 서울 외곽의 단지 몇 군데뿐이었다.

혹시나 싶어서 6억 원으로 조건을 바꿔 봤다. 매물이 더 늘어났다. 과장님네 단지도 보였다. 그런데 같은 아파트 단지이긴 한데, 내가 찾던 34평이 아니라 25평이 6억 원이었다. '그 새 이렇게 값이 오른 걸까?' 이상하긴 했지만 그냥 넘어갔다. 어차피 6억 원짜리 집은 안 살 거니까. 집을 사려고 이것저것 공부하다 보니 '직주근접'이라는 말을 알게 됐다. 직장과 주거가 가까울수록 좋다는 의미로 부동산 시장에서 많이 쓰이는 표현이었다.

당시 우리는 용산구 후암동의 한 빌라에 살고 있었

다. 아내는 종로로 나는 명동으로 직장을 다녔는데 후
암동에선 어디로든 가기 좋았다. 출퇴근 시간이 얼마
나 걸리는지가 삶의 질에 큰 영향을 준다는 걸 체감하
고 있었다. 그래서 이번엔 15년 이내 지어진 아파트를
검색하면서, 한편으로 출퇴근하기 좋은 지하철 1, 4, 5
호선을 탈 수 있는 동네를 살폈다.

그래서 과장님도 서대문구에 집을 산 거구나 싶었
다. 그때부터는 서대문구 쪽에서 집을 찾기 시작했다.
하지만 4억 원이라는 큰돈으로도 살 수 있는 집은 없
었다. 3호선 독립문역 근처에 한두 곳이 보였다. 좀 더
북쪽의 홍제동에도 아파트가 많았다. 더 올라가다 보
니 삼송동이 나왔다. 삼송? 친구네 동네라 그런지 친
근감이 들었다. 마음에 드는 아파트 단지 세 군데를 메
모장에 적었다. 이름을 적는 것만으로도 마음이 부풀
었다. '나도 곧 내 집이 생기겠구나.'

✕ '서울' '브랜드' '신축' 아파트에 잡힌 발목

주말에는 골라 둔 아파트 세 채를 보러 갔다. 독립
문과 홍제동의 아파트들은 매우 가파른 언덕 위에 서
있었다. 실망스러웠다. 과장님 집과는 차이가 있는 낡
은 아파트였다. 4억 원이면 번듯한 아파트를 살 수 있

을 줄 알았다. 계단식 아파트에 엘리베이터로 연결된 지하 주차장도 있을 거라고 기대했다.

2년 전 신혼 전셋집을 구하러 다닐 때 마주했던 아내의 표정이 떠올랐다. 금호동에 있는 허름한 건물에 지린내 진동하는 집을 보고 나오면서 아내는 물었다. "우리 꼭 이런 곳에서 살아야 돼?" 아내의 손을 잡고 "아냐, 더 좋은 집 구할 수 있어"라고 말했지만 내 자신이 한심했다. 그리고 '왜 돈을 이만큼밖에 못 모았을까' 자책했다. 그러나 이번에도 똑같았다. 대출까지 포함한 4억 원을 가지고도 나는 집 앞에서 여전히 무능했다. 많은 생각에 휩싸여 집으로 돌아왔다.

며칠 뒤 회사 동기가 노들섬 근처에 신혼집을 얻었다는 이야기를 들었다. 나도 서대문구를 고집할 필요가 없었다. 노들섬 근처도 알아보고 마포구도 알아봤다. 어떤 날은 4억 원에 필터를 걸어서 보고, 어떤 날은 6억 원에 필터를 걸어서 봤다. 마음이 왔다 갔다 했다. 뚜렷한 목적도 원칙도 없이 좋아 보이는 아파트라면 무작정 모두 들여다봤다. 곧 어느 동네 아파트이든 상관 없는 지경에 이르렀다. 그러면서도 자꾸 신축 아파트만을 보고 있는 나를 발견했다. 이제 와 생각해 보면 신축 아파트 덕분에 부동산 매매에 관심을 가지게 됐지만, 신

165

축 아파트 선호는 오랫동안 내 발목을 잡는 계기가 되었다.

✗ 단 하나 남은 푸르지오 아파트

아내가 임신했다. 조금 갑작스럽긴 했지만 행복했다. 아무런 걱정 없이 행복한 앞날을 상상했다. 아내와 아이에게 좋은 집을 해 주고 싶었다. 그놈의 '좋은 집'이 문제였다. 어릴 때는 방 두 개, 작은 거실 한 개가 전부인 18평 집에서 아빠와 엄마, 여동생까지 넷이서 행복하게 살았다. 우리 부부도 18평짜리 아파트를 깨끗하게 수리해 행복하게 살 수도 있었을 것이다. 하지만 내 머릿속에 좋은 집은 '서울' '브랜드' '신축' 아파트뿐이었다.

그러던 내게 새로운 고려 사항이 생겼다. 아이가 태어나면 육아를 도와주시기로 한 장모님이 경기도 광명시에 살고 계신다는 점이었다. 광명시 철산동에서는 우리가 가진 예산으로 브랜드 신축 아파트를 살 수 있었다. 하지만 '서울'이라는 조건은 여전히 포기할 수 없었다.

구하려는 집의 기준이 명확해졌다. 철산동에 인접한 영등포구, 구로구, 금천구에서 장모님이 20분 안에

오실 수 있는 4억 원대 신축 아파트였다. 머리가 맑아지는 느낌이었다. 이 조건으로 검색해 괜찮아 보이는 단지를 세 곳 찾았다. 구로에 두 곳, 영등포에 한 곳, 공교롭게도 모두 '푸르지오' 아파트 단지였다. 가격은 서로 엇비슷했다.

집 근처 부동산에 찾아갔다. "25평 매물 있나요?" 부동산 사장님은 마침 매물이 하나 있다며 동네의 장단점을 브리핑해 줬다. 이 아파트를 구입하기 어려운 사람들은 대안으로 7호선이 다니는 천왕역 쪽으로도 고려한다고 했다. 속으로 '이런 이야기를 왜 해 주지?'라는 생각이 들었지만 가만히 경청했다. 푸르지오 25평 아파트는 과연 마음에 들었다. 엘리베이터는 넓고 깔끔했고 부엌 싱크대에서는 바닥 센서를 발로 밟으면 물이 나왔다. 부동산 사장님에게 계약하고 싶다고 말했다.

다음 날 집주인과 연락한 사장님에게서 전화가 왔다. 집주인이 이사 갈 곳을 정하지 못해 팔지 않기로 했단다. 그 말을 듣자 갑자기 조급해졌다. 드디어 마음에 드는 집을 찾았는데 살 수 없다니, 안달이 났다. 이성적인 판단력이 흐려졌다. 한 발짝 떨어져서 봤다면, 더 나은 집 혹은 비슷한 집이 매물로 나올 때까지 참을 수 있었을 것이다. 동네의 장단점을 좀 더 파악하며 기다릴 수도 있었다. 정보를 모으고 빠르게 판단해 행동하는 것과 조급하게 움직이는 것은 엄연히 다른 일이다. 그때의 나는 조급했다.

✕ 법인 매물이라는 함정

다른 부동산에서 30평 매물이 나왔다는 연락을 받았다. 퇴근하고 곧장 달려갔다. 지하철역에서 버스를 타고 10분 정도 이동했다. 버스로 갈아타는 게 불편했지만 내리는 순간 눈앞에 근사한 신축 아파트가 우뚝서 있었다. 인상 좋은 부동산 사장님의 안내를 받아 매물을 보러 갔다. 집은 비어 있었다. 갓 분양받은 아파트에 들어온 느낌이었다. 가구가 없으니 집 안은 더 넓어 보였고 흠잡을 곳이 없었다.

계약을 결정했다. 집주인은 이 단지 안에만 아파트 세 채를 갖고 있다고 했다. 부동산 사장님은 "다른 집보다 싸게 나왔어요. 정말 잘 사신 거예요"라고 말했다. 그 말을 듣자 내가 잘 골랐다는 확신이 들었다. 가격은 4억 2000만 원. 예산보다 2000만 원 초과였지만 이것도 금방 6억까지 오르겠지 싶었다. 부동산 사장님은 그 주 토요일로 계약 날짜를 잡았다. 그러면서 흘러

가듯 내뱉었다. "이 부동산은 법인 명의 매물이에요."
"그게 뭐가 달라요?" "다를 거 없어요."

계약금은 수표로 준비해 달라는 요청을 받았다. 계
약 당일 집값의 약 10퍼센트에 해당하는 수표 4000만
원을 품고 콩닥거리는 마음으로 부동산에 도착했다.
생애 처음으로 내 집을 사기 위해 부동산 테이블에 앉
다니, 진짜 어른이 된 것 같았다.

매도자는 약속 시간에 조금 늦었다. 지방에서 부동
산을 정리하고 오는 길이라고 했다. 법인 매물이라서
그랬을까. '황 사장'과 '실장'이라는 두 사람이 같이 왔
다. 인상이 별로였다. '관상은 사이언스'인 법인데, 나
의 조급함은 과학을 눌렀다. 이들은 입주 전에 중도금
을 달라고 했지만, 나는 대출을 실행하기 전에는 여윳
돈이 없어 입주 당일 잔금을 모두 치르겠다고 했다. 계
약서에 인감도장을 꽉 눌러 찍고 계약금을 건넸다. 드
디어 나도 내 집이 생겼다.

집에 돌아오자마자 디딤돌 대출을 신청했다. 그리
고 전셋집 주인에게 이사를 나가겠다고 연락했다. 워
낙 전세가 귀할 때라 새로운 세입자를 바로 구할 수 있
었다. 남은 건 3개월 뒤 새로운 집, 내 집으로 이사 가
는 것뿐이었다. 행복한 날들이었다. 오후의 지루한 업

169

무 미팅도 즐거웠다.

입주가 두 달 남았을 무렵, 미팅 도중에 전화 한 통이 왔다. 모르는 번호였지만 왠지 받아야 할 것 같았다. 디딤돌 대출을 신청한 주택도시기금이었다. "부동산 명의가 변경되었는데요." 명의가 변경됐다고? 무슨 말인지조차 이해할 수가 없었다. 우선 부동산에 전화를 걸어 방금 통화하며 받아 적은 내용을 전했다. 나는 앞으로 벌어질 일은 상상하기는커녕 디딤돌 대출을 받지 못하면 어디서 대출을 받을 수 있을지만 걱정하고 있었다.

아파트 명의를 다시 내 앞으로 돌려달라고 침착하게 말했다. 그때를 생각하면 어떻게 침착할 수 있었을까? 그건 부동산 보증 보험 때문이었다. 아마 다들 부동산 사무실마다 문에 1억 원 보증이라고 쓰인 스티커가 붙어 있는 걸 본 적이 있을 것이다. 나는 부동산 중개 도중 사고가 나면 부동산 측에서 최대 1억 원까지 손해배상해 준다는 그 스티커를 철석같이 믿고 있었다.

부동산 사장님은 당황한 듯했다. 하루가 지났지만 시원한 답변은 돌아오지 않았다. 잠깐만 이름을 바꿨을 뿐이고 다시 돌려놓을 거라고 했다. 하지만 시간이 흘러도 그대로였다. 갑갑한 마음에 '황 사장'에게 전화했다. 또 말이 다르다. 중도금을 주면 명의를 원래대로 바꿔 주겠다고 했다. 상황이 이상하게 돌아가고 있다는 걸 깨달은 건 이때부터였다. 명의를 바꾸려면 취득세를 수천만 원 내야 하는데, 정상적인 거래라면 누가 그런 일을 할까?

부동산 사장님은 어떤 것도 해결해 주지 못했다. 직접 설득하려고 황 사장을 찾아갔지만 달라지는 건 없었다. 이제 그 집은 더 이상 황 사장 소유가 아니었다. 그런데도 뻔뻔하게 그 집에 앉아 있었다. 다리를 부러뜨리고 싶을 정도로 화가 났다. 그 와중에도 나는 차분한 척했다. 행여라도 기분 나쁘다고 계약금을 돌려주지 않을까 봐 부들부들 떨면서도 예의를 차렸다. 나는 이렇게 부동산 사기를 당했다. 이사 날짜는 하루하루 다가왔다. 그럼에도 나는 끝까지 헛된 희망을 품고 있었다.

✕ 조급한 결정의 가혹한 대가

살던 전셋집에서는 예정대로 나가야 했다. 새로운 세입자가 기다리고 있었다. 아내에게는 집에서 쫓겨나는 모습을 보이고 싶지 않았다. 아내는 택시에 태워

처가로 보냈다. 전날 밤 차 안에 앉아 많이도 울었다. 내게 왜 이런 일이 생긴 걸까 원망스러웠다. 하지만 처리해야 할 일들이 남아 있었다.

당장 갈 곳이 없었다. 방 두 개 신혼집에 어찌나 살림이 많았는지 용달 트럭 하나 가득이었다. 이삿짐센터에서 짐을 보관해 주기도 한다는데, 언제 다시 찾을지 모르는 짐을 무한정 맡길 순 없었다. 감사하게도 사정을 들은 회사 과장님이 경기도 용인의 창고에 짐을 맡아 주겠다고 하셨다. 신혼살림을 창고 귀퉁이에 쌓아 둔 채 다시 서울로 돌아왔다.

세상으로부터 버려진 것 같았다. 파산한 사람이 이런 기분일까? 이제 문제는 나다. 그날 밤은 우선 회사근처 모텔에서 묵기로 했다. 사기당한 놈이 염치없게도 배가 고팠다. 밥 먹을 자격도 없는 놈인데 짬뽕밥이 먹고 싶었다. 중국집에 들어갔는데 아버지에게 전화가 왔다. 어디서 지낼 거냐고, 일단 집으로 들어오라고 하셨다. 짬뽕밥을 먹는 내내 눈물이 났다.

새집에는 결국 입주하지 못했다. 나는 우선 집을 점거하고 방법을 찾으려 했지만, 현관 비밀번호마저 바뀌어 들어갈 수도 없었다. 황 사장은 계약금조차 돌려주지 않을 작정인 것 같았다. 이제부터는 법적으로 해결해야 했다. 변호사를 만났다. 그는 이런 경우 돈을 돌려받을 가능성이 희박하다고 했다. 사기꾼에게 재산이 없는 경우가 많기 때문이다. 그래도 소송을 걸기로 했다. 수임료로 500만 원을 내고 내 돈을 받아 달라고 부탁했다.

상대방이 계약 내용을 지키지 않은 데 따르는 배액 배상에도 기대를 걸었다. 계약금이 4000만 원이니 두 배인 8000만 원을 받을 수 있을 것이다. 당장은 힘들어도 부동산의 1억 원 보증 보험이 있으니, 최소한 계약금은 돌려받을 수 있을 것이라고 믿었다.

이튿날 경찰에서 전화가 왔다. 사건이 접수되었으니 자초지종을 알려 달라는 요청이었다. 변호사의 조언에 따라 경찰서에 찾아가 진술했다. 그리고 황 사장의 사기에 나만 당한 게 아니라는 사실을 알게 됐다. 황 사장 혼자가 아니라 일당이 있는 것이 분명했다. 오히려 황 사장은 '바지 사장'에 가까운 듯했다. 소송에서 이겨도 내가 받을 돈 자체가 없겠다는 생각이 들었다. 황 사장이 거주하고 있는 집에 가압류를 걸었다. 황 사장에게 사기당한 사람들로부터 집단 소송을 준비 중인데 참여하겠냐는 연락도 받았지만 거절했다. 이미 나대로 절차를 밟고 있으니, 집단 소송에서 더 얻을 수 있는 게 없었다.

변호사를 만나 부동산을 통해 사고 보험금을 받는 쪽으로 방향을 틀고 싶다고 했다. 알아보니 부동산 보증 보험이 있다고 해서 무조건 보험금을 받을 수 있는 게 아니었다. 중개 과정에서 중개사인 부동산 사장님이 실수한 사실이 인정되어야만 보험금을 받을 수 있다는 것이다. 게다가 그 실수 여부를 입증하려면 소송을 거쳐야 했다. 하늘이 무너지는 듯했다. '중개사가 황 사장이 제대로 된 매도자인지 제대로 판단하지 못했으므로 이건 분명 사고다. 보증 보험이 있으니 계약금은 무조건 돌려받을 수 있을 것'이라고 생각했다. 하지만 그렇지 않았다. 소송으로 부동산의 잘못을 입증해야 했다. 어쩌면 계약금마저 돌려받지 못할 수 있다는 걸 이때야 알게 됐다. 절망적이었다.

재판은 서울남부지방법원에서 진행됐다. 법원에 가는 것도, 판사님을 만나는 것도 난생처음이었다. 변론 기일이 되어 법원에 출석하면서 내가 잘못한 것도 아닌데 긴장이 됐다. 판사님에게 사기를 당하기까지의 거래 과정과 황 사장에 대해 자세히 설명했다. 판사님의 눈빛이 따뜻했다. 젊은 사람의 사정을 안타깝게 여기는 듯했다. 판사님이 내게 도움을 주시려는 태도가 느껴졌다.

계약서와 인감 증명서를 뚫어지게 비교해 보더니 계약서에 찍힌 도장과 인감 모양이 다르다고 했다. 다시 보니 미세하지만 정말 달랐다. 도장의 진위 여부를 제대로 확인하지 않은 부동산의 과실을 발견한 것이다. 새로운 희망이었다. 판사님이 나를 지긋이 쳐다보며 인사를 건넸다. "좌절하지 말고, 아직 젊으니까 힘내세요."

✕ 사기 당하지 않기 위한 기준을 세우다

이즈음 나는 독기가 오를 대로 오른 상태였다. 길을 걷다 '떼인 돈 받아드립니다'라는 현수막이 눈에 들어왔다. '폭력으로라도 해결해야 할까? 협박으로 해결할 수 있는 일일까?' 하지만 판사님이 남긴 조용한 한마디에 독기가 빠졌다. 앞으로 나아가야 한다는 생각이 들었다. 나는 아직 젊으니까 자꾸 뒤를 돌아보는 대신 앞으로 걸어가야 한다. 판사님께 감사하다는 인사를 하고 자리에서 일어났다.

부동산을 상대로 소송을 준비했다. 승소하면 부동산 보증 보험을 통해 계약금 4000만 원을 돌려받을 수 있게 된다. 부동산의 귀책 사유가 명확했기 때문에 시간이 걸리더라도 돈을 돌려받는 데에는 문제가 없다고 판단했다. 이제야 아내에게 할 말이 생겼다. 사건을 잘 해결하고 있고 계약금은 돌려받을 수 있을 거라고 이야기했다. 친정에 가 있던 아내도 부모님 집으로 들어와 내 작은 방에서 같이 지내기로 했다. 처음 그 방에 누워 이야기를 나누던 밤, 아내는 참았던 눈물을 흘렸다. 그 역시 티 내지 않았지만 그동안 마음고생이 심했을 것이다.

소송에는 시간이 걸린다. 이 방 안에서 언제 나올지 모를 소송 결과를 기다리기만 할 순 없었다. 결혼하기 전 나 혼자 살던 좁은 방에서 두 사람이 지내기란 쉽지 않았다. 부모님이 계시니 화장실도 맘 편히 쓰지 못하고 푹 쉬지도 못했다. 임신한 아내에게 미안했다. 우리 가족만의 아늑한 보금자리를 구하고 싶었다. 아내가 옆에 있으니 책임감이 더 크게 느껴졌다. 나는 이제 혼자만의 몸이 아니다.

그날 밤 집 앞 공원을 뛰었다. 스스로에게 질문을 던졌다. "지금 나한테 얼마 있지? 다시 전세를 구해야 할까? 계획했던 대로 매매를 알아봐야 할까?" 집을 산다면 두 번째 후보지였던 양천구 옆의 푸르지오 아파트에 가고 싶었다. 비록 비행기가 다니지만 동네와 단지가 마음에 들었다. 다시 네이버 부동산에 접속했다. 살펴보니 넉 달 전 4억 2000만 원이었던 집이 4억 6000만 원에 나와 있었다. 한 달에 1000만 원씩 오른 셈이다.

예산이 부족했다. 하지만 4개월 사이에 4000만 원이 올랐으면 앞으로는 더 오를 것이 분명했다. 부족한 돈을 구해야 했다. 회사에서는 주택구입자금 2000만 원을 저리로 빌려준다고 했다. 매달 원리금이 월급에서 차감되지만 곧 진급할 거니까 감당할 수 있었다. 갖고 있던 주식도 팔았다. 그래도 모자라 주택담보대출을 조금 더 받기로 했다. 이제 구체적으로 집을 찾을 단계였다. 호되게 사기를 당한 내게는 이제 나만의 집을 보는 기준이 생겼다.

첫째, 법인 명의는 거들떠보지도 않는다.

둘째, 등기부등본의 집주인과 실제 거주자가 일치해야 한다.

셋째, 3인, 4인 가족이 살고 있는 집을 매매한다. 집주인이 지켜야 할 존재가 있다면 사기를 칠 확률이 적을 것이다.

넷째, 등기부등본상 1금융권 대출이 있는 집만 본

177

다. 대출은 한 건만 있어야 한다.

다섯째, 집주인이 집을 파는 이유가 상식적으로 납득되어야 한다.

새로운 부동산 사장님과 집을 보러 갔다. '파크 푸르지오'라는 이름답게 단지 안의 조경이 아름다웠다. 25평이지만 구조가 효율적이었고, 관리도 잘 되어 있었다. 지하철로 출퇴근하기도 좋았다. 생활 인프라가 잘 갖춰져 있는 목동과도 가까웠다. 덤으로 머지않은 미래에 목동 재건축이 시작된다면, 목동의 전세 수요도 일부 이동해 올 수 있겠다고 생각했다.

집은 마음에 들었다. 이제 사기를 당하지 않는 게 제일 중요했다. 우선 집 안 환경을 살펴보았다. 집주인의 가족사진이 있으면 안심될 것 같았다. 지켜야 할 가족이 있는 사람은 가족들과 함께 사는 집을 담보로 사기 칠 가능성이 적을 테니까 말이다. 거실에는 큰 책장이 있었다. 책장 가운데에는 텔레비전이 있었고 비밀번호를 눌러야 열 수 있는 구조였다. 초등학생인 아이가 그 날 해야 할 공부를 다 해야만 텔레비전을 볼 수 있게 해 준다고 했다. 마지막으로 왜 집을 내놓았는지도 묻자 집주인은 내가 납득할 수 있는 답을 들려줬다.

부동산 사무실로 돌아가 등기부등본을 떼 봤다. 대출도 없었다. 그 단지에 하나뿐인 매물이었고 마음에 들었기 때문에 바로 가계약금을 입금했다. 최대한 빠른 날짜로 입주일을 정했다. 12월 초에 계약하고 그달 말에 잔금을 치렀다. 모든 과정이 조심스러웠다. 또 사기를 당하는 건 아닌지 의심스러웠다. 심지어 내 명의로 전환되었다는 내용의 등기필증을 받은 뒤에도 등기부등본을 새로 발급받아 봤다.

다행히도 이번엔 사기당하지 않았다. 큰 실패를 겪은 후, 나는 실패를 반복하지 않기 위한 원칙을 세우고 이를 철두철미하게 지켰다. 그렇게 한 발짝 앞으로 나아갈 수 있었다. 만약 또 사기당할까 봐 겁이 나 움츠러들었다면, 지금도 부모님 집의 작은 방 한 칸에 살았을지 모른다.

✗ 우리 집에서 다시 시작하다

새해가 되어 새집으로 이사했다. 창고에 쌓아 두었던 살림을 찾아와 먼지를 털어 냈다. 아내와 나는 '우리 집'에서 그동안 고생했다며 서로의 손을 잡고 위로했다. 우리 집이라는 단어가 안정감과 만족감을 줬다. 곧 아이가 태어났다. 그리고 부동산을 상대로 한 소송 결과도 나왔다. 승소였다. 맙소사, 이보다 더 좋은 결말이 있을까? 인생의 깨달음도 얻고, 돈도 되찾고, 행복한 우리 집도 생기다니.

이후 다시는 사기당하고 싶지 않아서 공부를 시작했다. 부동산 강의도 듣고 나만의 투자 원칙도, 인생 계획도 세웠다. 괴로운 기억은 잊기로 했다. 과거에 묶이면 앞으로 나아갈 수 없기 때문이다.

8년이 지났지만 가끔 그때의 일들이 떠오른다. 하지만 지금껏 똑바로 쳐다보지 못하고 묻어 놓았다. 마음먹고 돌이켜 보니, 몇몇 장면은 마치 어제 있었던 일처럼 느껴진다. 그 시절의 날씨와 장소, 기분까지 생생하다. 신혼살림을 싣고 창고에 갔을 때가 그렇다. 10월의 용인은 단풍이 예쁘게 물들고 있었다. 밖은 아직 밝은데 창고 안은 어두컴컴했다. 냉장고부터 세탁기까지 구석에 쌓아 두고 비닐로 덮었다. 사진도 찍었다. 언제 찾으러 올지 기약이 없으니 발이 떨어지지 않았다. 그래도 몸을 돌려 문을 향해 나아갔다. 밖에는 나를 기다리는 사람이 있었다.

아, 부동산 중개인은 항소했다. 자신들이 고의로 잘못한 것도 아니고, 황 사장이라는 사람이 작정하고 사기를 치는 걸 어떻게 막느냐는 논리다. 나는 언제 끝날

지 모르는 소송 결과를 기다리지 않았다. 대신 현재와
미래를 살아가고 있다.

0원으로
집을 사는 비밀

∨

디딤돌 대출

모은 돈이 부족할 때, 어떻게 집을 마련할 수 있을까? 디딤돌 대출은 정부 지원 주택 담보 대출 상품으로, 주택도시기금에서 판매한다. 금리가 굉장히 낮고 정부에서 운영하기 때문에 안정성이 높아 주택 매입을 생각한다면 꼭 알아봐야 한다.

○ 신청 자격

∨ 부부 합산 연소득이 6000만 원 이하인 경우(생애 최초 주택 구입, 신혼, 자녀가 두 명 이상인 경우일 때는 7000만 원 이하까지 가능).
∨ 무주택 세대주일 경우.

○ 주택 조건

∨ 실거주용.
∨ 대출 승인일 현재 담보 주택의 평가액이 5억 원(신혼·자녀가 두 명 이상인 가구는 6억 원까지 가능) 이하인 경우.
∨ 주거 전용 면적이 85㎡ (수도권 제외 읍 또는 면은 100㎡까지 가능) 이하인 경우.

○ 대출 한도

∨ LTV Loan to Value Ratio(주택 담보 대출 비율) 최대 70%
LTV 계산 공식: (대출한 금액 / 아파트 가치) × 100

∨ DTI|Dept to Income(총 부채 상환 비율) 최대 60%

DTI 계산 공식: (연간 소득 / 연간 대출 상환액) × 100

∨ 대출 한도는 최대 2억 5000만 원(생애 최초 주택 구입자는 3억 원, 신혼·자녀가 두 명 이상인 가구는 4억 원까지 가능).

○ 상환 방법

∨ 대출 만기 10년, 15년, 20년, 30년 중 선택.

∨ 원리금 균등 분할 상환, 원금 균등 분할 상환, 체증식 분할 상환 중 선택.

※ 자세하고 정확한 내용은
　　주택도시기금에서 확인 가능하다.

Excellence
Prize
현햇님

적금을 꼬박꼬박 붓는 성실한 삶 대신, 주식처럼 위태롭지만 새로운 변화를 꿈꾸게 되는 날이 있다. 그래프의 기울기에 울고 웃는 것도 잠시, 진정한 우상향은 내가 산 종목의 하락세가 다시 치솟는 순간이 아니라, 실패에도 일어서기 위해 고군분투하는 우리의 오늘이 만드는 게 아닐까?

주식에 콱 물려도
정신만 차리면

나는 늦는 것이 싫어 약속 장소에 한 시간 일찍 가서 기다리는 타입이었다. 인사 평가의 최고 등급은 날 위해 존재했다. 체중이 500그램이라도 늘면 아무리 늦은 밤이라도 한 시간 달리기를 하고 와야 마음 편히 잠들 수 있었다. 친구들은 너처럼 독하게 못 산다고 말했고, 상사는 "현 주임, 그렇게 살면 피곤하지 않아?"라면서도 믿고 맡길 수 있다며 더 많은 일을 주곤 했다.

이렇듯 내 일상은 엑셀 속 함수처럼 한 치의 오차 없는 삶을 이행하고 있었지만 마음은 공허했다. 어린 날 아무리 손을 오므려도 손 틈새로 빠져나가던 유치원 앞 놀이터의 모래처럼 무언가 줄줄 새는 기분이었다. 괴리가 커질수록 뭔가 잘못되어 가고 있다는 걸 알

앞지만, 빡빡한 삶을 내려놓으면 모든 것이 백지인 세상이 펼쳐질까 봐 용기가 나지 않았다. 그저 내 마음만 눈을 감으면 될 일이었다. 부디 원인 모를 누수가 감당할 수 있는 선에서 끝나 주기를, 장마 앞둔 솜사탕 장수처럼 그렇게 막연하게 바랄 뿐이었다.

뭔가 잘못된 이 기분은 어디서부터 시작되었을까. 가까웠던 친구가 죽기 직전 마지막으로 걸었던 전화를 내가 무심결에 놓친 때부터였을까. 아니면 회사에서 지독한 일벌레로 유명해 서로 라이벌처럼 여기던 이 주임이 불현듯 더 넓은 세상 구경을 하겠다며 퇴사한 그때부터였을까. 매사에 덜렁거리는 후임자가 들어왔어도 이 주임이 떠날 때의 우려와는 다르게 그의 빈자리가 채워지고 회사가 잘 굴러가자 누수는 기어이 금을 만들기 시작했다.

귀금속이라도 질러서 금이 간 부분을 눈속임처럼 살짝 막아 볼까. 회사 엘리베이터 세 개에 벨을 전부 누르고 초조하게 기다리다, 10층에서 내려오던 엘리베이터가 2층에서 내려오던 엘리베이터보다 빨리 도착하는 것을 보고, 마침내 나는 내가 아무리 강박적으로 완벽을 추구해도 누구의 인생이 먼저 잘 풀릴지는 아무도 모른다는 생각이 번뜩 들었다.

✕ 적금 같은 삶에 주식이라는 변수

깜깜한 어둠이 익숙한 퇴근길, 늘 이해가 가지 않았던 《B사감과 러브레터》 속 히스테리를 잔뜩 부리던 B사감에게 처음으로 동질감을 느꼈다. 오래전 내가 신입사원일 때 '저 경리팀 직원은 왜 저렇게 웃음기 없이 짜증스러운 표정으로 일할까?' 싶었던 의문이 떠올랐다. 그리고 그 의문은 지금의 내 표정으로 풀릴 것 같았다. 그러자 문득 손에 들린 커피가 눈에 들어왔다. 딱히 맛은 없지만 가깝고 익숙해서 습관처럼 마신 회사 근처 카페의 아메리카노를 보고 생각했다. '커피라도 바꿔 볼까?'

그때 폭죽이 울리듯 휴대폰에서 적금이 자동 이체되었다는 알림이 울렸다. '이것부터 깨자.' 지금 나에겐 최종 금액이 예상 가능한 적금 14회 차보다, 새로운 삶에 대한 투자가 필요했다. 나의 흔들리는 마음을 가장 먼저 눈치챈 건 주식으로 큰돈을 벌었다는 엄마를 둔 이른바 '주식수저' 대학 동기였다. "햇님아, 적금 말고 주식 한번 해 봐. 돈 복사 제대로야." 평소라면 고개 몇 번 젓고 말았을 일에 나는 눈동자를 반짝였다. 주식에 대해 이것저것 설명하던 친구는 갑자기 의욕적인 내가 이상한지 주식 투자를 잘못하면 전 재산을 다 날릴 수 있다고 경고했지만, 그건 실컷 보험의 중요성을 설명해 놓고 약관에 따라 지원이 안 될 수도 있다고 알려주는, 깨알만 한 경고문일 뿐이었다.

시작은 200만 원이었다. 30대 후반 미혼 직장인이 죄책감 없이 재테크라는 명목하에 투자할 수 있는 금액. 말기 암에 걸렸어도 끝까지 재기를 꿈꾸던 아빠가 아무에게도 말하지 않고 장롱 위에 숨겨 둔 금액이기도 했고, 엄마 생일에 용돈으로 드리면 동네방네 그 집 딸 효녀라는 소리를 들을 수 있는 금액이기도 했다.

나는 행여나 돈을 따면 누가 달라고 할까 봐, 돈을 잃으면 "똑똑한 척하더니 주식으로 돈 날렸다더라" 소리를 들을까 봐 누구에게도 주식 투자를 하겠다고 알리지 않고, 비밀리에 카카오톡에서 가장 유명한 주식 토론방에 들어갔다. 그리고 최대한 겸손하게 글을 남겼다. "저 주식 초보인데요, 호재가 뭔가요?" 띠링, 댓글이 달렸다. "검색만 해 보면 2초 만에 알 수 있는 걸, 떠먹여 줘야 하는 정신머리로 어떻게 주식을 하냐? 당장 손 떼라!" 그때의 난 몰랐다. 그 말이 사실은 정말 애정 어린 조언이었다는 것을 말이다.

결국 나는 내 자신에 의지해 투자할 종목을 골랐다. '곧 추워지니까 사람들도 영양가 넘치는 음식이 당기겠지. 옛말에도 먹는 게 남는 거라잖아. 음식 관련 주를 사 보자.' 물론 위에는 셔츠를 입고 아래에는 잠옷 바지를 입었을 것 같은 주식 유튜버들은 다른 종목들을 나눠 사서 위험을 분산시키는 분할 매수 분할 매도를 추천했지만, 매일 저녁 한복을 곱게 차려 입고 화투판이 열리는 비닐하우스로 출근하시던 집안 어르신을 닮았는지 나는 '못 먹어도 고'였다.

✕ 초심자의 행운, "가즈아!"

주식 시장이 열리는 아침 9시, 장이 열리자마자 나는 망설임 없이 골라둔 주식을 200만 원어치나 매수해 버렸다. '월급 통장'과 '나'만 존재하던 단출한 세상에, 나를 위해 돈을 벌어 주는 든든한 내 편이 생긴 기분이었다. 이윽고 내게도 '초심자의 행운'이 왔다. 선무당이 사람을 잡았는지 내가 돈을 '몰빵'한 회사가 갑자기 예고도 없이 해외 수주를 따냈다는 게 아닌가. 수익률이 50퍼센트를 찍자 주식 투자를 반대했던 엄마도 세상에 이런 일도 있다며 싱글벙글이었다. 물론 적게 '먹고' 얼른 '빼라고' 난리였지만 어림없는 소리였다.

나는 보란 듯이 돈을 더 쏟아부었다. 만기가 얼마 안 남았다고 적금 해약을 말리는 은행원의 말에도 코

웃음이 나올 뿐이었다. '지금 겨우 이만한 이자가 문제가 아니거든요.' 그러다 뒤돌아 또 생각했다. '이거 주식 투자 실패담에서 자주 보던 수순인데.' 하지만 멈출 수가 없었다. 마침 내 옆으로 크롭탑을 입은 대학생이 브레이크가 없기라도 한 것처럼 신나게 킥보드를 타고 지나갔다. 그래, 나는 쓸데없는 걱정이 너무 많다.

매일 아침 눈뜨는 게 어릴 적 소풍을 앞둔 기분이었다. 하필이면 주식 장이 열리는 오전 9시에 회의를 하자는 사장님에게 입사 이래 처음으로 더 빨리 8시에 하자고 반기를 들었지만, 걱정처럼 하늘이 두 쪽 나지 않았다. 하늘 높은 줄 모르고 치솟는 내 주식만 있을 뿐이었다. 어느 날 주식 창을 보느라 업무 전화를 급하게 내려놓자 눈치 없기로 소문난 직원이 기어이 한마디 했다. "그 말이 정말 사실인가 봐요! 사람들이 현 주임님 로또에 당첨되었거나 수십 억 오른 조상님 땅을 찾았거나 둘 중 하나라고 하던데." 그 말이 이상하게도 떼고 남은 스티커 찌꺼기처럼 마음에 남았다.

✕ '손절' 당한 개미가 되다

역사적인 그날은 새벽에 잠을 설쳐 아침에 일어나는 것이 영 힘들었다. 대학 입학을 앞뒀던 내 어머니와

'사고'를 쳤다는 이유로 평생 아빠와 나를 보지 않았던, 그래서 사진으로만 봤던 외할아버지가 꿈에 나타나 나를 호되게 혼냈던 것이다. 꿈을 깨고도 지워지지 않는 잔상에 습관처럼 하던 새벽 스트레칭 루틴도 잊어버린 채, 부랴부랴 투자한 종목 관련 오픈카톡방에 들어갔다. 늘 "가즈아!"를 외치며 많아야 10개 남짓 대화가 이어지던 채팅창이 999개가 넘는 대화들이 쏟아지며 난리도 아니었다.

'수출 협의 중 ○○물질 기준 수치 미달로 인해 최종 협상 결렬.' 내가 투자한 회사가 악재를 맞았다는 소식에 등골이 오싹했다. 나이를 먹을수록 비속어를 쓰면 사람이 저렴해 보인다며 자제했지만, 그때만큼은 머릿속에 한 가지 단어만 떠오를 뿐이었다. 'X 됐다.' 후회가 몰려들었다. 진작 뺄 걸⋯⋯.

채팅방은 이 사태가 이른바 '개미 털기'가 아니냐는 말들로 시끄러웠다. 주식 시장을 교란해서 이득을 얻는 세력들이 나 같은 개인 투자자들이 위기를 느끼고 싼값에 주식을 매도해 버리도록 유도한다는 것이다. 채팅방은 개미 털기가 끝나면 제대로 주식이 올라갈 거라는 희망과, 가짜 뉴스고 뭐고 이럴 줄 알았다는 비아냥이 섞여 아수라장이 되어 있었다. 혹시나 했던 내 주식은 역시나 장이 열리자마자 바닥 무서운 줄 모르고 추락하기 시작했다. '설마, 설마' 하면서 4일 내내 곤두박질치는 파란색 그래프만 지켜보던 나는 결국 마이너스 80퍼센트에서 '손절'하고 말았다.

주가가 처음 내려가던 첫날 매도했다면 마이너스 50퍼센트에서 그쳤을 텐데. 그 와중에도 4일 동안 지켜보느라 명품 가방 한 개 값을 더 날린 게 미치도록 아까웠다. 그렇게 손해만 잔뜩 본 채 헐값에 주식을 팔아버리고 말았다. 문득 옆에서 인형놀이를 하는 조카에게 물었다. "우리 공주, 이모 없이 살 수 있어?" 조카가 해맑게 웃으며 말했다. "왜? 이모 죽어?" 그때는 코로나19 예방접종 주사보다 주식을 떠올리는 게 더 아팠다.

오랜만에 사장실 문을 두드렸다. 사장님이 좋아하는 회사 근처 카페의 초코 쿠키를 손에 든 채였다. 그동안 4대 보험의 안락함을 너무 등한시했다. "사장님, 생각해 보니 회의는 9시 시작이 딱이죠!"

정신을 차릴수록 본전 생각이 절실해졌다. 딱 한 번만 더 주식에 투자해서 본전만 찾고 빼자, 그 후엔 정말 주식이라면 손도 대지 말자는 생각으로 엄마를 꼬드겼다. 2주에 걸친 회유였다. 그렇게 얻어 낸 투자금은 내가 결혼할 때 주려고 엄마가 청소일을 하며 모아

둔 쌈짓돈 2000만 원이었다. 사탕 하나를 소중하게 이고 가는 개미처럼 엄마에게서 돈을 받아 들고 또다시 장이 열리길 기다렸다.

그리고 이번에는 신중하게 고르고 골라 안전한 대형주에 몰아 넣었다. 하지만 이후로 환율 급등, 빅 스텝, 최악의 실업률, 미국 소비자 물가 지수 급등까지 불어닥치며 내 주식은 연일 최저가 알람이 울려 댔고, 파란색 그래프와 함께 내 심장도 땅 밑으로 떨어지는 것 같았다. 뉴스가 공포영화보다 더 무서웠다.

"햇님아, 조금만 수익 나면 그냥 팔아. 뉴스에서 보니까 코스피가 더 어려워진대." "시장에서 콩나물값 깎고, 빚이라는 말만 들어도 무서워서 공과금 나오면 연체될까 재깍재깍 내 버리는 엄마한테 내가 무슨 짓을 한 건지. 엄마 나 한강 갈까?" "뭘 한강까지 가. 이 앞에 내심천도 있는데." 자신의 돈이 어떻게 됐냐고 묻는 엄마의 흉흉한 감시 아래 엄마가 시키는 모든 집안일을 척척 해냈지만, 개미가 자주 출몰하는 부엌 구석구석에 개미약을 뿌리라는 건 조금 슬펐다. 이 약을 먹고 개미가 죽든 말든 뿌리는 사람은 별 상관이 없었기 때문이다. 주식 판에서의 내 처지와 하등 다를 게 없었다.

193

나도 나지만, 딸이 나쁜 생각을 할까 걱정하는 엄마의 불면을 조금이라도 줄여 주기 위해 주임 승진 후 처음으로 바깥에 나가 사람들을 만나기 시작했다. 실수하는 게 싫어서 익숙한 것만 찾고 새로운 사람도 만나지 않던 내가 한 큰 결심이기도 했다.

✕ 주식 빼고 다 잘해

마침 1년에 한 번 대답할까 말까였던 '엑셀 완벽 정복 동호회' 사람들의 단체카톡방이 눈에 들어왔다. 누군가 부모님 농장에서 고구마 캐는 주말 아르바이트를 구한다는 말에 빛의 속도로 답장을 보냈다. "저 참석하겠습니다!" 하루 일당 6만 원, 새참 제공. 해 보지 않은 일에 대한 망설임은 중요하지 않았다.

피아노를 오래 쳤냐는 소리를 들을 정도로 굳은살 하나 없는 손이었다. 그런 손에 호미를 쥐고, 행여나 멋진 팔 근육을 가지고 있는 아주머니들에게 일자리를 빼앗길까 열과 성을 다해 호미를 놀렸다. 밭 주인이 달리기 스타트 총성을 울리듯 커다란 낫으로 고구마 순을 베어 내면 나는 아주머니들과 함께 출발선에 앉아 고구마를 캤다. 한데 옹기종기 모여 있는 고구마가 상하지 않게 주변을 살살 파내야 했고, 간혹 혼자 멀리 떨어져 있는 사춘기 고구마를 놓치지 않도록 주의를 기울여야 했다.

그 결과 두둑한 일당은 물론 젊은 사람이라 힘이 다르다는 칭찬과, 다른 일꾼들에게는 안 준다는 고구마 한 상자까지 덤으로 받을 수 있었다. 쏟아지는 땀에 선크림이 다 지워져 어느새 시커매진 얼굴로 고구마 상자를 안고 나타난 나를 보고 엄마는 어이없다는 듯 웃음을 터뜨렸다. 거기다 대고 나는 다음에 양파 캐는 날도 함께해 달라는 밭 주인의 문자를 당당히 내밀었다. 엄마가 말했다. "어휴, 주식 빼고 다 잘해, 정말."

다음은 오래전 눈물 콧물 빼며 싸우고 절교했다 극적으로 재회한, 이제는 속마음을 털어놔도 서로 비웃지 않는 친구가 내 마이너스 수익률을 듣고 물어 온 일자리였다. 친구가 사는 건물의 집주인이 주말마다 서울 자식네 집에 놀러 가는데 혼자 남는 강아지를 돌봐 줄 사람이 필요하다는 것이었다. 나는 내 태몽이 풍산개였다는 되지도 않는 소리를 해 가며 야심차게 우리 집 개의 냄새를 옷에 묻히고 고용주의 강아지님이 있는 곳으로 향했다.

집주인은 강아지 사료를 사다 달라고 했다. 회사 비품을 구매하던 실력을 살려 사료를 사 갔지만 집주인이 말한 사료와 내가 사 간 사료는 겉표지만 같고 알맹이 크기가 다른 제품이었다. "어머나, 우리 애는 입이 작아서 이런 크기의 사료는 못 먹어요." 이미 뜯어 교환도 안 되는 이 사료 가격은 내 하루 일당과 맞먹었다. "어머님, 방망이와 그릇 하나만 주시면 다녀오실 때까지 제가 먹기 좋은 크기로 다 부숴 놓겠습니다." 순발력 덕분에 겨우 살았다. 그렇게 죽어라 사료를 부수는 내 옆으로 꼬리를 살랑살랑 흔들며 다가오는 치와와에게 조용히 속삭였다. "그냥 주는 대로 먹으면 안 되겠냐."

나중에 알게 된 사실이지만 벌써 알바생을 네 번째 물어뜯었다는 치와와는 나를 너무 좋아해서 집주인이 오는 순간까지도 내 다리를 잡고 놓아주질 않았고, 감복한 집주인은 당근마켓 시세로 8만 원이라는 항아리까지 선물로 주었다. 그러면서도 들고 갈 수 있겠냐며 말을 흐렸지만, 나는 중고 거래의 꿈에 부풀어 당당히 항아리를 안고 지하철에 올라탔다.

며칠 뒤 혹시나 '지하철 항아리녀'로 사진이 올라오진 않았을까 검색해 봤지만 그런 건 없었고, 항아리는 엄마의 눈에 들어 예쁜 화분이 되었다. 팔면 8만 원이었지만, 나를 믿고 투자해 준 엄마의 선택에 입이 100개라도 할 말은 없었다. 엄마는 매일 아침 항아리를 흐뭇하게 닦으며 중얼거리셨다. "정말 주식 빼고 다 잘하네……."

친구 동생이 운영하는 마카롱 가게의 주말 알바도 했다. 그곳은 수제 마카롱을 만들어 파는 곳으로 지역 내에서 꽤 유명했는데, 만들어 놓은 마카롱을 포장하거나 배달 기사님의 손에 쥐어 주면 되는 일로 꽤 수월했다. 짧게 만난 전 남자친구의 방문만 아니라면 말이다.

"회사 다닌다더니 그만두고 가게 차린 거야?" "응." 꿀리기 싫어 거짓말을 해 버렸다. "놀이동산 갈 때 귀찮다고 김밥을 김밥나라에서 사서 통만 옮겨 담아 왔던 네가 마카롱을 직접 만든다고?" "법대 나온 네가 커피숍을 차린 것처럼 원래 세상은 요지경이야." "그럼 우리 가게 와서 아르바이트할래?" "얼마 줄 건데?" 물론 가진 않았지만 스카우트 제의도 받았다고 농담처럼 엄마에게 말하자, 엄마는 친구 동생이 아르바이트비 7만 원과 함께 건네 준 마카롱 꼬끄를 한입 바삭하게 베어 물며 속삭였다. "에휴, 정말…주식 빼고 다 잘해."

대학 시절, 학교 신문에 자신의 꿈을 위해서 지금 당장의 이익보다는 미래에 아낌없는 투자를 해야 한다는 글을 기고한 적이 있다. '돈이 얼마나 중요한데

197

꿈만 바라보고 사냐, 네가 학생이냐 교수냐'라는 항의를 받은 적도 있었는데, 그때는 화가 났던 그 말이 시간 지나고 보니 세상 물정 모르는 학우를 깨우쳐 주려는 진실의 목소리였다는 사실을 깨달았다. 그래, 돈 참 중요하더라.

✕ 주식은 하한가, 내 삶은 상한가

실력을 발휘해 상금이 있는 백일장에 응모했다. 다행히 수상도 했다. 그리고 실수도 했다. 시상식에서 몇 모금 들이킨 샴페인에 고민 많던 밤들이 떠올라 수상 소감으로 주최 측이 원하지 않을 말을 한 것이었다. "사실 저는 주식 투자 실패로 공모전에 도전하게 되었어요." 아무래도 오늘 밤은 하이킥을 차느라 잠 못 이루겠다고 생각하며 자리로 돌아왔는데 옆자리 수상자가 조용히 속삭였다. "괜찮아요. 저도 물렸어요. 이것도 인연인데 우리 같이 알바할래요?"

그렇게 일개미처럼 회사와 집만 왔다 갔다 했던 일상에 갑작스레 많은 이야기들이 생겼고, 나는 무채색이었던 내 세상이 알록달록해지는 것을 느꼈다. 오늘 50원 오르고 내일 50원 내리는 삶 속에서 치열하고 처절하게 평범함을 만드는 것도, 총성 없는 난리통에서 깨달음을 얻는 것도 내 몫이었다. 물론 제대로 공부도 안 해 보고 '뇌피셜'로 투자해 무책임하게 잃은 돈도 온전히 내 몫이었다.

오늘도 평소처럼 아침 출근길 지하철에 오른다. "마이너스 1000만 원? '존버' 하면 언젠가는 오른다! 나중에 관에 들어갈 때 1000만 원보다는 많은 경험을 한 게 더 소중하겠지!"라고 최면을 걸며, 신나는 노래까지 틀며 말이다.

그러다가도 오늘따라 사람들로 가득 찬 지하철에서 다리가 아파 '아, 주식 대박 나서 퇴사했어야 되는데'라는 생각이 스쳤지만, 그 순간 눈에 들어오는 것이 있었다. 창문 밖 내심천의 잔잔한 물 위에 쏟아져 반짝거리는 햇살이었다. 편하게 앉아서 창문을 등지고 갈 때는 이런 아름다움을 미처 보지 못했다. '그래, 매일 햇살 쨍쨍한 날만 있으면 결국 가물 텐데, 흐린 날도 있고 비도 오고 그래야지.' 그런 생각을 하고 있으니 무겁게 짊어지고 있던 숫자도 두렵지 않았다. 나는 내가 과거에 했던 선택을 기대했던 모양새와는 조금 달라도 성공한 투자로 바꿀 능력이 충분히 있었다. 아직, 삶은 끝나지 않았다.

199

Excellence
Prize
김가영

방 한 칸에 울고 웃는 청년들의 소원은 쫓겨날 걱정 없는 내 집에 살고
싶다는 게 아닐까. 돈이 아니라 행운을 '영끌'해서 아파트 청약에 당첨
된 금융 문맹, 20대가 집을 갖기 위해 부지런히 돈 공부에 전념하며 집
이라는 퀘스트를 깨 나가는 모습을 응원하고 싶어진다.

아파트를 샀다,
천장에서 물이 새서

스물일곱 살, 주택 청약에 당첨됐다. 평균 경쟁률은 약 30 대 1. 모델하우스 직원의 말에 따르면 난 그 단지의 비공식 최연소 당첨자였다. "아직 20대인데, 청약 당첨이 가능해?" 당첨 사실을 주변에 알리자 가장 많이 돌아온 말이었다. 놀라워 하는 반응 중에는 그쪽 건설사에 무슨 '빽'이 있는 게 아니냐는 말도 있었다. 그도 그럴 것이 내 스펙은 20대, 미혼, 무자녀, 게다가 청약 점수는 단 9점에 불과했기 때문이었다.

청약 점수는 84점이 만점인데, 가점제는 무주택 기간, 청약 통장 유지 기간, 부양가족 수라는 다양한 조건을 따져서 점수를 매기고 높은 순으로 당첨자를 선발한다. 나는 청약 통장 유지 기간도 짧고, 독립했기 때문에 부양가족도 없어서 높은 점수를 받기 어려웠다. 무엇보다 무주택 기간이 만 30세부터 산정되기 때문에 해당 항목의 점수는 아예 0점이었다.

가점제에서 조건상 최약체인 내가 청약을 뚫은 방법은 바로 '일반 공급 추첨제.' 일명 '뺑뺑이'였다. 높은 점수를 받기 까다로운 가점제와 다르게 추첨제는 당첨자를 무작위로 뽑는다. 한마디로 '운빨'이 전부다.

✕ 더는 이렇게 살 수 없다

청약에 관심을 갖게 된 계기는 다소 서글프다. 직장과 집의 거리가 먼 탓에 취업 후 곧장 타지에서 자취 생활을 시작했다. 하지만 홀로서기는 쉽지 않았다. 월세도 부담이었지만, 툭하면 건물에 크고 작은 문제가 생겨서 집주인과의 갈등이 다반사라 여러 모로 스트레스가 커졌다. 혼자 사는 데다 퇴근이 늦을 때가 잦아서 집을 고를 때 건물 내외 CCTV 유무를 제일 중요하게 살폈는데, 공교롭게도 두 번째로 구한 집은 내가 이사한 지 일주일도 지나지 않아 CCTV가 고장 나 버렸다. 집주인과 가족 관계라는 관리인에게 몇 번이고 전화했지만 연락은 영 닿지 않았다. 설상가상으로 복도 비상등도 고장 나서 밤늦게 집에 들어갈 때마다 담력

훈련하는 기분이었다.

회사 동료들에게 이 일을 털어놓자, 내가 사회초년 생이라 집주인이 대수롭지 않게 여기는 걸 수도 있다며 부모님께 대신 부탁해 보라는 '현실적인' 조언이 나왔다. 나도 법적으로 엄연히 성인인데, 여기서 얼마나 더 어른이 되어야만 하는 걸까. 내 명의로 대출받아 정당하게 계약한 집인데, 왜 문제가 생길 때마다 불필요한 스트레스를 떠안아야 하는 걸까.

이런 상황이 반복될수록 정신적 피로는 켜켜이 쌓여 갔다. 게다가 빌라 전세 사기에 대한 뉴스도 자주 나오니 늘 막연한 불안을 안고 살아야 했고, 당장 할 수 있는 일이라곤 주기적으로 등기부등본을 떼어 보며 혹시 집에 문제가 없는지 확인하는 것뿐이었다. 내가 살고 있는 집을 담보로 집주인이 갑자기 대출을 받을 수 있다는 불안감에 두려웠고, 혹시라도 그렇게 진 빚 때문에 제때 전세금을 돌려받지 못할까 봐 겁이 났다.

그러던 어느 날, 야근 중이었는데 관리인으로부터 전화를 받았다. "빨리 좀 집에 와 주셔야겠어요." 급하게 집으로 달려간 난 입을 다물 수 없는 상황을 목격했다. 워터파크마냥 거실 바닥에 물이 찰박이고 있었고, 천장에선 실시간으로 거센 물줄기가 쏟아 내렸다. 4층

203

에서 시작한 물 폭탄 때문에 3층 우리 집은 물론 2층 집까지 피해를 본 심각한 누수였다.

난데없이 집이 물바다가 된 것도 황당한데, 응당한 보상도 받지 못했다. 아끼는 가전, 가구, 물건을 전부 못 쓰게 되었는데 집주인은 보상에 한없이 소극적이었다. 뒤늦게 낀 보험사도 손해 안 보려 애쓰는 건 마찬가지였다. 집주인이 임대인 배상책임보험에 가입하지 않아서 어쩔 수가 없단다. 집주인을 상대로 민사 소송을 거는 방법도 있지만 막상 실행하려니 배보다 배꼽이 더 컸다. 지난한 노력 끝에 보상받은 건 한 달 전에 산 고양이 캣타워값 30만 원이 전부였다.

집 계약 기간이 남았고 세 들어 사는 입장이니 자잘한 문제는 웬만하면 참고 살려 했는데, 누수 사건은 도무지 참을 수가 없었다. 이 일을 계기로 그동안 참았던 서러움이 폭발했다. 아무리 세입자라 해도 난 이 집에서 살 권리에 대한 정당한 대가를 지불했는데, 정작 내 재산을 하나도 지킬 수 없다니. 또 이런 일이 발생한다면 그때도 속수무책으로 피해를 봐야 한단 말인가? 뒷수습해 준다면서 아직 다 마르지도 않는 천장에 새 벽지를 대충 붙이고 가는, 집주인이 고용한 야매 도배업자의 행동을 보고 집에 남은 정이 모조리 떨어졌다.

하지만 현실적으로 할 수 있는 게 없었다. 다행히 지금은 주택 청약 특별 공급 제도, 일명 특공이 개편돼서 1인 가구도 생애 최초 전형에 지원할 수 있지만, 이전에는 특공 지원 자격을 기혼 혹은 유자녀 가구로 한정했기 때문에 20대 미혼 청년의 당첨 확률은 거의 없다시피 한 수준이었다. 일반 공급 추첨제가 바늘구멍 수준인 건 알지만 내가 시도할 수 있는 유일한 방법이었고, 연금복권 사는 심정으로 생애 처음 청약홈에 접속했다. 그만큼 절박했다.

때마침 거주하는 시의 청약 공고가 떠 있었다. 특별 공급 제도의 다자녀, 신혼부부 전형 등이 아닌 일반 공급 추첨제라서 그런가. 접수 절차는 생각보다 훨씬 간단했다. 당장 제출해야 하는 서류도 없고 무주택자가 맞는지, 세대주인지 등 몇 가지 항목만 체크하면 됐다. 매주 사는 연금복권 번호 여섯 자리를 고민하는 것보다도 더 빠르게 첫 청약 신청이 끝났다.

[Web발신] 김*영님 ○○아파트 ○동 ○호에 당첨되셨습니다.(청약Home > 당첨 조회)

몇 주 뒤 아침 8시, 청약 당첨 소식을 알리는 문자 메시지가 날아왔다. 잠결에 스팸 문자인가 싶어 무시했는데 30분 뒤 출근 준비를 하면서 다시 보니 진짜였다. 청약홈에서 보낸 문자가 맞았다. 또 몇 시간 뒤 은행에서는 축하 문자가 왔다. 청약에 당첨됐으니 기존 청약통장은 앞으로 쓸 수 없다는 친절한 설명과 함께였다.

모델하우스 방문 일정을 예약하고 설레는 마음으로 찾아갔다. 일반 공급 1순위 당첨자 증빙 서류를 내기 위해서였다. 청약 신청을 할 때 서류 제출 과정이 없어서 의아했는데, 원래 당첨된 후에 증빙을 한다. 신청할 때 체크한 것과 실제 상황이 다르면 당첨 자격이 박탈되기 때문에 유의해야 한다. 무주택자가 맞는지, 세대주인지, 해당 지역에 일정 기간 이상 거주했는지 증명하는 서류를 제출하는 것으로 일반 공급 추첨제 당첨자의 증빙 의무는 끝났다.

다음엔 아파트 옵션을 계약할 차례였다. 나는 인테리어에 무지한 데다 미적 감각도 없어서, 옵션을 고르는 게 너무 어려웠다. 근 몇 년 안에 집을 살 것이란 생각도 못했고, 부엌 싱크대를 어떤 제품으로 고르는 게 좋을지에 관한 살림 통찰력도 없었다. 안방 바닥 자재부터 부엌 수전, 거실 천장 모양까지. 직접 경험해 보니 아파트 계약 옵션은 게임 캐릭터를 꾸미는 것만큼 자유도가 높았다.

마음 같아서는 그냥 모델하우스에 전시된 것과 똑같이 하고 싶은데 돈이 문제였다. 그래서 시스템 에어컨과 붙박이장 등 최소한의 옵션만 추가하기로 했다. 나름대로 고민을 많이 하고 결정한 건데, 한 가지 치명적인 실수를 저질렀다. 바로 모든 방에 시스템 에어컨을 추가하지 않은 것이다. 옵션에서 시스템 에어컨은 각 방, 부엌, 거실 등 설치할 영역을 자유롭게 고를 수 있다.

하지만 어차피 혼자 살 건데 모든 방에 에어컨을 설치할 필요는 없지 않을까 싶어 가장 안 쓸 것 같은 방 하나를 제외했는데, 시스템 에어컨은 천장에 매립하는 구조라 나중에 집을 팔 때 마이너스 요소로 작용한단다. 당장 몇백만 원 아끼는 데 급급해서 놓친 부분이었다.

몇 억짜리 집을 사는데 왜 옵션값 몇백만 원 아끼려 절절매냐고? 당연하게도 그만한 돈이 당장 없기 때문이었다. 그렇다. 자금 조달 계획도 제대로 안 세우고 '무지성'으로 청약 넣은 사람, 그 무모한 사람이 바로 나였다.

207

✕ '무지성' 당첨자의 자금 마련 분투기

아파트 청약에 당첨된 후 마련해야 하는 자금은 크게 세 파트로 나뉜다. 분양가의 10퍼센트에서 20퍼센트에 해당하는 계약금, 분양가의 60퍼센트만큼의 중도금 대출, 마지막 잔금 30퍼센트. 당장 급한 건 계약금이었다. 3년간 직장 생활을 하며 모은 돈과 내일채움공제*에 참여해서 받은 돈을 합쳐 계약금을 지불했다. 계약금 몇천만 원을 내고 나니 다음 단계인 중도금 대출이 기다리고 있었다.

중도금 대출은 계약금과 잔금을 제외한 금액을 입주 전 5회에서 6회에 걸쳐서 나눠 내는 것으로, 보통 분양가의 60퍼센트를 차지한다. 분양사와 협의한 은행에서 진행하기 때문에 아파트 분양을 받는 수분양자가 따로 알아볼 필요는 없다. 금액이 큰 만큼 보통 집단 대출로 진행되는데, 신용불량자가 아닌 이상 웬만하면 대출은 다 나온단다. 계약금을 내고 통장에 돈이 하나도 없었는데 천만다행이었다.

또 나는 무주택 세대주에, 연 소득 9000만 원 미만, 조정 대상 지역 기준으로 분양가 8억 원 이하의 집을

* 중소·중견 기업에 다니는 청년의 장기근속을 위해 정부에서 목돈을 마련해 주는 제도다.

사야 한다는 서민 실수요자 조건을 충족했기 때문에 중도금 대출을 기본 50퍼센트가 아닌 60퍼센트로 받을 수 있었다. 중도금 대출 이자는 후불제이고, 잔금을 내는 건 입주할 때라 당장 내가 더 내야 하는 돈은 없었다. 실제로 계약금을 내고 4개월 뒤, 1차 중도금 대출이 무사히 실행됐다는 문자가 날아왔다. 아무것도 하지 않았는데 무사히 진행된 게 신기해서 읽고 또 읽은 기억이 난다.

그 후로 6개월에 한 번씩 분양가의 10퍼센트에 해당하는 금액이 차곡차곡 대출금이 되어 쌓여 갔다. 중도금 대출 1회차 금리가 4.76퍼센트였던 것에 반해 코로나 시국이라 금리가 썩 만족스럽진 않았지만, 청약에 당첨된 건데 이 정도 이자는 기쁘게 감당하자 싶어 긍정적으로 마음먹었다. 이때까지만 해도 여태 살아본 적 없는 대단지 브랜드 아파트에 입주할 생각에 마냥 들떠 있었다.

하지만 얼마 안 가서 러시아·우크라이나 전쟁이 발발했다. 전염병 사태에 전쟁이라는 악재가 겹치자 세계 각국의 경제 상황이 빠르게 악화되었다. 미국은 경기를 살리기 위해 시중에 돈을 풀었는데, 너무 많이 푼 탓에 인플레이션이 왔다. 치솟는 물가를 잡기 위해서 미국은 금리를 계속 올렸고 한국도 이 기조를 바짝 뒤따랐다. 내 중도금 대출 금리는 오르고 올라 6.86퍼센트를 찍었다. 1회차 때보다 2퍼센트 넘게 높아진 수치였다. 뭔가 잘못됐다는 직감이 정수리를 강타했다. '연준? 파월? 빅스텝은 또 뭐야?'

원래는 입주 전까지 분양가의 30퍼센트에 해당하는 잔금을 모으려 했으나, 상황이 이렇다 보니 중도금 대출 금액을 가능한 한 많이 상환하는 쪽으로 계획을 변경했다. 강 건너 불구경하듯 가끔 보던 경제 뉴스를 매일 아침 확인하는 게 어느덧 자연스러운 일상이 됐다. 누군지도 모르던 미국 중앙은행Federal Reserve System, Fed 의 제롬 파월 의장이 동네 아저씨처럼 익숙해졌고, 단어로만 존재하던 각종 금융 개념이 비로소 손에 만져졌다. 대출 금리 7퍼센트를 앞둔 상황이 되니 나 같은 금융맹도 각성할 수밖에 없었다.

과거에 월세에서 전세로 집을 갈아타면서 3000만 원 정도 신용 대출을 받은 적 있는데, 그때는 솔직히 금리 0.1퍼센트, 0.2퍼센트에 크게 연연하지 않았다. 매달 이자를 낼 때도 큰 차이를 못 느꼈다. 하지만 총 대출 금액이 억대에 이르자 소수점 차이가 확실하게 와닿았다. 실수요자 조건이 충족된다고 중도금 대출을 10퍼센트 더 받은 걸 좋아할 때가 아니었다. 하늘 높은 줄 모르고 솟는 대출 금리 부담을 줄이기 위해 대출금 중도 상환을 하기로 했다. 가지고 있던 예금, 적금을 모조리 해지했다.

그중에선 전세 대출을 받을 당시 은행원이 권유해서 가입한 개인형 퇴직 연금 IRP도 있었다. 매월 일정 금액을 적립하면 만 55세 이후부터 연금 형태로 받을 수 있는 상품이었다. 연간 700만 원까지 세액공제가 된다길래 '뭐 좋은 거겠지' 하고 별 고민 없이 가입한 상품이었다. 기껏 해 봐야 월 10만 원에서 20만 원 정도 붓는데 이 정도는 당장 없어도 되는 돈이라고 생각했다.

그렇게 모은 몇백만 원이 몇 년 후 요긴하게 쓰일 줄도 모르고 말이다. 내 예상에 없던 중도 해지를 하게 되면서 결국 그동안 받은 세액공제 혜택을 다 토해 내야 했다. 20대, 30대는 목돈 필요한 일이 많으니 장기 저축 상품 가입엔 신중하라던 말이 이런 상황 때문에 나왔나 보다.

✕ 금융 문맹, 돈 공부를 시작하다

시작은 무지성 청약이었지만, 솔직히 말하면 나름

대로 믿는 구석이 있었다. 바로 영업이 잘 되던 시기에 회사로부터 무상 증여받은 주식이었다. 원래는 3년 동안 잔금을 열심히 모은 뒤 부족한 금액은 이 주식을 팔아서 보태려고 했다. 하지만 여기에도 심각한 문제가 생겼다. 코로나 시국의 호황을 틈타 유동성이 미친 듯이 오르던 시기는 생각보다 짧았고, 한때 잘 나갔던 회사 주식은 말 그대로 나락에 가 있었다. 증여받을 때만 해도 '꽁돈' 생겼다며 좋아했는데, 이제 내가 다니는 회사는 각종 주식 토론방에서 가장 욕을 많이 먹는 종목 중 하나가 되었다. 롤러코스터를 연상케 하는 그래프에 헛웃음만 나왔다. 회사가 망한 것도 아닌데 이렇게 단기간에 훅 빠질 수 있는 걸까. 주식이 원래 이렇게 무서운 거였나.

공모가 기준 하락률이 마이너스 50퍼센트를 넘어가니 돈이 필요한 상황인데도 매도할 엄두가 나지 않았다. '길게 보면 우상향이겠지'라는 안일한 믿음으로 주식을 방치한 과거의 내 판단을 뼈저리게 후회하게 됐다. 각종 자산 배분 전략에서 주식 외에 현금 보유 비중이 작게라도 꼭 들어가는 이유를 깨달았다.

더 나아가 그동안 신경 쓴 적 없던 우리 회사의 미래 먹거리를 주시하는 등 처음으로 투자자의 태도를 갖게 됐다. 인터넷 쇼핑몰과 게임만 가득하던 집 컴퓨터의 즐겨찾기에 '네이버 금융'과 금융감독원 '전자 공시 시트' 홈페이지가 새롭게 추가됐다. 요즘은 눈에 익지 않는 용어를 시간 날 때마다 하나씩 공부하고, 동종 업계 기업의 주식 차트를 펼쳐 놓고 비교하면서 내가 대체 언제쯤 돈을 뺄 수 있을지 시뮬레이션을 돌려 본다. 전에는 몰랐던 새로운 세계가 보인다.

✕ 영끌한 자의 살 떨리는 설렘

이런저런 공부는 계속하지만 당장 돈을 마련할 뚜렷한 수는 없고, 영혼까지 끌어모은 '영끌' 시나리오에 남은 카드는 이제 단 하나, 바로 퇴직금 중도 인출이다. 청약 당첨 전까진 단 한 번도 20대 때 시행하리라고 상상도 못해 본 일이었다. 그런데 퇴직금은 내가 원할 때 막 뺄 수 있는 게 아니라 중도 정산이 가능한 경우가 정해져 있다고 한다. 본인이나 부양가족의 6개월 요양비, 개인 파산, 개인 회생, 본인의 전세 계약 등 제한된 사유로만 인출이 가능한데 다행히 그중엔 '무주택자의 주택자금 마련'이 있다.

DC형·DB형 구분도 정확히 못하면서, 회사에서 하라길래 그냥 가입한 퇴직 연금 설명서를 뒤늦게 정독하는 밤이다. 주변에서 다들 퇴직금은 건드리는 것 아니라던데, 조금이라도 덜 후회할 선택을 하기 위해 이 고민은 현재진행형이다. 시장은 예측불허, 그리하여 금융 공부는 의미를 가진다. 중도금 대출이 한 회차씩 진행될 때마다 그동안 얼마나 금융에 무지했는지 반성하게 된다. 경제 분야 추천 도서도 집에 몇 권씩 있고 나름대로 관련 뉴스 레터도 구독하는데 내가 아는 건 겉핥기에 불과했다. 사실 그들은 정확히 알려줬지만, 그걸 실전에 적용할 생각을 못하고 막연하게만 받아들인 게 가장 큰 문제가 아니었나 싶다.

팔자에도 없던 자금 영끌 시나리오를 실천하는 건 버겁지만, 그래도 그 과정에서 배운 게 참 많다. 분명하게 하루하루 성장하는 기분은 내일의 나를 이끄는 원동력이 된다. 성공적인 내 집 마련이라는 뚜렷한 목표가 생긴 지금, 과정 때문에 머리 아픈 일이 생겨도 나름대로 즐기며 상황을 헤쳐 나갈 자신감이 생겼다. 지금의 노력은 잔금 때 몰아서 지불할 이자보다는 분명 값질 테니.

입주까지 아직 1년 넘게 남았고, 여태까지 낸 중도금보다 앞으로 시행될 회차가 더 많이 남아 있다. 매일 아침 뉴스를 볼 때마다 살 떨리는 것도 여전하다. 하지만, 대출을 다 갚고 나면 또 어떤 배움이 기다리고 있을지 기대되기도 하는 요즘이다. 운 좋게 20대 후반에 튜토리얼을 겪었으니, 30대 땐 본 게임을 지금보다 즐기며 플레이할 수 있기를 바라본다.

Excellence
Prize
박도영

2022년 '안전한 코인'으로 많은 투자를 받았던 암호화폐 '루나'가 한
순간에 폭락했다. 돈이 복사된다고 말하던 시기, 이 이야기는 '루나 코
인 열차'가 탈선하기 직전에 탑승한 어느 투자자가 남긴, 한국을 휩쓸
고 간 코인 열풍의 씁쓸한 증언이다.

님아,
그 코인을 사지 마오

"아빠는 그때 비트코인 안 하고 뭐 했어?" 누군가 나에게 왜 비트코인을 시작했는지 묻는다면, 답은 간단하다. 먼 훗날 세상에 태어날 아이가 내게 저 물음을 던졌을 때 비참하지 않기 위해서였다. 미래에는 너무 당연하게 느껴질 기회를 놓쳤다는 후회를 내 아이 앞에서만큼은 하지 않기 위해.

1992년 10월 20일. 내가 태어나던 날 삼성전자의 종가*는 334원이었다. 왜 우리 부모님은 이렇게 뻔하게 우량한 삼성전자 주식을 그때 사 두지 않았을까? 나였으면 그때 삼성전자는 샀을 거라고 오늘날 우리는 쉽게 얘기한다. 마치 2만 퍼센트의 수익률이 내 것

---

* 증권 시장에서 거래되는 날의 가장 마지막에 결정된 가격을 말한다.

이기라도 한 듯 입맛을 다시며. 기회란 시간이 지나고 보면 너무나 뻔한 것처럼 보인다. 하지만 '인생은 멀리서 보면 풍경이고 가까이서 보면 전쟁이다'라는 말이 있지 않던가.

언젠가 암호화폐가 지금의 화폐처럼 통용되고, 그 암호화폐들을 334원의 삼성전자처럼 살 수 있었다고 이야기할 때쯤, 사람들은 쉽게 떠들 것이다. "아니, 그때 안 사고 뭐 했어?" 그리고 미래의 나 또한 착각할지도 모른다. '그러게, 나 안 사고 뭐 했더라?' 그렇기에 나는 기록한다. 아니 기록해야만 한다. 언젠가 나 또한 이 시기가 너무 뻔하고 아름다운 기회였다고 착각하지 않도록. 먼 훗날 돌아보는 사람에겐 그저 아름다운 투자의 기회로 보일 그 풍경이, 실은 처절하고 격렬한 등락의 전쟁이었음을. 언제 세상에 나올지 모르는 아이에게 아빠도 노력했었음을 전하기 위해.

✕ 2: 돈이 복사된다

2020년 코로나19가 세계를 강타한 후, 모두가 돈이 복사된다고 말하던 시기가 찾아왔다. 암호화폐의 한 종류인 비트코인에 투자하여 졸부가 된 파이어족의 이야기가 미디어를 채웠고, 모임에 나가면 "우리 회사 과장님도 몇 억을 벌고 퇴사했다더라" 하는 얘기를 쉬이 들을 수 있었다. 내 주변에서도 회계사 시험을 준비하던 친구가 시험 공부를 하면서 비트코인에 투자해 3억 원을 벌었을 정도였다. 2년 차 사원인 내가 그동안 받은 연봉의 세 배가 넘는 액수였다.

치과 의사인 지인이 그 시기에 했던 말을 잊을 수 없다. "문득 내가 왜 이 사람들 입을 보고 있어야 하는지 모르겠더라고. 방에 들어가서 클릭 몇 번이면 훨씬 더 벌 수 있는데." 노동은 조롱당했고 투기꾼들은 전문투자자를 무시했다. 하지만 투자에 있어서 겁이 많고 보수적인 나는 과도한 돈 복사 행렬에 뛰어들지는 않았다. (뛰어들었어야 했는데……) 나는 과하게, 뜨겁게 타오르는 것은 그만큼 빠르게 식을 것이라고 생각했다. 다만 그 투자 열풍은 예상보다 더 오래 더 뜨겁게 타올랐다.

나만 돈을 못 벌고 있는 것 같은 박탈감에 휩싸인 채 시간이 흘렀다. 언제 떨어질지 몰라서 비트코인을 사지 못하던 불안감은 점차 '나만 못 사서 어떡하나' 하는 불안감으로 변해 갔다. 그럼에도 불구하고 매수에 뛰어들지 않았던 건 내가 목격한 기현상 덕분이었다. '주식을 모르던 부모가 어린아이를 둘러업고 증권사에 주식을 사 달라고 나타나면 그때가 고점이니 도망쳐야 한다'는 말이 있다. 주식을 안 하던 사람까지 소문을 듣고 주식을 사려고 하는 때는 이미 사고팔기에 너무 늦은 때라는 비유다.

강남의 한 스타벅스에 앉아 있을 때였다. 아이를 업고 있는 부모는 없었지만, 테이블마다 정장을 입은 젊은 남성과 흔히 드라마에서 '사모님'으로 불릴 듯한 중년의 여성이 마주 앉아 있었다. 서로 닮은 여러 쌍의 남녀 조합은 번갈아 전화를 해 대며 한참을 진지하게 토의하고 있었다. 그리고 의도치 않게 엿듣게 된 그들의 입에 오르내리고 있는 주제는 다름 아닌 비트코인이었다. 생경하고 기이한 광경이었다. 그들이 시장에서 가장 빠르게 움직이는 사람들, 일명 스마트 머니의 주인공이었는지 모른다.

하지만 내 눈에 그곳은 '아이를 둘러업은 부모들'이 득실거리는 증권사 지점으로 보였다. 그 광경이 선사한 충격 덕에 나는 매수를 참을 수 있었고, 신기하게도 그즈음이 주식 시장과 암호화폐의 고점이었다. 나는 그 붐이 조금 진정되고 워런 버핏의 말처럼 '수영장에 물이 빠지면 누가 발가벗고 있는지 보인다'는 시기를 기다렸다. 투자 열기가 식고 수영장에 물이 빠지면, 자산 가격들의 거품도 빠질 테니 말이다.

✕ 수영장 위에 빛나는 보름달

2022년 초 즈음이었다. 치솟았던 자산 가격들은 꺾이기 시작했고 '억'을 바라보던 비트코인도 5000만 원 이하로 떨어졌다. 미친 듯이 달리던 마차가 잠시 멈춰도, 말의 심장은 여전히 뛰고 있는 것처럼 비트코인의 가격은 비록 멈추어 있었지만 나의 심장은 미지의 비트코인 최고점을 향해 뛰고 있었다. 그러므로 하락은 다음 상승을 위해 쉬어 가는 가격 조정처럼 보였고 모든 게 전보다 충분히 싸 보였다.

차분히 투자 대상을 선별하기 시작했다. 나는 가볍게 널뛰는 것보다는 묵직하게 움직이는 것들을 선호했다. 물론 암호화폐는 묵직하게도 널뛰지만 주식도 삼성전자 위주로 보유하고 있던 만큼, 암호화폐도 시총 상위 화폐 중에서만 고려하기로 했다. 그 와중에 일말의 '안전'을 챙기기 위해.

그리고 1월 말, 나는 '루나'를 만났다. 암호화폐 루나에 대해 처음 들었던 건 삼성전자에 다니며, 컴퓨터 공학을 전공한 지인을 만났을 때였다. '한국에서도 루나라는 코인을 만들어 세계적으로 인정받고 있다'는 지나가는 말이었다. 그가 삼성전자에 다니고 컴퓨터 공학을 전공했기 때문이었을까. 지나가는 말일 뿐이었지만 쓸데없이 기회처럼 느껴졌고, 인터넷 뉴스가 아니라 검증된 신문 기사 같았다. 호기심에 찾아본 루나는 '국산' 코인임에도 시총 상위 종목에 위치하고 있었다.

그리고 때마침 가장 객관적으로 시장을 분석하고 있다고 생각했던 유튜브 채널에서도 루나의 안전함과 가능성에 대해 이야기하는 게 아닌가? 루나는 여타의 코인들과 다르게 폭락을 방지하기 위한 시스템을 갖추고 있다고 했다. 페깅이니 뭐니 복잡한 구조가 있었지만, 간단하게 보자면 루나가 떨어지면 루나를 만든 회사 테라폼랩스가 보유한 비트코인 자본력을 통해 하락을 방어한다는 것이었다. '안전한 코인'이라니 이얼마나 탐스러운 상상인가. 우연이 겹치면 필연이라 믿고 싶어진다. 결국 나는 1월 29일, 루나를 6만 250원에 처음으로 매수했다.

처음에는 등락이 크다 보니 사고팔기를 반복하며 조금씩 돈을 벌었다. 루나는 '안정적인 코인'답게 다른 코인들이 사경을 헤맬 때 상승 탄력이 훨씬 좋았다. '모든 게 떨어지는 시기에 홀로 오르는 것이 다음 주도주가 된다'던 어느 전문가의 말이 떠올랐다. 그리고 정말 두 달도 채 되지 않아 3월 16일에 루나는 두 배가 되어 12만 원 가까이 껑충 올랐다.

고작 50일 만에 내 자산은 두 배가 되었고, 세상은 루나가 폭락장에 방어가 가능하기 때문에 돋보인다고 말했다. 그때 내 눈에 루나는 물이 빠져서 발거벗은 사람들이 허우적대는 수영장 위에 번쩍 떠오른 보름달이었다. '이런 게 돈 복사구나.' 나는 촐싹맞은 매도를 멈추었다. 회전율이 높으면 수익이 작다고 하지 않았던가. 자주 사고파는 사람이 오히려 많이 벌지 못하는 경우가 많다는 말마따나 주도주에 힘을 실을 타이밍이라고 생각했다. 3월 31일, 13만 2500원에 나는 추가로 매수를 감행했다.

×2×¼ = 달이 반토막나다

루나는 내 마음처럼 더 높은 하늘을 향해 올라가진 않았다. 하지만 추가 매수 후에도 평균매수단가*는 제법 낮았기 때문에 4월 내내 조금씩 흘러내리는 루나를 꾸준히 사 모아 갔다. 더 오르기 전에 살짝 하락하는, 소위 '눌림목'을 공략하기 위해. 그리고 회사 업무가 바

---

* 매수한 주식의 매입 금액을 합산한 것을 보유한 주식 수로 나눠 산출되는 금액을 말한다.

빠지면서 나는 '주식을 사 놓고 10년을 자고 일어나면 부자가 되어 있을 것'이라는 말을 떠올리며, 팔지 않고 버티는 '엉덩이 매매'를 하고 있다고 생각했다.

5월 9일. "루나 이거 X됐네." 차를 타고 이동하던 중, 상사의 말에 내 귀를 의심했다. 루나는 직전 고점의 절반 이하인 7만 원 즈음에 위치하고 있었다. 내 평단가를 조금 하회하는 지점이었다. '팔아야 하나?' 싶었지만 오히려 반대로 매수해야 한다고 생각했다. 투자를 해 본 사람이라면 경험해 본 적 있을 것이다. 내가 사면 떨어지고, 팔면 올라가는 신기한 현상. 가격이 많이 올라 고점에 있는 자산에는 설레고, 떨어져서 저점에 있는 것은 버리고 싶어 하는 우리의 본능적인 심리 탓이다.

이 때문에 잔인하게도 투자계에서는 반대로 해야 하는 기준이라는 뜻으로 주식 시장에서의 대중의 심리를 '인간 지표'라고 부른다. 나는 팔고 싶은 나의 심리가 바로 그 인간 지표라 생각했다. 5월 10일, 루나는 5만 4300원으로 떨어졌고 나는 내 마음과 반대 방향으로 행동하기 위해 결국 추가 매수를 감행했다.

그리고 나서부터 신기한 일이 벌어졌다. 다음 날 아침인 5월 11일, 잠을 자고 일어나니 루나는 반토막이

나 있었다. 쉬는 날이라 아내와 이마트에 갔다. 한 손은 쇼핑 카트를 잡고, 한 손으로 앱을 열었다. 루나는 다시 반의 반토막이 되어 있었다. 아마도 나는 웃었던 것 같다. 마치 한 번 눈을 깜빡일 때마다 '보이지 않는 손'이 한 허리씩 내 자산을 움켜 가져가 버리는 것 같았다. "저기요! 가져가지 마세요"라고 말하는 동안에도 그 손은 몇 번을 더 가져갔다.

"왜 바로 팔지 않았어요?"라고 묻는 사람이 있다면 그 사람은 낙하의 속도를 경험해 보지 못한 것이다. 그 질문은 마치 절벽에서 떨어지는 사람에게 "잠시 벽에 붙은 나뭇가지를 잡고, 더 떨어지면 위험하겠다고 생각해 보지 그랬어요?"라고 묻는 것과 같다. 그래도 마트에서 장을 보고 나서 본능적으로 이 코인 판에서 도망쳐야겠다는 생각에 1차로 일부 매도를 했던 가격은 1만 7340원이었다. 그리고 그날 저녁 뮤지컬 공연을 보러 갔을 때 루나의 가격은 4000원이었다.

'어쩌면' 루나가 13만 원을 넘었을 때 팔았을 수도 있다. '어쩌면' 차에서 상사가 루나 이야기를 했을 때 도망쳤을 수도 있다. '어쩌면' 아침에 장을 보러 가기 전에도 팔았을 수도 있다. 어쩌면, 어쩌면. 낙하하는 동안에도 루나는 이따금 수십 퍼센트씩 폭등하기도

PART 3.
구르는 돈에는 이끼가 끼지 않는다

했다. 하지만 그 폭등은 4000원이 6000원이 되는 정도였다. 흔히 자산 증식의 유명한 방법으로 알려진 복리의 마법이 복리의 '늪'이 되어 버리는 바람에 루나가 수백 퍼센트가 폭등한다 해도 나의 계좌는 일어설 수가 없었다.

30분의 1토막이 나 버린 자산은 두 배가 오른다 해도 아직 15배나 가야 할 길이 남았기에, 아무리 4000원 짜리 루나가 폭등을 해도 손실을 메꾸기에는 턱도 없었던 것이다. 하지만 그때라도 매도했다면, 작은 돈이나마 건질 수 있었을 것이다. 하지만 나의 마지막 매도는 5월 13일, 1209원에서였다.

×2×¼×0= 마침내 달이 몰락하다

루나는 상장폐지되었다. 대표는 도주했고, 사람들은 분노했다. 나는 1209원에 모두 매도했으니 0원으로 수렴해 버리고만 사람들에 비해서는 많은 이득을 본 건지도 모른다. 그러면서도 도주한 권 대표가 '루나2'를 만들어 기존 루나 보유자들에게 나누어 주겠다고 이야기했을 때 '나는 다 팔아서 못 받으면 어떡하지?'라고 생각하는 나를 발견했다. 이 와중에도 도주한 대표의 제안을 새로운 희망으로 여기다니. 그 썩은 동아줄에 흔들렸던 이유는 그것 말고 딱히 잡을 게 없어서였을 것이다. 당연하게도 새로운 희망은 싹트지 않았다.

하지만 나는 왜 1209원이 되어서야 팔았을까. 돌아보면 20만 원 가까이 가던 루나가 4000원이 되었을 때, 나의 전체 자산은 정말이지 보잘것없고 작아 보였다. '이걸 팔아서 뭐 하나?'

하지만 그 몇십만 원이라도 소중히 여겼더라면 이마트에서라도 사치를 했을 텐데. 모든 건 상대적이다. 무일푼에서 몇십만 원을 벌었다면 웬 횡재냐 싶었을 것이다. 하지만 당시 나에게 남은 그 몇십만 원은 집을 통째로 빼앗긴 채 하릴없이 손에 쥐고 있는 현관문 열쇠인 셈이었다. 그리고 1209원이 되어서야 나는 손에 비릿한 쇠 냄새만 배게 하는 그 열쇠를 엿 바꿔 먹는 심정으로 버렸던 것이다.

물이 빠진 수영장에서 홀로 높이 떠올랐던 달은, 혼자 떠올랐던 탓에 차가운 바닥에 외로이 떨어지며 산산이 부서졌다. 그리고 보니 텅 빈 수영장에 발가벗고 서 있는 건 나였다. 투자와 관련된 얄팍한 지식과 격언들을 자신의 무기인 양 어설프게 휘두르는 동안 내 옷이 벗겨지고 있는 줄은 몰랐다. 아, 가지고 있는 주식을 사랑하지 말라 하지 않았던가. 나는 루나를 사랑했

227

을까? 루나에 대한 분석을 설파하며 찬양하던 유튜버들은 모두 사라졌다. 그들은 루나를 사랑했을까? 지구의 수많은 사람이 각자 다른 곳에 서서 높이 떠오른 루나를 갖고 싶어 했다는 점에서 루나는 정말이지 달을 닮았다. 아니 어쩌면 달인 척을 했던 걸까.

시간이 또 한 움큼 흘러 도주 중이던 권 대표는 체포되었다. 뉴스에서 양팔을 붙들린 채 버스에서 내리는 그의 얼굴을 보았다. 그때 나는 불현듯 깨달았다. '아, 정의는 구현되어도, 내 계좌는 구원될 수 없겠구나.' 저 대표의 주머니를 털어 비트코인이 우수수 나온다고 한들 손해 본 사람들에게 환원해 줄 리가 없다는 확신이 들었다.

끌려가고 있는 저 대표라는 작자도 선택에 대한 책임을 저렇게 지는 것이고, 나 또한 내 선택에 대한 책임으로써 돈을 잃은 것이다. 모든 투자 관련 유튜버들이 늘 강조하고 또 강조하지 않던가. '아무리 우리가 이 종목을 찬양해도, 모든 투자에 대한 책임은 투자자 본인에게 있습니다.' 억울하지만 결국 매수 버튼을 누른 건 나니까. 어쩌면 도주한 대표를 잡아야 한다고 목 놓아 외쳤던 사람들은 사실 대표가 아니라 루나 매수 버튼을 누르던 자신의 손을 잡고 싶었던 게 아닐까.

다시금 차가워진 마음으로 복기해 보면, 루나의 안정성에 대한 신뢰가 무너졌다고 했을 때 도망쳤어야 했다. 대표의 자신감이 지나치게 과하다 싶었을 때 의심했어야 했다. 아니 어쩌면 아직 태어나지도 않은 아이에게 할 말을 만들기 위해 무언가를 시작해서는 안 되었다. 하지만 일은 벌어졌고, 돌이킬 수 있는 것은 동전 한 닢도 없다.

솔직히 나도 돈을 복사하고 싶었다. 부자가 되고 싶었다기보단, 세상의 열광 속에 소외되고 싶지 않다는 욕망이었다. 모두가 돈 복사 파티를 즐기는 동안 나만 하루하루를 성실히 노동하고 싶지 않았다. 그런 나에게 뒤늦게 파티의 달콤한 맛을 보여준 파트너가 루나였던 것이다. 짧게나마 나 또한 상상했으리라. 내가 아닌 내 돈이 돈을 벌어 오는 삶. 다만 파티는 끝물이었고, 파트너는 사기꾼이었다. 돈은 돈을 벌어 오지 못하고 그대로 집을 나갔다. 언제까지나 계속되는 파티는 없다. 그리고 비어 버린 잔고는 나에게 말한다. '일해서 버는 게 짱이다.'

세상은 더 이상 루나를 이야기하지 않는다. 사라진 것은 잊히기 마련이다. 334원짜리 삼성전자 주식이 7만

229

3400원이 되는 동안에도 루나와 같은 셀 수 없이 많은 것들이 사라졌을 것이다. 그러나 나는 이 열광의 시대만큼은 루나의 이야기로 기억되길 바란다. 언젠가 다시 시작될 파티에 앞서 숙취해소제가 될 수 있도록. 짧지만 간절했던, 잔혹하게 사라져 버린 것에 대한 이야기. 누군가 나에게 그때 무얼 했냐고 묻는다면 전해 줄 이야기.

그녀가 좋아하던 저 달이 지네, 달이 몰락하고 있네.
_〈달의 몰락〉 중에서

"걱정 마. 우리 저기까지 갈 거잖아."

노란 빛살을 내뿜는 야광봉의 끝이 밤하늘의 달을 가리

키고 있었다. 반쪽은 캄캄한 어둠 속에 잠겨 있고 또다

른 반쪽은 시원하게 빛나고 있는, 아주 정확한 반달이

었다.

_《달까지 가자》 중에서

PART
4

나눔에는
이자가 붙는다

Top Prize
양소희

부자가 아니어도 장학 재단을 만들 수 있을까? 꿈이 있는 아이들을 후원하기 위해 블로그로 야무지게 부수입을 창출하는 한 20대 청춘의 이야기, 그리고 돈보다 더 빛나는 우정과 사랑을 되돌려 받은 '돈의 선순환'이 제주의 바다처럼 아름답게 펼쳐진다.

나는 특별한 가치주에
투자한다

'인생의 최종 목표가 있나요? 죽기 전에 꼭 해 보고 싶은 일이 있다면 무엇인가요?' 우리 모두 살면서 한 번쯤 생각해 봤거나 주고받았을 질문이다. 나는 처음에 어떻게 답했더라. 정확하진 않지만, 스무 살 무렵부터 한 가지는 분명하게 언급했다. 언젠가 꼭 장학 재단을 세우겠다고. 특히 나처럼 지방에서 나고 자랐고, 넉넉한 형편이 아니더라도 항상 마음 한편에 큰 꿈을 품고 분투하는 청소년들에게 도움을 줄 수 있는 어른이 꼭 되고 싶다고.

로맨스 학원물보단 공포 스릴러물에 가까웠던 청소년기를 꾸역꾸역 지나오면서 오래도록 다짐한 목표였다. 결연한 표정으로 말해 왔지만, 한편 당장 지금의 내 몫은 아니라 여겼던 꿈이기도 했다. 오랜 시간이 흘러 돈도 많이 벌고 사회적 명성도 어느 정도 쌓아 올린 멋쟁이 할머니가 된 나의 몫. 지금의 내가 아니라, 미래의 내가 언젠가 이뤄야 할 목표 '장학 사업.'

한 치의 오류도 없다고 믿었고, 그렇기에 일말의 의심조차 없었던 목표에 질문을 던지게 된 건 비교적 최근의 일이었다. 청소년 시절부터 겪은 여러 가지 경험과 지식을 틈틈이 기록하고 공유해 왔던 개인 블로그가 있다. 수년간 운영하며 구독자 규모가 꽤 커졌고, 나의 경험과 노하우를 더 자세히 배우고 싶다며 컨설팅이나 세미나 등을 요청하는 등 선뜻 돈을 지불하려는 구독자들도 생겨났다. 그래서 시범 삼아 이것저것 팔아 보기로 했다. 대학 생활 및 휴학 기간 동안의 자기 관리 방법을 담은 템플릿과 프로젝트, 시간 관리 꿀팁 노트와 영어 독학 비법 노트, 각종 지식을 공유하는 세미나와 필요한 경우 일대일 컨설팅까지 기획해 꾸준히 판매해 본 것이다.

과연 사람들이 이런 걸 구매할까? 반신반의하는 마음으로 오픈했지만 대부분 예상치를 뛰어넘는 판매량을 기록했고, 가끔은 당시 직장인 월급을 훌쩍 뛰어넘는 수익을 가져다주기도 했다. 이렇게 쌓이는 부수입은 내 경험 자산을 판매해 얻게 된 돈이라 더욱 소중했다.

새로운 수입이 발생하자 특별히 의미 있는 일에 쓰고 싶다는 생각이 들었고, 문득 한 가지 질문이 머릿속을 스쳤다. '장학 사업, 지금 이 정도로 시작해 볼 수 있지 않을까?' 하지만 10초도 안 되어 고개를 휘휘 저었다. 무슨 장학 사업, 턱도 없지. '장학 재단 이사장' 하면 흔히 떠오르는 이미지와 지금의 나는 너무 동떨어진 모습이었으니까. 그 뒤로 인생의 최종 목표를 묻는 질문을 마주할 때마다 마음 한구석이 쿡 찔렸다. '언젠가 더 벌었을 때' '더 많이 모았을 때' 하겠다는 의지만으로는 미루고 미루다 결국 못하게 되지 않을까? 단지 근사한 목표 정도로 남아 버리는 건 아닐까?

÷ 꿈이라는 가치주에 투자하다

끈질기게 따라붙는 질문을 더 이상 외면하지 못하게 되었을 때, 마음이 향하는 쪽을 곰곰이 탐구하다 결론을 내렸다. 정말 마음 다해 실현하고 싶은 꿈이라면, 지금 당장 할 수 있는 것부터 시작해 보자고. 80대 멋쟁이 할머니가 될 나에게만 맡겨 두지 말고, 평범한 스물다섯 살의 내가 직접. 인생의 최종 목표 실행일을 갑자기 60년쯤 당겼더니, 마음이 벅차오르다가도 조급해지고 불안하다가도 설렜다. 싱숭생숭한 마음을 어딘가라도 털어놓고 싶어 가까운 지인들에게 먼저 대략적인 계획을 공유했다. "블로그 부수입으로 장학 기금 한번 만들어 보려고, 지방 청소년들 대상으로." 생각보다 훨씬 많은 이들이 아낌없는 지지와 감탄, 응원을 보내 줬다.

하지만 진심 어린 걱정과 우려를 표하는 친구들도 있었다. "그 정도면 시드 머니로 투자해서 잘 굴리고 더 키워서 나중에 하는 게 낫지 않아?" "그럼 넌 언제 집 사고 차 사려고?" 틀린 말은 아니었다. 나는 대단한 자산가도, 월 몇천만 원씩 수익을 벌어들이는 사람도 아니니까. '이 험한 세상에 부디 네 앞가림이나 잘했으면' 하는 친구들의 염려는 어쩌면 당연했다. 처음엔 그런 말들 앞에 작아지는 듯했다. 하지만 희한하게도 시간이 지날수록 다짐은 점점 확고해졌다. '그럼에도 불구하고' 꼭 하고 싶고, 해야만 하는 이유가 거듭 선명해졌기 때문이다.

우선 부수입은 당장 먹고사는 데에 절실히 필요한 금액이 아니다. 그리고 1년간 가볍게 블로그 콘텐츠를 수익화해 본 경험을 통해 이 정도는 마음먹으면 얼마든지 또 벌 수 있다는 자신감과 확신이 생겼다. 무엇보다 장학 사업 역시 '투자'라 생각한다. 네다섯 명의 장학생을 선발하는 것으로 시작한다면 10년 차쯤 되었을 때 최소 40명에서 50명 내외의 장학생들이 생겨날 테지. 이들이 멋진 어른으로 성장한다면, 우리가 살아가는 공동체에 더욱 큰 임팩트와 긍정적인 변화를 가져올 수 있지 않을까. 지금 투자하고 싶은 '가치주 종목'이 있다면 바로 이쪽이었다. 그러니까 지금의 내가 부유한지 여부는 더 이상 중요하지 않다. 아무렴, 집도 차도 없지만 장학 재단은 만들 수 있지!

÷ 돈 대신 경험을 선물하는 이유

그렇게 나는 소소하게 부수입으로 모아 왔던 목돈으로 장학 사업을 시작하기로 결정했다. 학비나 생활비를 직접적으로 지원하는 현금성 장학이 아닌 다른 방식을 취하기로 했다. 그건 훨씬 더 큰 규모의 재단이나 자산가들이 이제껏 많이 해 왔고, 앞으로도 잘 해낼 수 있는 영역이기 때문이다.

나는 지방 청소년들을 대상으로 '꿈 여행 장학 사업'을 운영해 보기로 했다. "응? 꿈 여행 장학?" 열에 아홉은 곧장 되물었다. 보통 장학 사업이라 하면 그 규모가 크든 작든 일단 돈을 쥐어 주는 것이라 생각하기 때문

239

이다. 사실 당장 먹고살기 위한 삶의 최저기준선을 충족하도록 현금성 지원을 해 주는 장학 사업은 이미 꽤 많이 존재한다. 나 역시도 한때 그러한 장학 사업의 수혜자였고, 덕분에 막막했던 고비를 넘겼다. '세상은 생각보다 더 많은 선의로 굴러가는구나' 하고 몸소 느낄 때면 왠지 울컥하기도 했다.

하지만 동시에 삶이란 게 단지 최소한의 먹고사는 것만으로 완전히 채워질 수 없음을 깨달았다. 좋은 사람들과의 만남, 더 넓은 세상과의 연결, 다양한 경험, 영감, 상상······. 그렇게 차곡차곡 쌓여 가는 나만의 기준, 시야, 그리고 가치관. 한 사람의 세계는 결국 이런 것들로 풍성해지고 확장되면서 비로소 주체적이고 완전한 '삶'으로 나아갈 수 있다. 다양한 경험을 할 수 있는 기회가 당장 필요한 돈만큼이나 중요한 자산이라 생각하는 이유가 바로 여기에 있다.

열다섯 살 무렵, 선생님들의 전폭적인 지원으로 미국 대사관에서 주최한 전국 중학생 외교 프로그램에 제주도 대표로 참여할 기회를 얻었다. 자부심을 가득 안고 서울에 왔는데, 나와는 비교도 안 될 만큼 다양한 경험을 한 수도권 친구들이 있었다. 월등한 실력을 쌓아 온 그들 사이에서 기가 팍 죽었고, 그날 밤 홀로 숙소로 돌아와 조용히 펑펑 울었다. 아직도 생생한 그 감정은 부러움보다는 분노와 서글픔에 가까웠다.

'나를 둘러싼 세계가 부서지는 순간'이 성장과 도약에 큰 자산으로 남는다는 사실, 그러나 지방 청소년들에게는 그런 기회가 쉽게 주어지지 않는다는 현실을 이후에도 끊임없이 체감했다. 단지 나만의 이야기가 아니었다. 지방에서 청소년기를 보낸 친구들의 삶을 관통하는 공통적인 문제의식이었다. 이런 문제의식을 오롯이 경험한 끝에, 나는 꿈 여행 장학이라는 실험을 시작하기로 했다. 지방 청소년과 수도권 청소년 간 존재하는 시야와 기회의 질적 차이, 더 나아가 경험의 양극화를 나만의 방식으로 균열 내 보고 싶었다.

누군가는 꿈 여행 장학이 독특하다 했고, 이런 낯선 형태의 지원이 꼭 필요한지 궁금해 하기도 했다. 또 다른 누군가는 '당장 먹고사는 데 급급하지도 않은데 너무 사치스러운 것은 아닌지' 묻기도 했지만, 인간이 더욱 주체적이고 풍요로운 삶을 가꾸고자 하는 바람을 과연 사치라 치부할 수 있을까?

÷ 장학생이 반드시 해야 하는 일

우선 내 고향인 제주의 청소년들 대상으로 이 실험

을 시작해 보기로 했다. 프로젝트의 구체적인 방향은 이러하다. 수도권 곳곳의 주요 인프라와 명소를 경험하고, 멋진 멘토들과 어른들을 비롯한 사회문화적 자본을 직접 마주하고 연결 짓는 특별한 여행이다. 제주의 청소년들이 접하기 힘들었던 새로운 세상에 대한 경험을 선물하는 셈이다.

여느 장학 프로그램이 그렇듯, 꿈 여행 장학의 프로그램도 수료를 위한 조건이 있다. 약 일주일 간의 꿈 여행을 마친 이후엔 살고 있는 동네로 돌아가 '나만의 지역 사회 프로젝트'를 실행해야 한다. 새롭게 보고 배운 것, 영감을 받은 것, 또는 예전과 다르게 느껴지는 우리 지역의 무언가를 활용해 크고 작은 활동을 직접 기획하고 실천으로 옮기는 것이다. 청소년들이 하기에 어려운 일처럼 보일 수도 있다. 하지만 수도권 구석구석의 뛰어난 인프라를 경험해 보고, 새로운 사람들과 이야기를 나누고, 다양한 문화 콘텐츠를 온 감각으로 흡수하다 보면 자연스레 우리 지역사회에 대한 의문점이 떠오를 것이라 기대한다.

'왜 우리 동네에는 이런 게 없지?' '왜 내 주변에는 이런 도전이나 시도를 하는 사람이 없을까?' '이런 건 오히려 수도권엔 없지만 우리 지역에서만 볼 수 있는 것 같은데?' 부재와 발견의 감각은 이렇게 깨어난다. 이렇게 떠오른 질문에서 시작하면 된다. 위대한 변화는 바로 여기에서부터 시작되기도 한다. 이 과정에서 소요되는 모든 비용(항공권, 숙박비, 식비, 교통비, 멘토링비, 기타 물품비 등)을 전액 지원하기로 했다. 1년간 블로그 콘텐츠를 수익화해서 얻은 수입의 일부를 활용해 장학 기금으로 조성했다.

오랜 시간 머릿속으로만 그려 오던 고민과 생각을 블로그에 옮겼다. 마음속에서 쓰고 지우길 반복했던 내용을 실제 언어로 그려 냈다. 평생의 목표이기도 했던 다짐을 한 글자 한 글자에 꾹꾹 눌러 담아 냈다. 몇 번을 공들여 고친 뒤 드디어 '발행' 버튼을 눌렀다. 프로젝트명 '비상한상상.' 스물다섯 인생 첫 장학생을 선발하겠다는 깜짝 선언을 처음으로 세상에 선보인 순간이었다.

÷ 순수한 선의를 베푸는 사람은 없다는 말

첫 삽을 뜬 후, 정말 많은 연락을 받았고 새로운 사람들도 끊임없이 만났다. 의미에 공감한다며 흔쾌히 운영 스태프로 함께해 준 친구와 동료들이 전국 각지에 생겼고, 아무런 대가 없이 나의 장학생들과 만나 주겠다며 회사로 초대하거나 식사를 대접하겠다는 분들도 있었다.

하이라이트는 장학생 모집에 지원한 제주 청소년들과의 만남이었다. 서툴지만 반짝이던 눈빛과 말투, 유려하진 않아도 솔직하고 따뜻한 이야기에 마음이 뭉클했다. 한 명이라도 더 데려가고 싶어 운영팀 모두 선발 과정 내내 머리를 싸매던 순간이 선명하다.

전혀 예상치 못한 상황에 맞닥뜨리기도 했다. 1기 장학생으로 최종 선발된 학생이 돌연 참여를 취소하겠다는 연락을 주었다. 어머니의 격렬한 반대 때문이었다. 내가 설득해 볼 수도 있다 말하자, 그는 조심스레 답했다. "저희 엄마가 순수하게 선의를 베푸는 사람은 이 세상에 아무도 없다고…⋯. 거기 사이비 종교 단체 아니냐고 의심하셔서 더 이상 말을 꺼내면 안 될 것 같은 분위기예요."

어린 나이에 장학 사업을 시작한 덕에 다양한 질문과 반응을 마주하긴 했지만, 사이비 종교 단체라 오해하시다니! 예상치 못했던 오해가 무척 당황스러웠고, '순수하게 선의를 베푸는 사람은 세상에 없다'는 말이 마음속에 꽤 크게 박혔다. 결국 그는 참여를 포기했다. 이번 기회에 함께하지 못해 너무 아쉽고 슬프지만, 그래도 믿고 뽑아 주어서 고맙다는 문자를 남기면서.

무어라 위로할까 고민하다 짧은 답장을 남겼다. 나도 함께하지 못해서 정말 아쉽지만, 우리 다음에 또 만날 기회가 있을 것이라고. 그리고 세상엔 너의 꿈과 열정을 순수한 마음으로 응원하고 지지하는 친구들이나 어른들도 정말 많을 거라고. 그걸 잊지 않았으면 좋겠다고. 이후에도 종종 불쑥 튀어나오는 의심과 몇 번이고 마주했다. '이런 장학 사업을 하려는 진짜 이유가 무엇인지?' 입증해 보라는 식의 미심쩍은 눈빛을 마주할 때면 이런 생각까지 했다. '차라리 매년 이 돈으로 명품 가방을 사겠다고 했으면 덜 의심받았을까?' 나의 오랜 목표와 순수한 의도를 증명하고 설득하기 위해 이렇게까지 시간과 힘을 써야 한다니.

하지만 고맙게도 회의감과 씁쓸함을 이겨 낼 수 있는 장면들이 훨씬 빠른 속도로 쌓여 갔다. 꿈 여행 장학 사업을 구상하며 썼던 수많은 글과 메모, "내가 쓴 돈이 이렇게 멋진 일로 이어진다니 기쁘다"며 응원해 주셨던 블로그 구독자님들, 이 장학 사업을 통해 풀고 싶은 문제의식과 이뤄 내고 싶은 비전에 기꺼이 마음을 모아 준 운영팀과 동료, 멘토들이 늘 곁에 있었다.

무엇보다 제주 곳곳에서 각자의 꿈을 무럭무럭 키워

가고 있는 청소년 지원자들이 전하는 이야기를 마주할 때면 모든 오해와 의심이 아무렇지도 않은 것이 된다. 각별한 인연이 된 장학생들 덕분에 더욱 강한 확신을 얻기도 한다. 꿈 여행 장학 프로그램을 통해 새로운 세계에 푹 빠지고, 서서히 변화하는 장학생들을 목격할 때면 더없이 큰 감동과 자극이 다가오기 때문이다.

÷ 돈이 꿈을 만나 반짝이는 순간

장학생 선발 과정에서 꿈 여행 중 꼭 경험하고 싶은 것은 무엇인지 물었는데, 의외이면서도 재미난 답변이 있었다. "꼭 도시 야경을 보고 싶어요." 이 답을 한 서호는 요리사를 꿈꾸는 학생이었다. 하지만 꼭 미식 여행일 필요는 없다며, 새로운 경험을 통해 영감을 얻고 싶다고 했다. 좋은 요리사로 성장하는 데에 꼭 필요한 밑거름이 될 것이라 기대한다고.

꿈 여행 마지막 날 밤, 우리는 깜깜해진 하늘을 향해 120여 층에 달하는 타워 전망대에 올랐다. 서호의 표정은 한껏 상기되어 있었다. '띵' 하는 도착음과 함께 엘리베이터 문이 열리고, 눈앞엔 도시의 황홀경이 가득 펼쳐져 있었다. 늘 홀로 묵묵히 관찰하고 조용히 듣던 서호였지만, 이 순간만큼은 쉼이 없었다. 이리저리 뛰어다니며 탄성을 내질렀다. "너무 좋아요. 행복해요. 이런 건 정말 처음 봐요. 여기서 떨어져도 정말 여한이 없겠어요!" 그래 맞아. 이런 경험을 선물해 주고 싶어서 꿈 여행 장학 사업을 시작했지. 눈앞에 펼쳐진 낭만, 숨이 트일 듯한 풍경, 맘껏 그리워할 수 있는 추억. 그런 것들로 버티고 이겨 내며 살아가게 될 때도 있으니까.

오늘의 낭만은 서호의 마음에 어떤 빛으로 남게 될까. 그가 마음속에 품은 불빛은 그의 손을 따라 어떤 요리로 탄생하게 될까. 반짝이는 요리가 누구에게 이어질까. 이렇게 근사한 상상을 해 볼 수 있는 시작점을 선물할 수 있어서, 함께 지켜볼 수 있어서 기뻤다.

또 다른 1기 장학생 윤미는 처음과 완전히 달라진 모습을 보여주기도 했다. 오리엔테이션 날 일정 전반에 대한 소개를 듣고 난 윤미는 여러 멘토들과의 만남이 생각보다 너무 많은 것 같다며 약간의 부담과 불만족을 내비쳤다. 본인이 기대했던 문화 체험 프로그램 위주로 구성되지 않아 아쉬워하는구나 싶었는데, 셋째 날 이런 말을 했다. "저는 이번 꿈 여행 기회가 너무 고마운데요. 가장 큰 이유는 이제까지 못 봤던 어른들을 만나서예요. 이제까지 만났던 어른들은 저를 쉽게 부정했어요. 안 된다, 틀렸다, 못한다고……. 가끔은 제가 더 잘 아는데, 너무 쉽게 말하고 단정 짓는 어른들이 괜히 싫증 나고 서운했거든요. 그런데 여기서 만난 어른들, 멘토님들은 너무 달랐어요. 할 수 있다고, 일단 해 보면 된다고, 뭐든 마음먹기 나름이라고. 그냥 하는 말씀들이 아니었어요. 눈을 막 반짝이고 진심을 가득 담아 이야기해 주시는데 괜히 마음이 들뜨고 용기가 샘솟는 거예요. '그래, 나 아직 어리잖아? 가능성이 많은 존재잖아?' 같은 거요. 평소의 저라면 안 해 봤을 생각도 막 하고요."

이 대화를 통해 비로소 알게 되었다. 그간 윤미가 경험해 왔던 어른들과의 대화는 대체로 낙담과 부정이었다. 먼 서울까지 가서 그런 경험을 반복하고 싶지는 않았던 두려움 내지 불안이 있었던 것이다. 그렇기에 윤미가 '가능성을 이야기하는 어른들'과의 짧은 대화를 통해 경험한 변화를 온몸으로 설명해 주었을 때의 그 감동을 아직 잊지 못한다. 동시에 새로운 질문도 생겼다. 어떻게 하면 더 많은 청소년들이 좋은 어른들과의 대화를 경험할 수 있을까. 우리는 각자의 자리에서 어떠한 방식으로 좋은 어른이 되어 가야 할까.

꿈 여행 이후, 후속 프로젝트를 직접 기획하고 실행하는 장학생들의 변화가 반짝이는 순간도 목격했다.

정윤은 제주도에서 처음으로 학생이 주도하는 학회를 설립했다. '혁신은 대단한 사람만 하는 게 아니다. 자신이 진정으로 원하는 일을 하다 보면 뜻이 맞는 사람들이 모이고, 그렇게 혁신을 만들어 가는 것'이라는 멘토의 조언이 계기가 되었다고 한다. 덕분에 원하는 게 없다면 기다리지 말고 직접 만들자 결심하게 됐다고.

이후에 만난 정윤은 "처음엔 개인의 성취가 중요했지만, 꿈 여행 장학 프로그램에 참여한 후에는 사랑하는 친구들과 공동체가 함께 잘 되는 데에 기여하고 싶다는 마음이 훨씬 커졌다"고 말하며 눈을 반짝였다. 이렇게 늘 나는 장학 사업을 통해 준 것보다 훨씬 크고 값진 선물을 돌려받는다.

장학생들은 수료 이후에도 꿈 여행 장학 사업의 지속가능성을 힘껏 응원하고 지지했다. 많은 친구들이 "'비상한상상' 프로젝트가 매년 진행될 수 있도록 어떻게든 돕고, 기여하고 싶어요!"라 말한다. 다른 이들의 사랑과 선의를 직접 겪어 보고, 한 걸음 더 나아갈 수 있었던 이들은 더 큰 사랑과 선의를 나눌 줄 아는 사람이 된다는 걸 나의 장학생들은 이렇게도 보여준다.

자신을 둘러싼 경계 바깥의 세상을 늘 궁금해하고 꿈꿔 왔던 청소년들이 이렇게나 많다. 이들이 더 넓은

249

세계와 연결될 수 있도록, 좋은 어른들과의 대화를 통해 더욱 풍성해질 수 있도록, 나아가 공동체에 기여하는 사람으로 성장할 수 있도록 돕는 일을 지금 내가 이 자리에서 해 내고 있다는 걸 느낄 때면 저 깊은 곳에서부터 강렬한 짜릿함과 엔도르핀이 끓어오른다. 그리고 몇 번이고 실감한다. '아무리 명품을 사 모은다 해도, 이보다 더 근사한 플렉스는 할 수 없을 거야.'

÷ 꿈을 연결하는 소득 파이프라인 만들기

고민도 시행착오도 많았던 꿈 여행 장학 사업, 2023년 올해로 어느덧 2년 차가 되었다. 그 사이 아홉 명의 장학생을 배출했고, 열두 명의 운영팀 동료들을 얻었고, 스무 곳 이상의 기관, 단체들과 협업했다. 출발선을 끊을 땐 망망대해 속에 홀로 서 있었는데, 어느새 이 독특하고 유별난 장학사업을 지지해 주고 함께 만들어 보자고 모여 든 사람들이 가득 생겼다. 덕분에 무엇보다 확고한 '돈'기부여를 얻기도 했다. 장학생으로 선발된 제주 청소년들이 영감과 용기를 얻어 가는 과정을 지켜보며, 이 장학 사업을 계속 해 나가고 싶다는 의지가 강렬해졌다.

그러기 위해선 앞으로도 일정 수준의 부수입을 안

정적으로 유지해야 했다. 이전처럼 자유롭게 블로그를 운영하는 대신 체계적으로 나만의 브랜드를 구축하며 운영하기 시작했고, 여러 실험들을 더욱 적극적으로 시도해 보기로 마음먹었다.

블로그 부수입 규모를 꾸준히 키워 가기에 앞서 두 가지의 원칙을 정했다. 첫째, 자극적이고 유해한 방식으로 구독자들의 시선을 끄는 콘텐츠는 판매하지 않을 것. 둘째, 나만의 경험 자산을 재가공해 콘텐츠나 서비스로 판매하되, 개인 간 거래를 넘어 선순환 고리를 만들어 갈 것. 이 두 가지 원칙 아래 '시간 관리 꿀팁' '상반기 회고와 하반기 계획 세우기' '전액 지원 해외 탐방 28개국 이상 달성 노하우 공유' '순수 국내 독학파와 재밌게 영어 공부하기 챌린지' '100일 챌린지' 등을 기획해 정기적으로 오픈했다. 그 밖에도 각종 경험 자산과 자기 계발 노하우를 시간 날 때마다 틈틈이 블로그 포스팅으로 정리해 두자, 이를 바탕으로 한 기고와 강연 요청도 꾸준히 들어오기 시작했다.

이렇게 구축된 파이프라인을 통한 부수입의 20퍼센트에서 50퍼센트는 반드시 '비상한상상' 장학 기금 모금에 활용했다. 많은 구독자들이 경험 자산을 판매해 얻은 수익을 '지방 청소년의 경험 격차 해소'라는 목표에 투자하는 과정을 지켜보면서, 스스로의 발전을 넘어 서로를 돕는 일까지 할 수 있어서 기쁨과 가치를 느낀다고 말했다. 블로거와 구독자라는 관계로 만난 우리가 느슨한 작당 모의를 벌이는 파트너가 되었고, 나아가 일종의 커뮤니티가 되어 가고 있다는 생각이 들었다.

÷ 미래에 희망을 걸다

'어쩌면 이 장학 사업은 우리만의 시위 방식, 또는 가장 진취적으로 미래에 희망을 걸어 보는 방식일 거야.' 2023년 봄, 2기 장학생 다섯 명과의 꿈 여행 경험 공유회를 가지며 문득 들었던 생각이다. 그들이 발 딛고 서 있는 지역에서 시작해 보기로 한 프로젝트, 우리 지역만의 독특한 가치를 찾아 키워 보겠다는 당찬 계획을 듣는 내내 신나고 들뜨는 마음을 주체할 수 없었기 때문이다. 아마 우리가 사랑하는 지역 공동체에 잘 뿌려 둔 씨앗이 어떤 싹을 틔울지 상상하는 재미를 만끽하며 살아가게 되지 않을까. 그리고 그날 야심 차게 발표하던 학생들의 눈빛은 절대 잊지 못할 테지.

언젠가 한 친구가 말해 주었다. "내 주변에 너랑 비슷한 문제의식을 가진 사람은 꽤 있다? 나중에 재단 같은 거 만들겠다는 사람도 있고. 그런데 지금 당장 뭐라도 해 보겠다고 나서서 실천으로 옮기는 사람은, 너 딱 하나뿐이야. 그게 나한테 너무 큰 충격과 용기를 줬어." 내가 얻은 깨달음도 다르지 않다. '나눔'에 있어 정말 중요한 것은 크고 거대한 규모가 아니라, 작아도 지금 당장 기꺼이 실천하려는 의지라는 걸. 세상의 기준에선 작고 미미해 보일 수 있겠지만, 그마저도 절실한 누군가에겐 그의 세계를 지탱하는 데에 더없이 크고 소중한 힘이 되어 줄 수 있다는 걸.

'내가 뭐라고 장학 사업이란 걸 시작해도 될까?' 고민하고 망설였던 당시의 내게 꼭 보여주고 싶다. 60년 뒤에 시작했다면 아마 평생 만날 일 없을지도 모르는 지금의 장학생들, 동료들, 또 앞으로 만나게 될 수많은 눈동자들을. 누군가 내가 가진 재산의 60배의 돈을 지불하더라도 결코 얻을 수 없는 소중한 배움과 깨달음, 그리고 영감의 깊이를. 그 사이에 푹 빠져들어 더 큰 꿈을 꾸고, 더 큰 보폭으로 나아가고 있는 지금의 내 하루하루가 꽤 근사하다는 것도.

이 시대 가장 격렬한 화두인 '정의로움'을 돈의 시각에서 성찰하게 하
는 묵직한 회고록이다. 대학생 때 한 작은 선택이 직장인이 된 후에도
그를 괴롭게 한다. 어느 날 우연히 그에게 걸려 온 전화, 우리는 과연
돈 앞에서 선한 선택을 내릴 수 있을까?

1억을 모으고도
부끄러웠던 이유

1억을 모았다. 대학원을 졸업할 무렵 과외와 장학금으로 모아둔 돈이 1000만 원이었고, 회사를 다니는 2년 동안 9000만 원을 더 모았다. 그렇게 딱 1억이 됐다. 계좌에 찍혀 있는 아홉 자리 숫자를 보고 있으면 오묘한 감정이 찾아온다. 때론 뿌듯함이기도 가끔은 미안함이기도 하지만, 대개의 경우 그건 '비루함'이었다.

돈이 궁한 적 없었다. 아주 부유한 집안은 아니었지만, 네 식구가 먹고살 만큼은 버는 아버지 밑에서 절약이 생활화된 어머니를 보고 자랐다. 덕분에 돈 걱정 없이 학업에 전념했고 좋은 대학에 합격할 수 있었다. 성인이 되어서도 돈에 쪼들릴 일은 별로 없었다. 4년 내내 대학교 기숙사에 당첨되어 학기당 40만 원이면 거주비가 해결됐다. 또 명문대 수학교육과라는 타이틀 덕분에 과외를 구하기도 쉬웠다. 부족한 학비와 생활비는 부모님이 충당해 주었고, 가끔은 성적 장학금을 타서 해외여행을 다녀오기도 했다. 대학교를 졸업할 때쯤 수중에는 어렵지 않게 모은 돈 2000만 원이 있었다. 그 돈의 상당 부분은 대학원 학비로 빠져나갔지만, 빚을 진 것도 아니었으므로 큰 부담은 없었다.

그 무렵의 나는 주변 사람들에게 이런 말을 하고 다녔다. '돈이 아닌 꿈을 좇는 사람이 되고 싶다.' 물질적인 것에 현혹되지 않겠다는 의도로 한 말이었지만, 지금 와서 생각해 보면 궁핍해 본 적 없는 사람만이 내뱉을 수 있는 말이었다. 꿈을 이루려면 노력해야 하고 노력을 하려면 시간이 필요한데, 그 시간을 벌 수 있는건 돈뿐이었다.

÷ 공룡과 공점 사이

언젠가 학과 사무실에서 온 연락을 받은 적 있다. 이전 학기 성적이 좋아서 전액 장학금을 받게 되었는데 혹시 다른 친구에게 양보할 생각이 있느냐는 내용이었다. 내가 다닌 학과는 매 학기 네 명의 성적 장학생을 선발했다. 1등에게는 전액 장학금을, 2등부터 4

등까지는 반액 장학금을 줬다. 그런데 직전 학기 최고 학점을 받은 사람이 두 명 나온 것이다. 원칙상으로는 더 많은 과목을 수강한 내가 1순위였지만, 그 친구의 형편이 어려워 학과 사무실에서 문의가 온 것이었다.

"양보하지 않겠습니다." 짧게 답을 남기고 전화를 끊었다. 마음 한편에서 분노가 일었다. 똑같은 수업을 듣고 동일한 24시간을 보냈다. 그 시간 동안 누구보다 열심히 공부하고 과제를 수행했는데, 그렇게 얻어 낸 결과를 양보하라는 말이 마치 내 노력을 무시하는 것처럼 느껴졌다. 안 그래도 부모님의 소득 분위가 높아 신청할 수 있는 장학금이 성적 장학금뿐이었다. 그런데 그것마저 내려놓으라 하니 화가 차올랐다.

그 분노를 식혀 준 건 모종의 부끄러움이었다. 사실 알고 있었다. 이 결과가 '공평'할 순 있을지언정 그 과정이 '공정'하진 않다는 걸 말이다. 학비, 생활비 걱정 없이 공부만 하는 학생과, 매일 아르바이트와 과외를 하며 틈틈이 공부하는 학생의 출발선이 같을 리 없었다. 그걸 알고 있음에도 장학금을 포기할 수 없었다. 내가 노력해서 받은 결과물이니까, 그 친구는 다른 곳에서도 장학금을 받을 수 있을 테니까, 그렇게 자위하며 부끄러움을 지워 버렸다.

÷ 돈이 만든 우리 사이의 기울기

학과 사무실에서 그의 이름을 알려주진 않았지만, 누군지 유추하는 건 어렵지 않은 일이었다. 같은 과 학생들이 듣는 전공 과목이 상당 부분 겹치기에 서로의 학점을 대략 알 수 있었다. 그의 이름은 연우였다.

연우와는 접점이 별로 없었다. 나도 학과 활동을 거의 하지 않았지만, 그 역시 행사 때마다 어디론가 사라지는 인물 중 한 명이었다. 학과 사무실에서 전화를 받은 날부터 연우의 행적이 신경 쓰이기 시작했다. 동기들에게 물어보니 1학년 때부터 과외를 서너 개씩 하는 걸로 유명했다고 한다. 수업과 수업 사이 공강 시간에는 근로장학생으로 일했고, 매년 기숙사에 떨어져 학교 근처 월세가 가장 싼 동네에서 자취를 하고 있었다. 당시 그 동네의 월세 평균이 40만 원이었다. 그리고 내가 지내던 기숙사의 6개월 치 거주비가 꼭 40만 원이었다.

겨울에 스키장을 가면 이런 생각이 든다. '생각보다 경사가 안 심한데?' 그런데 막상 위에 올라가 아래를 내려다보면 상상 이상으로 가파른 경사에 놀라곤 한다. 연우와 나 사이의 기울기가 딱 그랬다. 같은 과를 다녔기 때문일까. 멀리서 볼 땐 그의 삶이 얼마나 버거운지 알지 못했다. 매일 학생식당에서 1000원짜리 학식을 먹고, 급격하게 오르는 월세를 피해 더 안쪽 동네로 이사를 가는 연우를 보고서야 알 수 있었다. 우리 사이의 경사가 얼마나 기울어져 있는지, 그리고 양보하지 않겠다는 내 대답에 결여된 게 무엇이었는지를.

÷ 2등에게서 온 전화

그날을 기점으로 연우를 피해 다녔다. 원래도 가까운 사이가 아니었기에 그를 피하는 건 어렵지 않았다. 그 뒤로 나는 대학원을 졸업해 회사에 취업했고, 그는 임용고시를 통과해 교사가 되었다. 한동안 그를 잊고 지냈다. 가끔 친했던 동기와 안부를 주고받다 한 번씩 언급되는 게 전부였다. 그렇게 경사의 아찔함이 서서히 잊혀 갈 무렵, 한 통의 전화가 왔다.

"진짜 오랜만이네, 잘 지내?" 연락처에 저장은 되어 있지만 한 번도 눌러 볼 생각을 않던 번호로 연우가 안부를 물어왔다. 어떻게 답해야 하나 허둥대고 있는데, 그가 용건을 말했다. 자기 지인이 대학원에 관심이 있어서 몇 가지 물어봐도 되겠냐는 것이었다. 흔쾌히 수락했다. 몇 개의 문답을 하고 나자, 자연스레 주제는 근황으로 이어졌다. 나는 그에게 중학교 교사 생활은 어떠한지 물어보았고, 그는 내게 어쩌다 IT 회사에 들어갔는지 물어보았다. 그날의 대화만 놓고 보면 우린 꽤 가까운 친구처럼 보였다. 대학생 시절 몇 마디 나눠본 적 없는 사이라곤 상상도 할 수 없을 만큼.

그렇게 이런저런 대화를 주고받다 연우가 말했다. "나, 드디어 학자금 대출을 다 갚았어!" 그제야 우리 사이의 거리가, 그 거리를 더 벌려 놓았던 나의 비루함이 다시 고개를 들었다. 그는 알고 있을까, 그때 나로 인해 전액 장학금을 받지 못했다는 걸. 그걸로 몇 개월치 과외와 아르바이트를 더 해야 했다는 걸. 그런 네 상황을 알고 있었음에도 내가 모른 척했다는 걸. 전화를 끊고 싶어졌다. 통화가 길어지는 만큼 나의 비겁함도 비대해지는 느낌이었다. 하지만 전화를 끊는 대신 내가 선택한 건 고백이었다. 오늘이 아니면 영영 기회가 오지 않을 것 같아 말을 꺼냈다. 그때 내가 장학금을 받았다고, 노력을 인정받는 게 더 중요해서 그런 선택을 했노라고, 기나긴 고해성사를 했다.

한참 동안 듣고만 있던 연우가 뒤늦게 입을 열었다. "윤동주 시인의 〈쉽게 씌어진 시〉가 생각나네." 어쭙잖은 동정이라 했다. 당시 본인이 전액 장학금을 받지 못한 것은 정당한 결과였으며, 그로 인해 내가 품은 미안함은 동정심일 뿐이라고. 그 심정은 이해하나 스스로를 부끄럽게 여기지는 말라고 했다. 세상에 쉽게 쓰여진 시가 없듯이, 쉽게 모을 수 있는 돈도 없다고. 그리곤 정 마음이 쓰인다면 차라리 좋은 곳에 기부를 해 달라 말을 덧붙였다.

÷ 쉽게 모은 돈

사람을 비루하게 만드는 것은 무엇일까. 지금 생각하기로는 '내려놓지 못함'에 그 원인이 있는 것 같다. 자존심을 내려놓지 못해 비열해지고, 인정 욕구를 내려놓지 못해 비겁해진다. 돈이란 것도 마찬가지다. 모으면 모을수록 더 많은 돈을 좇게 되면서도, 정작 한 줌 내려놓는 건 그렇게 어려울 수 없다. 그래서 많은 이들이 돈 앞에서 비루해지나 보다. 계좌에 찍혀 있는 1억, 아홉 자리 숫자를 보면 찾아오는 오묘한 감정의 이유는 바로 이 때문이었다.

1억의 일부를 한 아동병원에 기부했다. 한 학기 등록금 분의 금액. 누군가를 돕겠다는 호의도, 좀 더 나은 사회가 되길 바라는 마음의 선의도 아닌, 그저 스스로의 짐을 덜어 내고자 지불한 돈이었다. 그럼에도, 그렇게 이기적인 마음으로 행한 기부에도 나의 비루함은 조금씩 씻겨 내려갔다. 연우는 아니라 말했지만 여전히 스스로가 돈을 쉽게 모았다고 생각한다. 이전에는 그 사실이 부끄럽게 여겨졌으나, 이제는 다른 쪽으로 승화시켜 보려 한다. 쉽게 모은 만큼 쉽게 나눠 보는 쪽으로. 그렇게 손에 쥔 것을 내려놓으면서 나의 비루함도 같이 흘려보내기로 했다.

"누구를 인정하기 위해서 자신을 깎아내릴 필요는 없
어. 사는 건 시소의 문제가 아니라 그네의 문제 같은 거
니까. 각자 발을 굴러서 그냥 최대로 공중을 느끼다가
시간이 지나면 서서히 내려오는 거야. 서로가 서로의 옆
에서 그저 각자의 그네를 밀어내는 거야."

_〈경애의 마음〉 중에서

Excellence
Prize

ㅋㅋ곰

갑자기 죽음을 선고받는다면 우리는 가진 것을 나누려 할까, 무덤까지
싸 들고 가려고 안간힘을 쓸까? 일밖에 모르던 그에게 주어진 생애 단
일주일. 죽음을 앞두고 이별식을 준비하는 그의 유산 상속 일기가 우
리에게 삶과 나눔의 새로운 참고 자료가 된다.

죽기 일주일 전,
유산을 상속했다

"어이, 이보시오! 다 왔소! 어서 내리시오!" '깜박 잠이 들었나? 분명 버스 정류장까진 기억이 나는데, 도대체 언제 버스에 탔지? 하긴 기절할 만큼 졸 수도 있지.' 사무실에서 밤샘 작업을 한 지 내리 일주일이었다. 일주일 내내 밤을 꼬박 샌 건 아니다. 잠깐 의자에 기대 자다가 다시 일어나 작업하고, 많이 피곤할 땐 근처 24시간 목욕탕을 찾았다. 손님 없는 새벽의 목욕탕. 그 평상 위에서 겨우 한두 시간 눈을 붙이고 다시 일어나 씻고 사무실에 출근했다.

나는 프리랜서 작가다. 오전에는 방송국에서 요청한 섭외와 글 작업을 하고 모두가 퇴근한 밤에는 외주 업체가 준 글 작업을 맡는다. 이번 주는 발표 자료까지

만들어야 해서 여간 까다로운 게 아니었다. 프리랜서라는 것이 그렇다. 일이 있을 때는 숨 쉬기 힘들 만큼 몰려서 들어오고, 일이 없을 때는 손가락 빨아야 할 만큼 허리를 졸라야 한다. 그래서 더 억척스럽게 일을 받았다. 물 들어올 때 노 저으려고.

÷ 1일 밤 : 생과 사의 경계

"저기…여기가 어디예요? 벌써 안심역이에요?" "안심? 안심이 어딘진 모르겠소만 도착지인 것만은 확실하오. 저기 가는 사람들 보이오? 저들 따라 쭉 가면 되오." 시원하게 쭉 뻗은 길 사이사이로 포장마차 같은 가게가 보인다. 도로처럼 보이지만 차 한 대 지나가지 않는 걸 보니 걸어도 되는 모양이다. 희한하게도 주인인 자가 길 가는 사람들의 이름을 부른다. '호객 행위 참 희한하다. 그나저나 여기에 이런 먹자골목이 있었네. 잠깐만, 어라?' 문에 내 이름 석 자가 걸려 있다. 눈을 비비고 다시 봐도 내 이름이 맞다. 기분이 이상했다. 한 번도 와 본 적 없는 길, 이상한 사람들이 운영하는 수상한 포장마차. 묘하게 거슬렸고, 목덜미의 솜털이 삐쭉 솟아올랐다. 하지만 지금은 아무것도 떠오르지 않으니 일단 들어가 보기로 했다.

"여기 뭐하는 곳이에요? 왜 내 이름이……?" "거 앉아라. 제일 좋아하는 음식, 이거 맞제? 얼른 무라." 푸근한 인상의 어르신이 꼭 나를 알고 있는 것처럼 말한다. 한 번도 만난 적 없는 사람인데도. 포장마차 안에는 야근할 때마다 시켜 먹던 찜닭이 먹음직스럽게 차려져 있다. 매콤한 냄새에 윤기 흐르는 당면, 새콤한 '무맛나'까지. 입 안에 침이 고이며 절로 배가 고파졌다. "그래, 돈은 많이 벌었나? 니 앞에 모아둔 거는 얼마나 있노?" "네?" "니 얼굴 함 봐 봐라. 허옇게 질려가 잠도 못 잔 얼굴인데 도대체 얼마나 일해서 벌었나 물어보는 거지. 딴 뜻 없다."

무슨 저런 질문을 하나 싶었지만, 음식에 홀렸는지 생각나는 대로 주절주절 말했다. "뭐, 많이 모으진 않았지만 더 모아야죠. 그래야 집도 사고 차도 사고 남들처럼 살 수 있으니까." "누가 그래 하라 카드노? 잠도 안 자고 밥도 대충 묵고 돈만 모으라 누가 시키드노?" "그렇게 안 하면 어떻게 사는데요?" "이게 지금 살아 있는 기가?"

'그래. 이제야 기억이 났다. 여기가 어딘지. 이런 시답잖은 소리를 하고 있는 이유가 뭔지. 바로 저승문 앞이구나. 저 사람은 날 데려갈 사람인가?' 2017년 5월

267

26일, 서른한 살의 나는 버스 정류장 앞에서 쓰러졌다. 구급차를 타고 도착한 응급실에서 정신이 들었다. 저승길에 막 오르던 참에 깨어난 것이다. 응급실에서 내린 병명은 급성 뇌졸중. 정확히 말하면 뇌경색이었다. 속이 미친 듯이 울렁거리고 머리가 아팠다. 처음엔 멀미를 한다고 생각했다. 그러다 어느 순간 머릿속으로 생각하는 말이 밖으로 나오지 않는다는 걸 알았다. 하고 싶은 말이 머릿속에 맴돌다가, 엉뚱하고 이상한 소리만 나왔다. 술에 취한 사람처럼 웅얼웅얼, 크게 외치는 내 말은 사람의 소리가 아니었다. 도와달라 말하고 싶지만 도저히 도움을 청할 수가 없었다.

'살려주세요. 몸이 이상해요. 도와주세요.' 급격히 몰려오는 공포감. 이번에는 몸을 일으켜 봤다. 몸은 중심을 잡지 못하고 왼쪽으로 기우뚱 기울어졌다. 작은 휴대폰 하나 손에 쥘 수 없는 이 상황은 그야말로 공포였다. 그나마 다행인 건 의료진이 하는 이야기를 알아듣고 어떤 상황인지 판단할 수 있다는 것. 그거 하나로 버텼다. '세상에, 내가 뇌경색이라니! 살이 찐 것도 아니고 혈압이 높은 것도 아니고 당뇨나 고지혈증이 있는 것도 아닌데. 아직 이렇게 젊은데 이게 말이나 되는 소리냐고!'

÷ 2일 밤 : 나는 어떤 사람인가?

급하게 치료가 시작됐다. 집중 치료실로 옮겨진 나는 매시간 혈압과 산소포화도, 맥박을 확인했다. 병실에 상주하는 간호사가 내 상태를 바로 의사에게 보고했다. 절대 안정 필수. 침대 밑으로 내려오는 건 물론 화장실도 금지였다. 그렇게 병원 생활이 시작됐다. 바깥에서의 시간은 이제 멈춰 버렸다. '생과 사의 경계가 이렇게 가까운 거였구나.' 멀게만 느껴졌던 죽음은 생각보다 훨씬 가까웠다. 하룻밤 사이에도 몇 번은 넘나들 수 있을 만큼.

죽음의 코앞에서 겨우 한 발짝 물러선 나는 가만히 누워 생각했다. 병실에서 할 수 있는 건 무엇이 있을까? 잘 먹고, 잘 자고, 잘 싸고, 미션처럼 주어지는 다양한 검사들을 잘 해내고, 그리고 시간이 또 남는다면 생각하는 것? 꼼짝없이 병동 스케줄에 묶여 있어도 내 마음대로 할 수 있는 게 딱 하나 있었다. '생각하기.' 누구의 방해도 받지 않고 하루 종일 생각을 이어갔다.

끝없는 생각의 흐름은 자연스레 '나'에게로 이어졌다. '나는 어떤 사람이었지?' 그러고 보니 난 한 번도 스스로에 대해 생각해 본 적이 없다. 어렸을 땐 공부, 공부, 공부. 조금 나이 들었을 땐 학점, 학점, 학점. 그것보다 또 조금 더 늙었을 땐 취업, 취업, 취업. 그리고 지금까진 일, 일, 일이었다.

'나는 무엇을 좋아하는 사람이었지?' '뭘 하고 싶은 사람이었지?' 인생의 3분의 1을 치열하게 살아왔는데, 정작 나는 나를 잘 모르고 있었다. 아무것도 못하게 된 지금에서야 어떻게 살아왔는지, 내게 남은 것은 무엇인지, 만약 내가 잘못된다면 어떻게 해야 하는지 처음부터 하나씩 정리해 보기로 했다. 책상 앞에 앉아 있을 때 한번도 생각하지 않던 것들을 이제야 하게 된 것이다. 살아왔던 지난날을 정리하기에 나는 너무 젊었다. 앞만 보고 달리기도 아까운 시간, 뒤돌아볼 여력이 어디 있냐며 추억조차 들여다보지 않던 나였다. 무기력하게 누운 지금에서야 제일 간절한 일이 되어 있었다. 담담한 듯 굴었지만 눈가에 동그란 이슬 하나가 주르륵 떨어졌다. 눈물을 대충 쓱 닦고서 몸을 모로 웅크렸다. 허허로운 속웃음을 한 번 짓고 그 생각이란 걸 시작했다.

눈을 감고 있었더니 지난날이 필름처럼 주르륵 돌아갔다. 엄마 손 잡고 따라다녔던 모습, 여기저기 놀러 갔던 순간, 미뤄 뒀던 학습지 때문에 혼나면서 울었던 날……. 수많은 시간이 떠올랐다. 늦게까지 교무실에서 컴퓨터 타자를 치던 아이는 또래 친구들과 교지를 만들고 있었다. 사진 파일을 옮기고 기사를 쓰고 선생님께 가져가는 아이의 표정은 신이 나 있었다. '예쁘다. 나 참 예쁘게 잘 크고 있었네.'

교복이 바뀌었다. 고등학생이 된 소녀는 울면서 엄마 앞에서 대들고 있었다. 수능을 치던 날, 대학교 입학식 날, 동아리 동문회 날, 남자친구와의 첫 데이트 날. 소녀의 시간은 희로애락을 담고서 스쳐 지나갔다. '30여 년짜리 주마등이구나.' 슬프지 않을까 했는데 오히려 행복했다. 슬펐던 어느 순간도 그저 행복하기만 했다. 이런 기억이라면 죽음이 찾아와도 살아온 시간이 억울하진 않을 것 같았다.

÷ 3일 밤 : 스스로를 원망하다

"자, 여기 어디예요? 이거 한 번 따라 읽어 볼까요? 왼손, 왼쪽 다리 들어 봐요." 간호사와 아침 인사처럼 나누는 테스트를 마치면 본격적인 일과가 시작된다. 여전히 정신없는 하루지만 그 사이에 조그마한 변화가 생겼다. 찬찬히 주위를 둘러볼 여유가 찾아온 것이다. 집중 치료실의 환자들은 대부분 휠체어나 침대차에 실린 채 들어온다. 여러 번에 나누어 서서히 좁아지

271

거나 터지는 뇌혈관. 그 진행을 막기 위해 집중 치료실에서 다양한 약을 투여하며 경과를 지켜본다. 상태가 좋아지면 일반 병실로, 상태가 나빠지면 중환자실이나 수술실로 옮겨지는 고위험군 환자들이다.

이 병실에 있는 다섯 명의 환자들 중 나는 신체나 언어 능력이 그나마 제일 좋아 보이는 환자였다. 나보다 하루 먼저 들어온 옆 침대 할아버지는 싫고 좋음만 겨우 이야기할 수 있는 상태로 누워 있기만 하셨고, 할아버지 왼편에 자리 잡은 남자는 겉보기에 건강해 보이는 젊은 청년이었다. 맞은편에는 보호자도 없이 홀로 들어온 아저씨가, 그 옆엔 늘 커튼에 가려져 얼굴 보기 힘든 할머니가 계셨다.

기계음만 들리는 고요한 병실 안에서 우리는 치열한 전투 중이었다. 옅은 레몬색 커튼으로 나누어진 자신만의 구역에 누워 누구보다 발버둥 치며 싸우고 있는 우리. 나이도 성별도 다르지만 아마 모두 같은 마음이었을 거다. '이러다 죽지도 살지도 못하는 상태가 되면 어찌해야 하나.' 작은 병실 안에서 평범한 삶의 마지막을 꿈꾸다 보니 문득 이런 생각이 들었다. '살아 있다는 것은 무엇일까?'

한 번도 내 삶이 귀하다 생각해 본 적 없었다. 날 밝으면 몸을 움직이고, 배고프면 밥을 먹고, 노곤하면 잠을 자고. 인간이라면 누구나 살아가며 하는 이 행동을 지금껏 당연하게 여겼다. 그러니 월, 화, 수, 목, 금, 토, 일은 물론 휴일도 없이 마음껏 써먹었던 거다. 내 몸뚱이 내가 열심히 쓰겠다는데 뭐라 할 사람 누가 있겠는가.

젊은 오기와 치기로 아낌없이 썼으니 원망할 곳도 결국엔 '나'였다. 어딘가 단단히 고장이 나서 누운 지금, 하루에도 몇 번씩 내 마음은 폭풍을 맞이했다. 어느 날은 돌풍이 불다가 어느 날은 고요 속에 잠겨 들었다. 3일째 밤, 내 마음엔 폭풍이 불어 닥쳤다. 머릿속엔 후회와 분노만이 자리했다. '내가 왜 그랬을까?' 100번의 후회가 시간을 되돌려 주는 것도 아니건만, 나는 가시가 잔뜩 돋아난 고슴도치마냥 씩씩거렸다.

일만 생각하고 달려온 삶의 끝이 이렇게 허무하다니. 아직 못해 본 것들이 잔뜩인데. 먹고 마시는 것도, 괄약근에 힘 조절하는 것도 마음대로 할 수 없었다. 일상적인 생활도 할 수 없는 내 몸뚱이가 못내 한심스러웠다. 환자의 몸 상태를 쉽게 판단할 수 있도록 될 수 있으면 커튼은 치지 말아 달라는 간호사의 부탁도 듣지 않았다. 그 어떤 그림자도 들어서지 못하게 얇은 커튼 한 장을 방패 삼아 꽁꽁 둘러싸 버렸다.

273

÷ 4일 밤 : 내가 사랑했던 일

'그나저나 일은 잘 처리됐을까?' 이런 상황에서조차 나는 제일 먼저 머릿속에 '일'을 떠올렸다. 가슴에 돌 하나를 얹은 듯 답답한 것도, 병실 침대에 발 뻗고 눕지 못하는 것도 모두 던져 놓은 일 때문이었다. 누구는 버리고 싶어 안달이라는데, 나는 왜 버리지를 못하는 건지. 원수 같은 일 때문에 몸에 병을 싣고 드러누웠는데도 여전히 미련이 남아 기웃거리고 있으니 기가 찰 노릇이다.

그래도 나는 일이 좋았다. 섭외를 하고, 화면 구성을 하고, 글을 쓰고, 자막을 뽑고 온전한 프로그램 한 편이 되기까지 쏟아붓는 그 시간과 노력이 짜릿했다. 물론 박봉에 밥 먹듯 밤을 새고 힘이란 힘은 다 빼니 썩 좋은 일자리는 아니다. 하지만 그럼에도 내 살을 깎아먹는 일이 못내 사랑스럽다.

"언니, 저 사실 병원에 입원했어요." 친한 팀 언니에게 한 손으로 겨우겨우 문자를 보냈다. 고작 한 줄 썼을 뿐인데 머리와 등 뒤로 식은땀이 맺혔다. 몸이 곧 재산인 이 바닥에서 아프다는 것을 드러내는 건 죽기보다 더 싫었다. '저는 일을 못하는 사람입니다.' 대놓고 선언하는 것 같았다. 약점을 보이는 게 싫어서 처음

응급실에 실려 왔을 땐 어머니가 편찮으시다 거짓말을 했다. 하지만 이제는 사실대로 말하고 도움을 청해야 할 때였다. 언제 퇴원할 수 있을지 알 수 없는 지금에는 물러서야만 했다.

다행히 두 팀이 번갈아 가면서 준비하던 프로그램이고, 내가 맡은 팀은 앞으로 다룰 아이템까지 정해 놓은 상태라 누군가에게 부탁할 시간적 여유가 있었다. "뭐? 왜? 무슨 일이야? 괜찮은 거야?" 쓰러지던 당시 나는 8년 차 교양 프로그램 작가였다. 그때의 나는 들어오는 일을 마다 않고 받았다. 프리랜서라는 위치가 삶을 늘 불안하게 만들었기에 쓰러지기 2주 전에는 외주 맡은 일을 몇 날 며칠 밤을 새 가며 마쳤고, 그 일주일 전에는 여행지 촬영을 위해 장거리 출장에 따라갔었다. 쓰러지던 그날은 아이템을 찾고서 모처럼 이른 저녁 퇴근하는 중이었다.

"언니 미안해요. 생각나는 사람이 언니 뿐이라……." "응, 말해 봐. 뭐든 도와줄게!" "혹시 다음 편 자막이랑 그다음 편 준비를 부탁드릴 수 있을까요?" 곧장 전화가 걸려 왔다. 다행히 약 덕분에 언어 기능은 돌아와 있었다. 다만 부탁하는 내내 목소리가 떨려 왔다. 나에겐 일이지만 나누는 누군가에겐 짐이 될 터. 부탁하는 말이 제대로 나오지 않았다. 서로 맡고 있는 일의 무게를 알기에 미안함이 커졌다.

'다행이다. 맡았던 프로젝트는 다 넘겼고, 지금 하고 있는 일은 언니한테 부탁했고. 프로젝트 파일이랑 대본 파일은 미리 정리 좀 해 둘 걸. 혹시라도 내가 정리 못하게 되면 누가 백업 좀 해 주면 좋을 텐데 컴퓨터 비밀번호를 누구한테 줘야 하나. 정말 혹여나 되돌아가지 못할 상황이 생기면 이것도 부탁해야 하는데…….' '되돌아가지 못하는 상황'을 생각하니 마음이 무너져 내렸다. '앞으로 일을 못하게 되면 어떡하지? 그저 살아만 있는 상태가 되면 어떡하지? 아직 하고 싶은 프로그램이 너무 많은데? 많은 걸 바라는 게 아닌데. 그저 지금의 나로 살고 싶은 건데…….'

'만약 인생을 조금만 천천히 달렸다면 어땠을까. 나의 오늘은 달라졌을까? 프리랜서로서 일하는 부담감을 좀 덜었다면 어땠을까. 더 오래 일할 수 있었을까?' 어리석은 생각이라는 걸 알면서도 나의 '만약에'는 멈출 줄을 몰랐다. 일 앞에서 설레고 행복했던 순간을 떠올릴수록 생각을 정리하기 힘들었다. 생사의 경계선에서 내 머릿속을 지배하는 것은 흘려 버린 수많은 선택의 순간이었다.

÷ 5일 밤 : 추억을 정리하다

태어나고 지금까지 내게 남겨지는 것이 거의 없다고 생각했는데, 하나둘 찾아보니 내가 살아온 흔적들이 생각보다 많았다. 모든 걸 컴퓨터로 해결했으니 살아왔던 흔적이 제일 많이 남은 곳도 인터넷인데 이리저리 개인 정보를 흘려 둔 곳이 너무 많았다. 부모님은 이를 다 못 챙길테니 결국 누군가에게 부탁해야 할 일이었다. '그동안 가입했던 사이트가 어디 어디였더라. 탈퇴해야 하는데, 어디 보자…다음이랑 네이버, 카카오톡, A 은행, B 쇼핑몰, 아이고야, 아이디랑 비밀번호가 뭐였더라?'

다시 찬찬히 분야별로 생각해 봤다. 금융부터 시작. 주거래 은행은 한 곳이니 그 은행만 해결하면 된다. 주식한다고 개설만 해 둔 증권 계좌도 없애야 한다. 지갑 속에 있는 카드 한 장도 생각났다. 빚도 연체도 대출도 없으니 해지만 잘하면 된다. 아무래도 이건 어머니 몫인 듯하다.

문제는 각종 쇼핑몰인데. 겨우 물건 한두 개 사면서 더 싼 데 찾는다며 이곳저곳 가입했던 과거의 나에게 잔소리부터 날렸다. 어느 사이트에 가입했는지 전혀 기억나지 않는다. 나도 기억 못하는 걸 어느 누가 무슨

277

수로 찾으랴. '보통 1년 정도 로그인 안 하면 휴면 계정으로 바뀌니까 알아서 처리되지 않을까?' 생각하던 중 휴대폰으로 문자 한 통이 왔다. '고객님, 한정판 OOOO이 새롭게 출시됐습니다. 앱 연결로 보시겠습니까?' 생각해 보니 게임부터 각종 쇼핑몰까지 모두 앱으로 가입했었다. 자사 앱을 이용하면 5퍼센트 할인 쿠폰을 준다는 말에 별생각 없이 가입한 게 반일 텐데. 만약 멀쩡한 모습으로 퇴원해서 집으로 돌아간다면 반드시 찾아서 전부 없애 버리리라.

대부분 내 정보들은 삭제하고 탈퇴해서 처리하면 되지만, 딱 하나 그렇게 처리하고 싶지 않은 것이 있었다. 친구들과 함께했던 싸이월드. 1만여 개가 넘는 사진 속에 나와 친구들의 추억을 담고 있으니, 세상에서 아주 지워 버리기가 싫었다. 살아왔던 시간을 한순간에 지워 버리는 것 같아 영 내키지 않았다. 몸은 사라지더라도 그 날의 시간만은 온전히 남았으면 싶은, 마지막 욕심이었다.

'참, 휴대폰에 남은 사진들도 많은데…….' 지금껏 열심히 찍어 놓곤 저장만 해 뒀는데 그 날의 모습들이 보고 싶어졌다. 별안간 휴대폰 사진첩을 열었다. 가족, 친구들과 함께 보낸 시간과 공간이 사진에 고스란히

담겨 있었다. '이 날은 뭐했더라. 내가 이런 표정을 짓고 있었네. 촬영장 날씨가 참 더웠지. 맞아. 그때 음식 참 맛있었는데.' 한 장 한 장 사진을 넘기며 지울 사진과 남길 사진을 선택했다.

÷ 6일 밤 : 이별식을 상상하다

점점 지쳐갔다. 함께 들어왔던 환자들은 모두 일반 병실로 옮겨 가고, 새로운 사람들이 그 자리를 메웠다. 고인 물처럼 나 혼자 남았다. 뇌혈관이 좁아진 이유를 찾아야겠다던 의료진은 쉽게 답을 찾지 못했다. 여전히 다양한 검사를 하고 있었고 약의 개수는 조금씩 늘어나 있었다. 기다림이 계속될수록 몸은 피곤했지만 신기하게도 마음은 차분해졌다.

불빛 하나 없는 깜깜한 바다 위를 여행한 적 있었다. 커다란 배는 망망대해 파도 소리만 들리는 그곳에서 길을 잃지 않고 오직 한 곳만을 향해 나아갔다. 그 배가 향하는 곳에는 작든 크든 불빛을 보내 오는 등대가 자리했다. 이정표 하나 없는 물 위를 그 불빛 하나에 의지해 나아가던 배. 지금 여기에는 내가 짙게 숨 쉴 때마다 들리는 일정한 기계 소리가 전부다. '삑 삑 삑 삑.' 검은 파도가 언제 삼켜 버릴지 모르는 널따란 바다 위처럼, 언제 어떻게 될지 모르는 인생의 고비 길 위다. 이곳에서 내 손을 잡아 주고 있는 건 가족의 따뜻한 손과 눈물, 그리고 작은 휴대폰에서 끊임없이 쏟아지는 불빛이었다.

'괜찮아요?' '사무실에 언제 오냐?' '잘 이겨 낼 거다' '누가 누워 있으래? 빨리 와!' '뭐 먹고 싶어? 먹고 싶은 거 쭉 적어 놔. 실컷 먹여 줄게' '보고 싶다.' 수많은 글자와 목소리가 휴대폰을 가득 채웠다. 그간 일에 치이며 사느라 주변을, 특히 사람을 돌아보지 않았다. 언젠가 찾아 뵈어야지, 언젠가 연락해야지. 삶의 긴 시간만 믿고서 뒷전으로 미뤄 뒀던 '사람'이라는 존재. 쓰러져 누워 보니 내 손을 놓지 않고 있는 건 돈이 아니라 사람이었다.

'엄마랑 진작 여행 좀 다녀올 걸. 동생이 보자 했을 때 왜 바쁘다고만 했을까. 얘랑은 연락 못한 지 1년이 넘었네. 선배님께는 새해 인사도 못 드렸는데. 정말 나 혼자 사는 데만 바빴구나.' 문자와 목소리를 남겨 준 사람들을 쭉 떠올렸다. 너무도 보고 싶었다. 어머니와 함께 병실에 누워 있는 순간에도 어머니 얼굴이 보고 싶고, 사람들의 문자를 받는 와중에도 사람이 보고 싶었다. 그립다는 마음, 외롭다는 감정을 나는 이

때 배웠다.

어느 텔레비전 프로그램에서 암 투병 끝에 시한부 선고를 받은 할아버지가 자신의 장례식을 준비하는 모습을 봤다. 웰다잉Well-Dying 바람이 한창 불 때였다. 할아버지는 청첩장 돌리듯 설레는 표정으로 초대장을 돌렸다. 보고 싶은 사람들, 사과하고 싶은 사람들, 그리고 가족들에게. 초대장에는 드레스 코드와 함께 부탁의 말이 적혔는데, '검은색 옷은 입고 오지 말 것!' '절대 울지 말고 나의 마지막 길을 웃으며 축하해 줄 것!' 이 두 가지였다. 사람들은 저마다 예쁜 옷을 입고서 이별식장 안으로 들어섰다. 두 눈에 눈물을 머금고 있었지만 아무도 오열하지 않았다. 다 함께 맛있는 음식을 먹고 추억이 담긴 사진과 영상을 보며 앞으로 먼 소풍길을 떠날 할아버지에게 하고픈 말을 남겼다. 할아버지 역시 찾아와 준 사람들에게 마지막 인사를 남겼다.

할아버지의 행복했던 웃음이 지금 눈앞에 아른거린다. 나도 병원이 아닌 집으로 그들을 초대하고 싶다. 케이크에 불을 붙이고 다 함께 촛불을 끄며 그동안 잘 살아 줘서 고생했다는 말 한마디 나누고 싶다. 찾아 준 사람들에게 그동안 고마웠다는 마지막 편지도 남기고 싶다. 아, 중간쯤 살아온 내 생애를 담은 필름을 함께 보며 추억도 나누고 싶다. 할아버지의 그 충만한 마지막 순간을 나도 꿈꿔 본다. 만약 죽기 전 다른 사람의 얼굴을 볼 수 있는 마지막 시간이 주어진다면 누구의 배웅을 받고 싶을까. 하객 명단을 쓰듯 이별식 명단을 머릿속에 써 내려갔다.

먼저 아버지, 어머니. 얼마 전 집에서 하루라도 편히 주무셨으면 하는 마음에 어머니를 본가로 보냈다. 그런데 어머니는 그 길을 홀로 내려가지 못하셨다. 병원에서 서울역, 서울역에서 집까지 가는 그 쉬운 길이 생각나지 않으셨기 때문이다. 머릿속은 깜깜하고 발길은 떨어지지 않고 어떻게 해야 할지 몰라 서울에 사는 고모에게 전화를 걸어 데려다 달라 부탁했다고 한다. 나중에 그 일을 고모로부터 들었다. 충격으로 인한 순간적인 기억상실 같은 것이었다. 어머니는 역으로 가는 택시 안에서 참으로 많이 우셨다고 했다. 아픈 딸 앞에서 무너지는 모습을 보이고 싶지 않았던 것이다.

어머니는 지금껏 단 한 번도 표시 내지 않으셨다. 어디선가 나 몰래 수백 번의 눈물을 흘리고. 울음을 토해 내셨겠지. 그 무너진 마음 앞에 나의 어떤 말이 위로가 될까? 어머니와 아버지 두 사람에게 위로는 내가 무사히 병실 밖을 나서는 것뿐이다. 만약 그럴 수 없다면 전할 수 있는 말은 그 어떤 것도 없다. 그저 꼭 안아 드리는 것만이 내가 할 수 있는 마지막 말이다. 두 분의 딸로 살 수 있어서 행복했다는 말을 온기로 전하는 것.

그리고 사촌 동생. 며칠 전 찾아온 동생 생각이 났다. 입원한 지 3일째 되던 날 사촌 동생이 찾아왔다. 두 살 터울의 여동생은 형제가 없는 나에게 마음 한쪽과도 같았다. 적어도 내게 그 아이는 그런 존재다. 혹여나 충격받을까 봐 이야기하지 말아 달라 했는데 어떻게 알고 찾아왔다. "언니, 아프지 마요." 나를 부르기만 하고 한동안 서서 아무 말도 없이 바라만 보던 그 아이가 울음을 토해 냈다. 아프지 말라는 말은 죽지 말라는 소리였다. 평소 단단한 성격의 그 아이가 내 앞에서 굵은 눈물방울을 숨죽여 쏟아 냈다. 그 앞에서 나는 조그맣게 괜찮다고만 되뇌었다. 별일 아니니 걱정하지 말라며 등을 토닥였다.

늘 침착하던 녀석이 아프지 말라며 우는 그 모습을 어찌 잊을 수 있을까. 아무 말 하지 않아도 느껴지는 위로를 어찌 잊을 수 있을까. 그와 함께하고 싶은 것들이 참 많았다. 여행, 맛있는 거 먹기, 쇼핑하기, 함께 걷기, 요리해 주기, 생일 축하하기 등 일상적인 것부터 결혼식 축하하기, 제부에게 내 동생 행복하게 해 주라

당부하기, 조카 안아 보기, 조카에게 선물하기 등 앞으로의 삶까지. 함께하고 싶은 게 참 많았는데 그 미래를 함께할 수 없어 미안하다 말해야지.

친구들도 있다. 나보다 더 나를 걱정해 주는 친구 S. 그의 첫 문자가 너 없으면 못 산다며 약해지지 말라던 말이었다. 그 말에 얼마나 고마웠는지, 따뜻해졌는지. 문자를 보고 느낀 감정을 완벽하게 전하지 못할 것 같지만 이 이야기는 꼭 하고 싶다. 사실 난 그날의 온기와 햇볕의 조도까지 기억한다고. 자매처럼 미친 듯이 싸워댔던 친구 U. 대학교에서 같은 동아리를 운영하면서 하루가 멀다고 싸워댔다. 그러다 보니 정이 들었고 서로의 소울 메이트가 됐다. 눈물 많고 마음 여린 네가 울지 않길 바라며, 지금 이 글을 전하는 순간 난 최고로 행복하다는 걸 전하고 싶다.

나의 고민 상담소 친구 J. 우리의 아지트는 백화점 8층에 설치된 의자였다. 어느 지하철역 5번 출구가 훤히 보이는 그 벤치는 우리 지정 좌석이었다. 그 의자에 앉아 서로의 고민, 서로의 힘듦, 서로의 삶 이야기를 주고받던 시간이 내게는 최고의 에너지였다. 앞으로도 서로의 고민을 나눠 들고 가야 하는데, 되려 너에게 가장 큰 고민을 안기고 가는 것이 미안하다고. 좀 더 함께 앉아 있지 못해 미안하다고 말해야지.

마지막으로 방송국 선배님과 사무실 동기, 언니들까지. 함께 프로그램을 만들면서 꼬박 10년의 시간을 보냈다. 1년도 어려운데 하루하루가 모여 10년이 되기까지 나는 그들에게 많은 것을 배우고 또 많은 사랑을 받았다. 어리석게도 앞으로 함께할 시간이 많이 남아 있을 줄 알았다. 언젠가는 베풀어야지, 언젠가는 표현해야지 했던 마음을 꽁꽁 싸매 둔 것이 제일 후회된다고. 그리고 고맙다는 말을 꼭 전하고 싶다. 하나하나 떠올려 보니 이별식에 부르고 싶은 얼굴들이 꽤 많다. 내가 그들을 생각하며 떠올린 메시지는 전부 '사랑한다' '고맙다' 그리고 '미안하다' 뿐이었다.

÷ 7일 밤 : 유산을 상속하다

나의 마음은 몸과 함께 병을 앓고 있었다. 보통 큰병에 걸린 환자들에게는 병을 받아들이기까지 시간이 걸리는데, 그걸 '심리 반응 4단계'라 부른다. '부정기'와 '우울기' '낙관기'와 '철학에 귀의기' 이렇게 네 단계다. 제1기인 부정기는 '내가 이런 병에 걸릴 리 없다'는 불신으로부터 시작된다. 강한 부정을 통해 불안을 없애려 하고, 무너지는 마음을 지키려고 방어한다. 제2

기인 우울기에는 아무것도 하기 싫어지고 일상 생활이 망가지면서 자신 혹은 주변을 향한 분노가 시작된다. 제3기인 낙관기에는 다시 살기 위해 새로운 희망의 끈을 만든다. 어떻게든 싸워 보겠다는 환자의 의지가 이 시기에서부터 나온다. 마지막은 철학에 귀의기. 자신과 병 사이에서 나름대로 타협을 보고, 어쩔 수 없음을 받아들이는 단계가 된다. 이 시기가 되면 그간 막 살았던 사람도 자신의 인생관이나 삶의 철학이 생기게 된다.

전날 밤의 이별식은 마지막 고비 같은 거였다. 이별식을 마지막으로 부정기와 우울기에서 벗어났다. 몸은 아직 그대로지만 마음만은 혼수상태를 벗어나고 있었던 셈이다. 그동안 나는 커튼 뒤에 숨어 날 선 고슴도치처럼 누구든 공격하거나 텅 빈 조개껍데기처럼 깊이 침잠되어 있었다. 병이 생기는지도 모르고 여유 없이 살아온 나에게 그리고 답을 찾지 못하는 의료진에게 모든 분노의 화살을 돌렸다. '어떻게 이렇게 막 살아왔니? 조금만 뒤돌아봤어도 몸이 힘들다는 걸 알 수 있었는데 너의 미련함이 널 망쳤어!' '오늘은 이 병, 내일은 저 병. 그래서 결론이 뭐야?' 비바람이 몰아치는 폭풍우를, 몇 년 같은 며칠을 버텨 낸 지금. 나의 새벽은 생각보다 더 고요하다.

'내가 가진 건 뭐가 있었지? 남겨진 사람들에게 내가 줄 수 있는 것은 무엇일까?' 이별식을 통해 내 곁의 사람을 정리하고 나자, 이제 내가 쥐고 있는 것이 무엇인지 좀 더 객관적으로 확인할 수 있는 여력이 생겼다. 아무리 일에 미친 듯이 살아왔다 해도 재산이 뭐 얼마나 있겠는가. 프리랜서 원고료는 박봉이라 수천만 원 번 것도 아니고, 고작해야 저축한 돈과 사망보험금 정도일 것이다. 그리고 아끼던 물건들이 전부이리라. 찬찬히 고민을 시작했다. 퇴원하지 못했을 때를 생각해야 했다. '질병사망보험금, 통장에 든 현금 1000만 원, 앞으로 들어올 한 달 치 원고료, 지난번 맡았던 프로젝트비, 그리고 책장 가득 꽂힌 책, 아끼는 레고와 인형들. 아, 또 있다. 큰마음 먹고 구입한 정장과 명품 가방 하나, 물려받은 액세서리 세트까지. 아예 없을 줄 알았는데 그래도 꽤 있네.'

모두 나에게 행복을 주었던 것들이다. 통장에 조금씩 모았던 1000만 원은 한 편씩 써서 떠나보낸 글에 대한 추억이 묻어 있었다. 나는 그 통장에 돈이 모였다고 생각지 않았다. 그 안에 모인 만 원, 만 원은 내가 적어 낸 단어들이 모인 것이다. 어느 화가의 이야기를 썼을 때는 '제주 바다의 파랑'이 모였고 어느 맛집 사장님의 삶을 적었을 때는 '달콤하다' '고소하다'처럼 세상 모든 맛에 대한 찬사가 모였다. 그 '단어들'은 질병사망 보험금과 함께 부모님께 드려야겠다고 생각했다.

그리고 앞으로 들어올 한 달 치 원고료와 프로젝트 비는 사촌 동생에게 주고 싶었다. 동생은 최근 새로운 도전에 나섰다. 그간 배웠던 내용과 전혀 다른 학문으로 대학원에서 공부 중이었다. 녀석의 용기 있는 도전을 응원해 주고 싶다. 절대 포기하지 말라는 의미로 동생에게 선물다운 선물을 줄 수 있어 다행이었다.

남은 건 책장 가득한 책, 한정판 레고, 인형, 그리고 명품 가방, 정장, 액세서리 세트. 모두 큰돈 되는 물건은 아니지만 내게 의미 있는 물건이었다. 명품 가방은 새 직장으로 옮긴 친구에게, 레고와 인형은 아이 키우느라 바쁜 친구에게, 액세서리 세트는 다른 지역으로 터전을 옮긴 친구에게 남겨야겠다. 이제 책과 정장만 남았다. 책은 동네 도서관에 기부하고, 정장은 아름다운가게에 내놓아야지. 아무것도 없이 산 줄 알았는데 남길 것도 많고 전해 줄 이도 많고. 이 정도면 꽤 잘 살았네!

'하느님, 혹시 제가 이 병실을 무사히 걸어 나간다면 저에게도 제 곁의 사람들에게도 좀 더 나누는 삶을

살고 싶습니다. 후회만 남는 오늘을 살지 않겠습니다.'

살면서 한 번도 소원이라는 걸 빌어 본 적 없었다. 신을 믿지도 믿지 않는 것도 아닌, 그냥 평범한 하루를 살아가는 인간이었기에. 그런 내가 처음으로 소원을 빌었다. 한 번의 삶이 다시 주어진다면 내게 충실한 채로 살아가고 싶다고. 전화로 따뜻한 목소리를 전하고, 응원 메시지를 남기고, 먼 길 찾아와 따뜻하게 손을 잡아 준 내 곁의 사람들과 후회 없이 살고 싶다고. 그 밤 가득 소원을 담았다. 오직 나와 내 곁의 모두를 위한 소원으로. 한 번만 더 기회가 주어진다면 기어코 잘 살아 내겠다고.

÷ 다시 시작된 하루

생사의 경계에 아슬아슬하게 걸쳐 있었던 7일, 약물과 수액을 이용해 좁아진 혈관을 넓히려 애썼지만 쉽지 않았다. 의료진 측에서 더는 넓힐 수 없다고 판단한 것이다. 다행히 몸은 어느 정도 적응을 한 상태이고 지금 투약하는 약으로 혈관을 더 좁아지지 않게 할 수 있을 것으로 내다봤다.

그렇게 8일째 되던 날 아침, 드디어 일반 병실로 가도 된다는 결정이 났다. "다행이에요! 이제 일반 병실

갈 수 있겠어요!" "그동안 감사했습니다." "다시는 여기서 만나지 마요!" 나의 일주일을 전담해 준 간호사와의 작별 인사를 끝으로 집중 치료실을 나섰다. 올 땐 휠체어에 실려 들어왔는데 나갈 땐 내 발로 걸어 나갔다. 기우뚱대지 않고 제대로 걸어 나갔을 때의 기쁨을 어찌 말로 표현할까.

'내일의 내일'을 사는 나의 몸은 어떻게 됐을까? 병원에 들어온 지 14일 만에 무사히 퇴원을 했다. 재활이 필요 없는 상태로 장애나 후유증을 남기지 않고 건강하게 병원 밖을 나섰다. 하지만 여전히 약을 먹고 있다. 내 뇌혈관은 여전히 진행형이다. 어느 날은 서서히, 어느 날은 빠르게 매년 조금씩 조금씩 좁아지고 있는 상태다. 벌써 뇌로 가는 커다란 혈관 몇 개는 흐름이 보이지 않는다. 원인은 밝혀내지 못했다. 자가면역 질환일 수도 혹은 또 다른 병일 수도 있단다. 무엇이 되었든 희소병임에는 틀림없다. 하지만 인간의 몸은 참 신기하다. 뇌로 향하는 혈류 공급이 원활하지 않기에 힘이 빠지거나 말이 어눌한 증상들이 나타나는 작은 허혈들이 잦지만, 내 몸은 고비를 넘기고 또 적응 중이다. 큰 혈관이 없어진 대신 우회로를 만들어 원활한 혈류 공급을 위해 내 몸은 최선을 다하고 있다.

최근에는 우연히 면역항암제를 사용하게 되면서 그 효과로 혈류 흐름이 꽤 좋아졌다는 검사 결과도 들었다. 몸은 내 의지보다 더욱 열심히 살아가고 있다. 그렇다면 '오늘의 오늘'을 사는 나는 무엇을 하고 있을까? 죽음의 문 앞에서 한 발짝 물러선 후, 내 목표는 '오늘 하루 제일 열심히 살기'가 되었다.

움직일 수 있는 체력을 만든 후 제일 먼저 한 일은 사진을 남기는 것이었다. 요즘은 조금이라도 더 건강할 때의 모습을 매일 남기고 있다. 언젠가 마지막이 되었을 때 제일 활짝 웃는 모습으로 마지막 인사를 건네기 위해서다. 작별 준비만 하는 것은 아니다. 하고 싶은 것도 찾았다. 돈 벌기 위해 인스턴트식 글쓰기만 해오던 나는 드디어 내 글을 쓰기 시작했다. 글쓰기 모임을 하며 쓰고 싶었던 이야기를 조금씩 풀어내고 있다. 뇌가 전처럼 막히지 않도록 우리말을 외우고, 외국어 단어도 공부 중이다. 최근에는 미술도 시작했다. 하루 한 시간, 1분 1초도 허투루 흘려 버리지 않겠다는 다짐으로 살고 있다. 물론 일도 다시 시작했다. 전처럼 미친 듯이 일에 매달리지 않는다. 살아갈 수 있을 만큼, 행복할 수 있을 만큼 일하고 있다.

퇴원한 뒤의 일상이 너무 빡빡한 거 아니냐며 뭐라

할 수도 있겠다. 하지만 지금 나는 충분히 게으르게 살고 있다. 남은 시간은 다른 이들을 위해 쓰려고 비워 뒀기 때문이다. 먼저 아버지, 어머니 두 분과 같이 하고 싶었던 것들을 했다. 콘서트 가기, 여행하기, 미용실 가기, 쇼핑하기, 영화 보기처럼 소소한 것들이다.

하루는 전주 소목장의 빗이 보고 싶어서 어머니와 함께 번개 여행을 떠났다. 전주 시가지를 둘러보고 소목장의 빗을 구입하러 갔는데, 얇은 빗살과 빗 위에 그려진 문양이 너무도 아름다웠다. 어머니에게는 십장생 문양을 골라 드렸고, 나는 사랑을 뜻하는 매화 문양을 골랐다. 한참을 구경하던 어머니는 십장생 문양을 내게 쥐어 주며 눈시울을 붉혔다. "왜? 이건 엄마 거라니까." "그냥…이건 내가 너한테 사 주고 싶어서." "왜? 금방 죽을까 봐? 허튼 걱정 마셔. 나 오래오래 살 거야."

매년 여름과 겨울, 방학 기간이 되면 사촌 동생을 만나러 짐을 싼다. 어느 날은 미주알고주알 이야기를 나누고, 어느 날은 말없이 책만 들여다보기도 하고, 어느 날은 공연을 보며 하루를 보내기도 하고, 어느 날은 서로의 옷을 골라 주며 미친 듯이 쇼핑만 할 때도 있다. 서로가 있는 것만으로도 힘이 되길 바라며 곁을 지킨다. 그 아이가 나에게 '살아 달라'고 빌었던 그 소원을 열심히 이뤄 나가고 있다. 아, 녀석에게 주고 싶었던 원고료는 지난 여행 경비로 신나게 사용했음을 밝힌다.

요즘 MZ세대 사이에 셀프 사진관인 '인생 네 컷'이 유행이라 들었다. 나를 통해 내일과, 그 내일의 내일이 오지 않을 수도 있다는 걸 함께 알아간 친구들은 하루하루 건강하게 만나는 '오늘'을 절대 그냥 넘기지 않는다. 시간을 박제할 순 없지만 우리도 인생 네 컷으로 그 날의 얼굴과 모습을 담으며 다음날을 기약한다. '우리 또 건강히 만나자!'

÷ 어떻게 나누며 살 것인가

정기 검진 예약 날이었다. 병원에서 내 차례를 한참을 기다리던 중 뇌 기증자를 모집한다고 쓰인 포스터가 눈에 들어왔다. '뇌 질환 연구를 위해 사후 뇌 기증자를 찾습니다'라고 적혀 있었다. 뇌 기증이라……. 한두 번의 고비를 겪으며 자연스럽게 어머니와 장기 기증에 대한 이야기를 나눴다. 면역항암제를 쓰게 되면서 장기 기증이 더는 힘들 수도 있지만, 만일 내게 무슨 일이 생긴다면 꼭 마지막을 의미 있게 보내 달라 말했다. 육신은 흙으로 되돌아가더라도 '나'라는 존재의 의미만은 남을 수 있길 바라는 마음에서다.

　죽음을 마주했던 일주일 이후, 나는 삶의 기준을 매일 고쳐 세우고 있다. 살아온 시간이 헛되지 않게, 걸어온 걸음이 부끄럽지 않게, 나를 생각해 준 사람들의 마음이 무의미하지 않게 고민하고 또 고민한다. '어떻게 살아야 할까?' '나에게, 남에게 어떻게 나눠야 할까?' 사랑하는 사람들에게 남기길 원했던 돈과 가방, 정장 그리고 책과 물건들은 여전히 제자리를 지키고 있다. 더 늘지도 줄지도 않은 채로 그대로. 죽어서 남기는 것보다 살아서 남기는 것이 더욱 소중한 것임을 깨닫고, 나와 내 곁을 위해 하루하루 소중한 시간을 새기는 중이다. 함께 얼굴을 보고, 마음을 나누고, 시간을 보내면서.

　그리고 고민 중이다. 이제 남에게 나눌 수 있는 것은 무엇인지. 죽어서 육신을 남기기 전 마음을 나눌 수 있는 또 다른 일들을 고민한다. 7일간의 밤들이 아직도 생생하다. 눈을 감으면 다시 그 병실 속 침대일 것 같아 때론 섬뜩한 차가움을 느낀다. 죽지도 살지도 못하고 판결을 기다리듯 긴 시간을 보내야 했던 날들이 또 반복될까 봐, 내 어리석음을 다시 마주해야 할까 봐 그것이 두렵다.

삶과 죽음에 대한 치열한 고민은 여전히 진행 중이다. 죽는다는 것은 무엇일까? 반대로 산다는 것은 무엇일까? 7일간 어둠 속에서 나는 집착과 욕심, 그리고 내일을 버렸다. 대신 매일 돌아오는 오늘 하루를 얻었고, 사랑을 느꼈고, 외로움을 알았고, 사람을 배웠다. 만약 그 밤들을 만나지 못했더라면 어땠을까? 어리석게도 삶의 유한함을 알지 못했을 것이다. 살기 위해 아등바등하며 쳇바퀴 돌 듯 내일이 계속된다고 여겼을 것이다. 다행스럽게도 인간의 삶은 영원이 아니다.

2023년 여름, 장마가 시작되며 장대처럼 뻗치던 빗줄기가 어느새 멈췄다. 가느다란 햇살이 한 줄 비춘다. 이 글을 쓰는 지금, 글을 쓸 수 있음에 감사하고 비가 멈춤에 감사하고 햇볕이 있음에 감사한다. 나의 오늘과 현재를 부모님, 친구들, 동료들과 함께 할 수 있음에 감사한다. "오늘까지도 나는 잘 살아 냈습니다."

소득의 10퍼센트를 이웃과 나누자는 남편의 제안에 등 떠밀리듯 시작한 기부, 하지만 어린 시절 자신을 먹이고 입혔던 수많은 타인의 모습이 오버랩되며 나눔은 예상치 못한 방향으로 한 사람을 변화시키기 시작한다. 외롭고 가난했던 우리를 키워 준 건 그런 누군가의 작은 나눔들이 아니었을까.

버는 돈의 10%를
이웃과 나누자고?

"엄마, 나 다이아몬드 먹기 싫어!" 오늘도 아침 식사 자리에서 아몬드가 가득 든 시리얼을 보고 칭얼거리는 다섯 살 둘째 아이. 막 초등학생이 된 큰아이는 동생에게 웃음을 지으며 말한다. "다이아몬드가 아니고, 아,몬,드,라니까." 언제 어떤 계기가 있었는지 모르지만 둘째 아이는 자꾸 아몬드를 다이아몬드라고 불렀다. 그 모습이 귀여워 몇 번 웃어 줬더니 아이는 쉽사리 아몬드로 돌아가지 못했다.

다이아몬드를 빼 달라는 아이의 말에 순간 엉뚱한 상상을 해 봤다. '매일 먹는 시리얼 속 흔한 아몬드가 모두 다이아몬드라면 어떨까?' 일상의 모든 것이 단숨에 특급으로 바뀔 것이다. '아침 식사로 오성급 호텔

셰프가 준비한 브런치 정도는 즐겨 줘야지. 그리고 은행에 가서 마음의 짐이었던 대출금부터 갚아 버리고, 부동산에 들러 나의 오랜 로망, 마당 넓은 저택을 사야지. 부동산이 하락장이라도 상관없어. 새로운 시리얼을 열면 또 다른 다이아몬드가 있을 테니까. 지난 생일에 큰마음 먹고 예약했던 스시 오마카세 식당, 다음번 생일엔 친구들까지 초대할 수 있겠다.' 상상이 뻗어 나갈수록 입가의 미소도 점점 짙어졌다.

하지만 정작 나는 어린 시절부터 지금껏 다이아몬드는 고사하고 값어치가 나가는 물건을 가져 본 적이 없다. 시골 개척 교회 목사의 딸로 학창 시절을 보내며, 늘 평범한 직장인 부모를 둔 친구들을 부러워 했다. 가난한 목회자의 자녀로 사는 것은 '결핍'과의 싸움이었다. 낡을 대로 낡아 녹이 슨 봉고차를 타고 학교에 갈 때면, 교문 멀찍이서 친구들의 눈을 피해 후다닥 내리기 바빴다. 하굣길 학교 앞 분식집에서 떡볶이를 먹는 친구들이 보이면 바쁜 일이 있는 척 지나쳐 집으로 내달렸다.

두 살 위 언니보다 체구가 커져서 더 이상 옷을 물려 입지 않아도 돼 기뻤지만, 어차피 새 옷을 갖는 기회는 1년에 한두 번 손에 꼽을 일이었다. 대학생이 되어 과외비를 벌면서 스스로 옷을 살 수 있게 되었어도 매번 가격표를 보며 주저했다. 근검절약으로 포장된 가난은 나를 인색하고 팍팍한 삶으로 몰아갔다.

÷ 버는 돈의 10%를 이웃과 나누자고?

이런 나에게 신혼 초, 남편이 몹시 당황스러운 제안을 했다. 결혼한 지 갓 3개월, 한 집으로 출퇴근하는 부부라는 게 아직 적응되지 않았을 때였다. "앞으로 우리 부부가 버는 돈의 10퍼센트를 이웃들한테 나눠 주면 어때?" 귀를 의심했다. '뭐라고? 누구에게 뭘 주자고? 지금 장난하는 건가?' 하지만 남편은 사뭇 진지했다. 오래전부터 공들여 준비한 계획을 공개하는 듯 이미 생각해 둔 진행 방법까지 제시했다.

일명 '나눔 통장'을 따로 만들어 수입의 10퍼센트를 구분해 적립하는 것이다. 월급처럼 일정한 수입은 10퍼센트를 미리 계산해 자동 이체를 걸어 둔다. 늘 같은 비율을 적용하기 때문에 수입이 많아지면 나누는 금액도 커져야 한다. 주변 이웃에게 힘을 주고 싶을 때나 의미 있는 일을 하는 기부 단체를 찾으면 언제든 나눔 통장을 활짝 연다.

비현실적이었다. 오래된 빌라에 식탁을 놓기도 애

299

매한 작은 전셋집, 그나마도 대출을 꽤 받아 시작한 신혼이었다. 빨리 더 나은 곳으로 탈출하고 싶었다. 맞벌이 부부로 열심히 살고 있으니 충실히 아끼고 모으면 금방 해낼 것이라 생각했다. 무엇보다 앞으로 태어날 아이에게 내가 겪었던 결핍을 물려주기 싫었다.

이 제안을 받아들이는 건 서서히 가난으로 빠지는 길일지도 모른다. '내 코가 석 자인데 누굴 돕겠다고 철없는 소리를 하는 거지?' 혼란스러운 나에게 남편이 말했다. "난 앞으로 우리가 얼마를 벌든 10퍼센트는 나누는 부부로 살면 좋겠어. 하지만 부담은 갖지 마. 한쪽이 동의하지 않으면 미련 없이 하지 말자. 나는 그저 앞으로 우리 부부가 공유할 삶의 방식을 하나 제안하는 것뿐이야."

÷ 나를 키운 나눔들

남편은 허튼 데 돈을 쓰는 사람이 아니다. 돈 드는 취미도 없고, 옷이나 신발 욕심도 없다. 남자들이 좋아한다는 전자기기나 자동차에도 별 관심이 없다. 취미나 정치 성향만큼이나 부부간에 닮을수록 좋은 것이 소비 성향이라는데, 다행히 그 점에서 남편과 나는 비슷했다. 살면서 돈으로 싸울 일은 없겠다고 안일하게 생각하던 내게 폭탄이 떨어진 것 같았다.

이제껏 살아온 방식을 대대적으로 바꾸자는 제안을 던져 놓고 정작 남편은 너무나 편안해 보였다. 나를 만나기 전, 서른 해 남짓 살아온 그의 인생에 도대체 어떤 사건이 있었기에 이런 생각을 하게 된 걸까? 그가 만난 수많은 사람 중 나누는 라이프 스타일을 가진 사람이 멋져 보였을까?

남편은 그저 앞으로 인생을 그렇게 살고 싶을 뿐이라고 말하며 기한 없이 충분히 생각해 보라고 했다. 피하고 싶은 제안의 결정권이 이제 내 손 안에 있다. 삶의 중요한 갈림길 앞에서 깊은 고뇌에 빠졌다. 고난도 문제에 성급하게 어떤 답도 내릴 수 없었다. 그저 그의 제안이 시간에 묻히길 바라며 외면한 채 몇 달이 흘렀다.

그러던 어느 날 나는 어떻게 기나긴 결핍의 시기를 지나서 여기까지 왔나 돌아보게 되었다. 지난날을 되짚어 보니, 도저히 나아질 것 같지 않던 그 시절 우리 가족에게 따뜻한 손길을 내밀어 주셨던 분들이 있었다. 내가 좋아하는 감자탕을 한 냄비 끓여서 종종 가져다주시던 이웃집 아줌마, 공부하는 데 보태라며 조금씩 장학금을 보내 주셨던 얼굴도 모르는 어른들, 어렵게 떠난 교환 학생 시절 푸짐한 훠궈 한 그릇으로 격려

해 준 한인 자영업자 부부…….

춥기만 하던 그 시절을 데워 준 따뜻한 마음은 과연 어디서 온 것일까? 곳간에서 인심 난다던데 형편이 괜찮은 분들이었을까? 한 분씩 얼굴을 떠올리며 곰곰이 생각해 보았다. 그분들의 주머니 사정을 다 알 길은 없지만 적어도 넉넉한 부자는 아무도 없었다. 부유해야 나눌 수 있다는 편견이 와장창 깨지는 순간이었다. 그저 세상엔 '쥐고 사는 사람'과 '나누며 사는 사람'이 있고, 나누며 사는 사람 중에도 부자와 빈자가 있을 뿐. 정말 나도 그런 온기를 가진 사람이 될 수 있을까? 앞으로 나는 쥐고 살 것인가, 나누며 살 것인가. 여기까지 생각이 닿으니 문제가 조금은 단순하게 느껴졌고, 나는 앞으로 나누며 사는 사람이 되어 보기로 했다. 내게 다이아몬드는 없지만 시리얼 속 아몬드는 있으니까.

÷ 나눔도 경험이 필요하다

남편과 나는 떨리는 마음으로 나눔 통장을 만들었다. 한두 곳 소액 정기 후원은 큰 결심 없이도 해 왔지만, 수입의 10퍼센트라는 돈은 자린고비 성향이 몸에 밴 내게 살 떨리는 금액이었다. 그만큼 10퍼센트는 도움이 필요한 누군가에게 언제든 손을 펴겠다는 우리의 결심을 담은 숫자였다. 그렇게 작정한 돈이 나눔 통장에 쌓이기 시작했다.

'그런데 나눔을 어디서부터 어떻게 시작해야 하지?' 우리 부부의 첫 고민은 '어디에 어떻게 나눠야 하는가' 였다. 나눔도 경력이 필요한지, 나눔 초보였던 우리는 다달이 쌓여 가는 나눔 통장의 돈을 어떻게 써야 할지 막막했다. 한참을 헤매던 중, 갓 백일 된 큰아이가 우리의 첫 나눔이 어디로 가야 할지 알려주었다.

밤잠에 든 아기를 토닥이며 무음으로 텔레비전을 보는데, 마침 미혼모를 돕는 한 비영리 단체를 취재한 다큐멘터리가 나왔다. 모텔을 전전하며 아기에게 마지막 남은 분유를 탈탈 털어 먹이는 앳된 모습의 엄마가 보였다. 그와 나 모두 아이를 품고 있는 같은 엄마지만, 사랑하는 마음만큼 아이에게 해 주지 못해 눈물짓는 그의 모습에 마음이 아렸다. 남편에게 우리의 첫 나눔을 이 단체에 하면 어떻겠냐고 제안했다. 우리는 꼼꼼히 단체의 정보를 찾아보았고, 대표의 진정성 있는 행보에 감동하며 후원을 결정했다.

먼저 엄마와 아기에게 긴급하게 필요한 물품과 현금을 보내고 나니, 밤낮으로 뛰어다니는 대표님이 마음에 걸렸다. 더 오래 이 일을 이어가실 수 있도록 적

303

절히 쉬기도 했으면 하는 마음에 휴가비를 드리고 싶었다. 우리의 진심이 그에게 닿기를 바라며 봉투에 편지와 현금을 담아 단체가 주관하는 행사장으로 직접 찾아갔다. 뜻밖의 봉투를 받고 연신 감사를 전하는 그분의 목소리가 돌아오는 내내 쉼 없이 귓가에 맴돌았다. 그날 우리 부부는 나누며 사는 생소한 삶의 출발선에서 첫걸음을 뗐다.

이후 우리의 나눔 통장은 조금씩 과감해지기 시작했다. 의미 있는 일을 하는 기관을 찾으면 정기 후원을 시작했다. 명절이나 연말에는 아이들과 함께 동네 세탁소, 빵집 등에 직접 손으로 쓴 카드와 간식 꾸러미를 사 들고 찾아가 안부를 묻고 마음을 나눴다. 새로운 도전을 하는 지인을 응원하며 대학원 입학금을 지원하거나, 해외에 계신 부모님과 떨어져 한국에서 학비를 벌며 외롭게 공부하는 후배에게 장학금을 보내기도 했다.

길 가다 마주친 노숙인에게 근처 편의점에서 우유와 빵, 단백질바를 사 드리기도 하고, 지방에서 올라와 지갑을 잃어버렸다며 숙박비를 도와 달라는 어느 청년을 위해 필요한 경비를 봉투에 담아 전했다. 마치 나눔 통장은 소중한 사람들을 우리에게로 당기는 자석

같았다. 잠시 방심하면 매월 10퍼센트가 쌓이는 통장
에 돈이 고여 버리기 때문에, 주변에 도움이 필요한 사
람이 있는지 적극적으로 살펴보는 새로운 습관도 생
겼다.

÷ 나눔이 되돌아온 순간

그러던 어느 날 아침, 잠잠하던 초인종이 울렸다. 아
침부터 신이 난 두 아들의 발소리에 참다못한 아랫집
아주머니가 올라온 것이다. 화가 나셨을 텐데도 정중
하게 불편함을 이야기하는 모습에 감사하고 죄송했
다. 모르는 사람에게는 잘도 나누면서, 가장 가까이 사
는 이웃에겐 나눔은커녕 폐만 끼치고 있다는 사실이
부끄러웠다.

아이들에게 발소리 내지 않게 조심히 걸으라고 당
부하는 것만으로는 부족한 것 같아 아이들이 직접 알
록달록 스티커로 꾸민 손 편지와 함께 나눔 통장을 열
어 작은 선물을 전해 드렸다. 아이들 소리가 크면 언제
든 말씀해 달라고 했지만, 몇 주간 별 연락이 없기에
더 불편하게 해 드린 걸까 조바심이 났다.

얼마 뒤 다시 초인종이 울렸다. '아차, 아이들이 또
시끄러웠구나' 걱정하며 문을 열었다. 역시 아랫집이

었다. 환한 미소를 띤 아주머니는 문구 세트를 건네며 뜻밖의 말을 꺼냈다. "안녕하세요. 주말에 근교 나갔다가 애들이 생각나 샀어요. 아이들이 조심하는지 많이 조용해졌네요. 애들 키우느라 힘들 텐데 고생이 많아요. 아, 저녁 시간에는 제가 거의 집에 없으니까 마음껏 뛰어도 괜찮아요." 순간 말문이 막힐 만큼 큰 감동이 몰려왔다. 마음을 담아 나누면 언젠가는 우리에게 되돌아온다는 것을 확인하는 순간이었다. 특히 이런 경험을 아이들과 함께 할 수 있다는 것이 감동이었다.

÷ 사랑이 곧 나눔이다

그렇게 우리 부부는 신혼 초부터 지금까지 나누는 삶을 이어가고 있다. 이 원칙이 절대적인 것은 아니니 어려움이 생기면 언제든 멈추자고 약속했지만, 감사하게도 나누는 금액은 조금씩 늘고 있다. 어쩌면 월급의 10분의 1이란 돈을 더 차곡차곡 모았다면 집 평수를 더 빠르게 넓히거나, 넉넉한 소비로 생활이 달라졌을지도 모른다.

그러나 나눔은 나부터 변화시켰다. 꽉 움켜쥔 두 손을 살짝 펴고 나니, 새로운 기쁨이 찾아왔다. 나란 사람도 나눌 수 있다는 내면의 자부심은 결핍으로 인한 열

등감을 조금씩 치료했다. 누군가에게 작은 도움을 주는 경험이 반복적으로 쌓이면서, 다른 이들의 시선에 흔들리던 내면 속에 단단한 자존감이 조금씩 자리 잡았다.

하루는 아이가 러시아·우크라이나 전쟁에 관한 뉴스를 듣더니 심각한 표정으로 소파에 앉아 전쟁은 왜 일어나는 거냐고 물었다. 많은 사람이 다치고 한순간 집과 학교를 잃는 전쟁은 아이로 하여금 두려움을 느끼게 했다. 서로 더 가지려는 마음 때문에 전쟁이 일어난다고 답하자, 아이는 잠시 고민하더니 입을 뗐다. "엄마, 이 세상에서 가장 중요한 건, 사랑하는 마음인 것 같아요." "그래? 왜 그렇게 생각해?" "사랑하면 나눠 쓰겠죠? 나눠 쓰면 안 싸우겠죠? 안 싸우면 전쟁이 안 나고요. 그러면 무섭지 않잖아요!" 아이는 사랑이 곧 나눔이라고 자신만의 정의를 내렸다. 어쩌면 우리의 나눔이 아이에게 사랑할 힘을 더해 준다는 생각에 눈물이 고였다. 이것이 아니면 사랑을 무엇으로 가르칠 수 있을까. 꼭 다이아몬드가 있어야만 나눌 수 있는 것이 아니다. 작고 흔한 아몬드를 나누다 보면, 그것이 돈으로도 살 수 없는 다이아몬드가 된다. 그리고 우리의 삶을 반짝이게 수놓는다.

307

현명하게 기부처를 고르는 5가지 기준

1. 자선 단체에 직접 참여하기

자원봉사자로 참여해 자선 단체의 활동을 직접 체험하는 방법이다. 자선 단체가 온라인 등에서 홍보하는 활동과 현장이 일치하는지, 어떻게 일하는지 실제로 확인할 수 있고, 궁금한 것이 있거나 의견이 있다면 바로 전달할 수 있다는 장점이 있다.

2. 자선 단체의 정보 파악하기

대부분의 자선 단체는 홈페이지 등을 통해 어떻게 활동하고 있는지, 기부 물품이나 금액 등은 어떻게 사용하고 있는지 회계 정보를 투명하게 공개하고 있다. 비공개인 곳이 있다면 연락을 취해 회계 자료를 열람할 수 있는지 확인하고, 그렇지 않다면 공익법인 평가기관인 한국가이드스타(https://www.guidestar.or.kr/web/main) 등을 통해 살펴볼 수 있다.

3. 기부를 요청받는다면?

기부 요청자가 텔레마케터 회사 같은 모금대행업체인지, 자선 단체의 직원이 맞는지, 기부금 영수증 발급이 가능한지, 기관 운영 정보 공개가 가능한지 등 믿을 만한 곳인지 파악해야 한다.

4. 기부금 세액공제가 가능한지 확인하기

기부금 세액공제란 연말정산 시 근로자 본인이나 그의 부양가족들이 후원한 기부금에 대해서 일정 비율 이상 세액공제 혜택

을 주는 것을 말한다. 그러나 모든 비영리단체가 기부금 공제가
되는 것은 아니므로 이 점을 유의해야 한다.

5. 계좌 입금, 신용 카드로 기부 시 예금주를 확인하기

예금주가 기관명이 아닌 개인 또는 주식회사일 경우 자선 단체
를 사칭한 경우일 수 있으므로 주의해야 한다.

참고 자료

Money Insight : 사이드 프로젝트를 시작하는 5가지 열쇠
- 《나의 첫 사이드 프로젝트》, 최재원 지음, 휴머니스트, 2020, 56~96쪽.
- 〈10 Tips For Starting & Creating Side Projects〉, https://youtu.be/eCAj3mWFpNM, 2019.7.28.

Money Insight : 나만의 부캐를 찾는 3가지 도구
- 《위대한 나의 발견 강점 혁명》, 도널드 클리프턴·마커스 버킹엄 지음, 박정숙 옮김, 청림출판, 2002.
- 〈밑미〉, https://www.nicetomeetme.kr/about
- 〈SIDE〉, https://sideproject.co.kr/

케이팝 성공의 주역
- 《아무튼 아이돌》, 윤혜은 지음, 제철소, 2021, 166쪽.

Money Insight : 경험을 재산으로 만드는 3가지 콘텐츠
- 《돈지랄의 기쁨과 슬픔》, 신예희 지음, 드렁큰에디터, 2020.
- 《EBS 다큐프라임 자본주의》, 정지은·고희정 지음, 가나출판사, 2013.
- 〈자본주의〉 1~5부, EBS, 2012, https://docuprime.ebs.co.kr/docuprime/vodReplayView?siteCd=DP&prodId=348&courseId=BP0PAPB0000000005&stepId=01BP0PAPB0000000005&lectId=3121167
- 〈소공녀〉, 전고운 감독, 2018, 모토MOTTO, https://movie.daum.net/moviedb/crew?movieId=109630

우리의 소비는 틀리지 않았다
- 《돈지랄의 기쁨과 슬픔》, 신예희 지음, 드렁큰에디터, 2020, 167쪽.

Money Insight : 0원으로 집을 사는 비밀
- 주택도시기금, https://enhuf.molit.go.kr/

님아, 그 코인을 사지 마오
- 《달까지 가자》, 장류진 지음, 창비, 2021, 194쪽.

1억을 모으고도 부끄러웠던 이유
- 《경애의 마음》, 김금희 지음, 창비, 2018, 27쪽.

Money Insight : 현명하게 기부처를 고르는 5가지 기준
- 〈기부처를 선택할 때 고려해야 할 주요 체크 리스트 15가지〉, 한국가이드스타, 2017.10.13., https://m.blog.naver.com/guidestar07/221116361795

우리에겐 더 많은 돈이 필요하다

초판 1쇄 발행 2023년 9월 15일
초판 3쇄 발행 2024년 7월 10일

지은이 토스 기획
펴낸이 권미경
편집장 이소영
편집 박소연
마케팅 심지훈, 강소연, 김재이
디자인 THISCOVER
펴낸곳 ㈜웨일북
출판등록 2015년 10월 12일 제2015-000316호
주소 서울시 마포구 토정로47, 서일빌딩 701호
전화 02-322-7187 **팩스** 02-337-8187
메일 sea@whalebook.co.kr **인스타그램** instagram.com/whalebooks

ⓒ토스 기획, 2023
ISBN 979-11-92097-58-9 (03810)

소중한 원고를 보내주세요.
좋은 저자에게서 좋은 책이 나온다는 믿음으로, 항상 진심을 다해 구하겠습니다.